MANFRED BAUMANN
Mörderwalzer

MANFRED BAUMANN
Mörderwalzer

MERANAS 11. FALL

Immer informiert

Spannung pur – mit unserem Newsletter informieren wir Sie
regelmäßig über Wissenswertes aus unserer Bücherwelt.

Gefällt mir!

Facebook: @Gmeiner.Verlag
Instagram: @gmeinerverlag
Twitter: @GmeinerVerlag

Besuchen Sie uns im Internet:
www.gmeiner-verlag.de

© 2023 – Gmeiner-Verlag GmbH
Im Ehnried 5, 88605 Meßkirch
Telefon 0 75 75 / 20 95 - 0
info@gmeiner-verlag.de
Alle Rechte vorbehalten
1. Auflage 2023

Lektorat: Claudia Senghaas, Kirchardt
Herstellung: Mirjam Hecht
Umschlaggestaltung: U.O.R.G. Lutz Eberle, Stuttgart
unter Verwendung eines Fotos von: © reimax16 / stock.adobe.com
Druck: GGP Media GmbH, Pößneck
Printed in Germany
ISBN 978-3-8392-0494-8

Personen und Handlung sind frei erfunden. Ähnlichkeiten mit lebenden oder toten Personen sind rein zufällig und nicht beabsichtigt.

PROLOG

Die Frau war zornig. Wütend. Noch wütender als der schwarze Drache neben ihr, der seinen wuchtigen Hals weit über das Ufer reckte. Ein riesiger Baumstrunk. Seine gezackten Äste spiegelten sich bedrohlich im Wasser. Die Frau hatte keinen Blick dafür. Auch nicht für den mächtigen Berg, dessen majestätisch flackerndes Bild gleichfalls im Wasser des Weihers glänzte. Die Flanke des Berges brannte. Flammend rot leuchtete der Himmel rings um das Massiv, angezündet durch die versinkende Sonne. Flammendes Rot schimmerte auch auf den Wangen der Frau. Lodernde Spuren des Zornes. Die verstohlen herbeischleichende Nacht schickte sich eben an, die Reste des Tages langsam zu verschlucken. Die Frau ließ sich in die Hocke nieder, tauchte die Hände ins Nass. Sie schaufelte Wasser in ihr Gesicht. Sich abkühlen, das wollte sie. Die Wut in ihr mildern. Die Gestalt, die hinter ihr auftauchte, bemerkte sie nicht. Ebenso wenig, wie sie das Abbild des Drachens und der brennenden Bergflanke im Wasser vor ihr wahrgenommen hatte. Ihr entging auch der Schatten, den der emporgereckte Arm aufs Ufer warf. Erst als der Stein gegen ihren Kopf schmetterte, schreckte die Frau jählings auf. Ein Schrei entzündete sich in ihrem Hals. Aber sie schaffte es nicht, ihn herauszupressen. Denn ein weiteres Mal traf sie der Felsbrocken. Und gleich darauf nochmals. Der heftige Aufprall ließ sie vornüber ins Wasser kippen. Wieder fuhr die Hand mit dem Stein nach oben, drosch erneut zu. Schon beim fünften Treffer explodierte eine zerberstende Dunkelheit im Körper der Frau. Die Hand mit dem Stein schlug weiter zu. Auch wenn die Frau nach dem ersten Schlag es geschafft hätte, vor Schmerz und Überraschung zu brüllen, hätte man sie nicht gehört. Die heitere Schar der Feiernden war weit entfernt. Zu weit, um anderes wahrzunehmen als den eigenen fröhlichen Lärm.

ERSTER TAG: DIENSTAG

1

Seepferdchen. Tatsächlich. Das waren Seepferdchen. Julia musste schmunzeln. Der pittoreske Weiher, auf dem sich jetzt ein paar Enten tummelten, bestand zweifellos aus Süßwasser. Davon konnte man ausgehen. Dennoch wurde das kleine schmiedeeiserne Tor, das zum Ufer des Weihers führte, von zwei marmornen Skulpturen eingerahmt, die eindeutig an Meerestiere erinnerten. Seepferdchen. Diese Wesen waren in ihrem natürlichen Vorkommen im Salzwasser zu Hause, im Meer, keineswegs in einem Süßwasserteich. Aber dieses harmonische Nebeneinander von scheinbar Widersprüchlichem passte trefflich zum Ambiente, passte zur malerischen, nahezu märchenhaften Umgebung, in der sie sich hier befand. Leopoldskron. Weiher, Parklandschaft, luxuriöses Schloss. Die beiden Fabelwesen auf den Marmorsockeln entlockten Julia erneut ein Lachen. Welch unbeschreiblich prachtvoller Ausblick, der sich hier den Festgästen auf der Rückseite des Schlosses bot. Ausgebreitet wie ein lang gezogenes silbernes Tuch erstreckte sich vor ihnen der Weiher. Auf der anderen Uferseite wurde er abgegrenzt durch eine

Kulisse aus stattlichen Bäumen, die in der aufkommenden Dunkelheit schwarz herübergrüßten. Und dahinter prangte in einiger Entfernung das Massiv eines majestätischen Bergrückens. Es kam Julia vor, als sähe man ein riesiges Schiff, das verkehrt herum lag. Als wäre es gekentert und streckte seinen mächtigen Bug in den Himmel. Untersberg. So hieß dieses beeindruckende Bergmassiv. Den Namen hatte sie nicht erst heute im Internet überprüfen müssen, der war ihr bekannt gewesen. Die Sonne war untergegangen. Ganz schwach zeigten sich noch die rötlich schimmernden Streifen in dem von schmalen Wolkenbahnen durchzogenen Abendhimmel.

»Hi, Julia. Ich hole mir noch vom Prosecco. Ich bringe dir ein Glas mit.«

Der fröhliche Zuruf riss sie aus ihren Gedanken. Sie wandte den Kopf. Zugleich spürte sie, wie ihr Röte ins Gesicht schoss. Das war Aaron, einer der beiden Kollegen am Kontrabass.

»Nein, danke, wir müssen ja gleich spielen.« Der Herankommende lachte.

»Ja, Julia. Aber die paar Takte, die wir spielen müssen, würden wir auch sturzbesoffen hinkriegen. Bei den kümmerlichen Alkoholprozenten, die dieser Frizzante liefert, müsste man ihn schon eimerweise in sich hineinschütten, um wenigstens ein wenig Rauschhaftes zu spüren.«

Auf Julias Wangen begann es stärker zu kribbeln. Mist, ich werde noch mehr rot, fuhr es ihr durch den Kopf. Sie hatte Aaron Riemann schon einige Male an der Uni gesehen. Aber so nahe wie heute war sie ihm noch nie gekommen. Er grinste sie breit an. »Oder noch besser. Du bringst mir eines mit.« Er streckte ihr demonstrativ sein leeres Glas hin. Sie trat erschrocken einen Schritt zurück. Dann schüttelte sie den Kopf, wusste sie doch nicht, wie sie damit umgehen sollte. »Na gut«, murrte er. »Dann bringe eben ich dir eines mit.«

Er drehte sich um, umkurvte geschickt einige der Festgäste und stapfte in Richtung Schlosseingang, wo die Damen vom Catering die Getränke bereithielten. Julia blickte sich rasch um. Sollte sie davoneilen? Sie könnte sich schnell unter die Gruppe der Festgäste mischen, die sich bereits nahe am Eingang zum Park sammelten. Sie zögerte. Dann gab sie sich einen Ruck. Nein. Warum sollte sie Aaron ausweichen? In seiner Nähe zu sein, gefiel ihr ja. Und dass sie dabei befremdlich starkes Herzklopfen verspürte, damit würde sie schon zurechtkommen.

»Voilà, Madame!« Der Musikerkollege war schon zurück. Er streckte ihr das Glas hin, zeigte dazu eine übertrieben galante Verbeugung. »Ich kann leider nur kurz mit Ihnen anstoßen, Teuerste. Denn seine Hoheit, Maestro Fernando, bedarf meiner Hilfe, wie er mir eben mitzuteilen geruhte.«

Er prostete ihr zu, ließ dabei die Gläser klingen. Dann nahm er rasch einen großen Schluck, verbeugte sich nochmals übertrieben und schwirrte davon. Sie blickte ihm nach. Er eilte auf Ferdinand zu, wie sie mitbekam. Der Ensembleleiter wartete unter einem der großen Rundbögen. Ging es bereits jetzt weiter? Julia hielt zögerlich das Proseccoglas, wusste nicht, was sie damit anfangen sollte. War es Zeit, die Instrumente zu holen? Als hätte Ferdinand ihre Frage mitbekommen, hob er in diesem Moment die Hand, winkte ihr und auch einigen der anderen beruhigend zu. Julia verstand, worauf er hinwies. Sie konnten offenbar bleiben, wo sie waren. Es würde noch dauern, bis es weiterging. Julia spähte auf ihre Uhr. Wenn man sich an den Zeitplan hielt, so wie er besprochen war, dann dauerte es noch fast eine halbe Stunde bis zur Aufzeichnung des Walzers und der Tanzdarbietungen. *Hippocampus.* Im selben Moment, da sie sich umwandte und wieder zum Weiher blickte, kam ihr der Begriff in den Sinn. *Hippocampus.* So lautete die zoologische Bezeichnung für Seepferdchen. Sie war neun Jahre alt gewesen, als sie den Namen zum ersten Mal hörte. Ihr Vater hatte ihn genannt. Sie konnte sich genau daran erinnern. Damals war sie in den Sommerferien erstmals mit den Eltern auf Urlaub. Zuvor hatten immer die Großeltern sie in den Ferien mitgenommen. Aber in diesem Sommer war sie mit Mama und Papa am Mittelmeer. Sie verbrachten zwei Wochen auf Zypern. Und schon am zweiten Tag hatte sie im Sand dieses eigenartige Wesen entdeckt. Vorsichtig hatte sie es mit dem Finger angestupst. Das Wesen war tot, zweifellos. Es war kaum größer als ihre Hand. Von grünlichgelber Farbe. Das ist kein Fisch, war damals ihr erster Gedanke gewesen. Für einen Fisch, wie sie ihn kannte, passte die Form nicht. Der Kopf hatte sie eher an ihr Schaukelpferd erinnert, das sie zum dritten Geburtstag bekommen hatte. »Das ist ja großartig, mein Schatz«, hatte ihr Vater sie angestrahlt, als sie ihm den Fund präsentierte. »Da ist dir ein ganz besonderer Wasserbewohner untergekommen. Offenbar haben die Wellen ihn an den Strand gespült. Das ist ein Seepferdchen.« Den Namen hatte sie damals auf Zypern zum ersten

Mal gehört. *Pferdchen*. Das gefiel ihr gut. Und es passte zum Kopf. Später, als sie sich näher damit beschäftigte, wurde ihr klar, dass sie damals auf Zypern ein *Langschnäuziges Seepferdchen* am Strand entdeckt hatte. *Hippocampus guttulatus*. Diese Art findet man im Mittelmeer und auch in Teilen des Atlantiks. Der Großteil der weltweit verbreiteten Seepferdchenarten kommt allerdings bei Australien und Neuseeland vor. Im Pazifik. Auch das lernte sie. In der Oberstufe des Gymnasiums hatte sie sogar ein ausführliches Referat dazu gehalten. Über die Lebensgewohnheiten der Seepferdchen genauso wie über ihre Bedeutung in Kunst und Literatur. Gemäß griechischer Mythologie sind die heutigen Seepferdchen Nachkommen jener imposanten Wesen, die Gott Poseidon, der Beherrscher der Meere, vor seinen Wagen spannte. Der *Hippocampus*, wie er als Nennung in der Literatur auftauchte, war eine außergewöhnliche Erscheinung. Der vordere Teil des Körpers war Pferd, der hintere Teil Fisch. Das Wesen besaß Flossen und in manchen Abbildungen auch Flügel. Genau wie die beiden possierlichen Gestalten aus leicht verwittertem Marmor, die sich Julia hier in Leopoldskron offenbarten. Ja, die aus Stein gemeißelten Fabelwesen passten hervorragend in diese wundersame Welt von Schloss, Garten und Weiher. Sie befand sich schon seit einigen Monaten in Salzburg, aber nach Leopoldskron war Julia bisher nicht gekommen. Die meiste Zeit verbrachte sie ohnehin an der Musikhochschule. Sie studierte Viola an der Universität *Mozarteum*. Sie verbrachte viel Zeit im Gebäudekomplex der Hochschule. Hier konnte sie jederzeit üben, lernen, sich auf ihrem Instrument voranbringen. Manchmal bis spät in die Nacht. Etwas anderes zu unternehmen, dafür blieb ihr wenig Ruhe. Sie wollte auch kaum anderes außer üben, üben, üben. Dass sie heute dieses herrliche Ambiente von Leopoldskron erleben durfte, dazu war es nicht aus eigenem Antrieb gekommen. Sie verdankte es purem Zufall, hier zu sein. Sie hatte sich von der ersten Sekunde an wohlgefühlt. Sie löste den Blick von den Steinfiguren und dem Weiher, ließ ihn über die Fassade des Schlosses und den Garten gleiten. Es kam ihr vor, als wäre sie schon seit Tagen hier. Dabei waren es erst wenige Stunden. Am frühen Vormittag hatte ihr Handy geläutet. Sie hatte eben zu einer Übungspause angesetzt, ihr Instrument beiseitegelegt. »Hallo Julia, mir ist die Bratsche ausgefallen.« Bratsche. Diesen Namen verwendete man in ihrer Familie und auch an der Musikschule in ihrer Heimatregion, wo sie zu lernen begonnen hatte, eher selten. Dort bezeichnete man das Instrument korrekterweise als Viola. »Das ist die große Schwester der Violine«, wie Julias erste Musiklehrerin es auszudrücken pflegte. Aber in Österreich stieß man oft auf die Bezeichnung Bratsche, hergeleitet vom italienischen *viola da braccio*. Das bezog sich auf die Spielweise. Das Instrument wurde mit dem Arm gehalten. Im Gegensatz zur *viola da gamba*, der Bein-Viola oder Knie-Geige. Das alles hatte Julia damals natürlich noch nicht gewusst, als sie mit sechs Jahren erstmals ihre um vieles ältere Cousine hörte. Susanna spielte in einem Streichquartett die Viola. Julia war fasziniert gewesen. Dass auch sie dieses Instrument lernen wollte, war ihr von Anfang an klar. Genau dieses. Viola. Etwas anderes kam für sie nicht infrage.

»Rita Berger hat sich heute Morgen an der Hand verletzt«, hatte Ferdinand bei seinem Anruf ausgeführt. »Ich brauche also dringend eine gute Bratschistin.«

Ferdinand Hauser war ihr zumindest dem Namen nach bekannt. Er assistierte in der von Studierenden am meisten gefragten Dirigentenklasse. Gelegentlich stellte Ferdinand kleine Ensembles aus erfahrenen Studenten und Studentinnen für besondere Anlässe zusammen. Davon hatte Julia auch schon gehört. Wie sehr die Zeit drängte, wurde ihr bei seinem Anruf sofort erklärt. Um 14 Uhr sei Probe, hatte Ferdinand betont. Um 17 Uhr müssten sie bereits in Leopoldskron sein. »Könntest du für Rita einspringen, Julia? Geht sich das aus?« Das Ansuchen hatte sie zunächst verwirrt. Warum fragte er ausgerechnet sie? »Von der Zeit her könnte ich mir das schon einteilen«, hatte sie zögerlich geantwortet. »Aber ich weiß nicht, ob ich den Anforderungen gewachsen bin.«

»Das bist du gewiss, Julia«, hatte Ferdinand ihr umgehend versichert. »Da habe ich nicht den geringsten Zweifel. Immerhin hat Professor Tankrath ausdrücklich deinen Namen genannt, als ich ihn fragte. Er hat dich mir wärmstens empfohlen.«

Anselm Tankrath? Ihr Hochschullehrer am *Mozarteum* hatte als Empfehlung sie angeführt? Das hatte Julia noch mehr verwirrt. Und zugleich gefreut. Sehr gefreut. Also hatte sie schlussendlich zugesagt.

»Na, vielleicht hat Ferdinand dich auch nur wegen deines Namens ausgesucht«, hatte Aaron später während der Probe scherzhaft bemerkt, als sie ihm davon erzählte. Sie hatte nicht gleich verstanden, was der Streicherkollege damit meinte.

»Na, immerhin heißt du mit Nachnamen Reinhard. Das klingt gut. Wir spielen in Leopoldskron. Und dass dir das harte T am Schluss fehlt, hört man ja beim Aussprechen nicht.« Erst da hatte Julia kapiert, worauf Aaron anspielte. *Reinhardt.* Natürlich war ihr der Name Max Reinhardt ein Begriff. Dass er die Salzburger Festspiele begründet hatte, das wusste sie seit Kindestagen. Immerhin waren ihre Eltern ausgesprochene Theaterliebhaber. Ihr Vater war Arzt. Er interessierte sich neben seiner Tätigkeit als Mediziner nicht nur für Seepferdchen im Mittelmeer, sondern auch für Kunst und Kultur auf der ganzen Welt. Und ihre Mutter war von Berufs wegen mit diesem Metier bestens vertraut. Sie arbeitete in Julias Heimatstadt als Maskenbildnerin am *Deutschen Theater.* In Göttingen. Aber dass Max Reinhardt in Salzburg einige Jahre lang ein eigenes Schloss besaß, wusste sie erst seit wenigen Stunden. Sie hatte nach Ferdinands Anruf schnell ein paar Interneteinträge überflogen. Und seit sie mit dem Streicherensemble eingetroffen war, kam sie aus dem Staunen nicht mehr heraus. Und das lag nicht nur an den steinernen Fabelwesen, die das Tor zum Weiher flankierten. Dass sie mit dem Streicherensemble bei einer äußerst bekannten Fernsehsendung mitwirken durfte, grenzte an das nächste Wunder. Bei *Veritas! Now!* mit der Top-Journalistin und Star-Moderatorin Leona Trill. Dieses international ausgestrahlte News-Magazin hatte sie zwei- oder dreimal angesehen. Julia hatte schnell verstanden, warum die Verantwortlichen ausgerechnet das nahezu magische Flair von Leopoldskron für das TV-Ereignis ausgewählt hatten. Leona Trill war bekannt dafür, dass sie für ihre

Sendungen stets die prominentesten Schauplätze wählte. Und das weltweit.

Eine exzellente Persönlichkeit. Das hatte Julia von der ersten Sekunde an verspürt, als die Live-Übertragung begann. Leona Trills Moderation war mitreißend. Tolle Performance. Eine außergewöhnliche Frau. Das Gespräch, das Leona Trill mit Camilla Mitterberg führte, war ebenso spannend wie aufschlussreich und wie immer sehr berührend. Auch die Leiterin von *HERA* erwies sich als beeindruckende Persönlichkeit. Was die beiden über die Leistungen der Kinder erzählten, ließ niemanden unberührt. Weder unter den Festgästen noch unter den zig Millionen Zuschauern in weit über 20 Ländern. Davon war Julia überzeugt. Den einstudierten Tanz, den die Kinder und Jugendlichen vorbereitet hatten, um ihn den Festgästen vorzuführen, würden sie später erleben. Dieses Mal nicht live, sondern als Aufzeichnung für den zweiten Teil der Sendung. Die bunte Erscheinung der Festgäste hatte Julia von Anfang an gut gefallen. Junge Leute und Erwachsene waren zu sehen, Kinder in Jeans neben Herren im Smoking. Ein belebendes, farbenfrohes, sympathisches Miteinander. Das Streicherensemble hatte zwei Stücke während der Live-Übertragung gespielt. Der extra für das Fest komponierte Walzer käme dann im zweiten Teil zur Aufführung, zusammen mit einem Menuett, einem flotten Saltarello und einem modernen Hiphop-Tanz.

»Aber Julia, dein Proseccoglas ist ja immer noch voll. Hast du nicht wenigstens mal daran genippt?« Sie hatte gar nicht bemerkt, dass Aaron neben ihr aufgetaucht war.

Sie hielt ihm das Glas entgegen. Er nahm es und leerte es in einem Zug.

»Wir sollten uns jetzt allmählich hinüberbegeben«, meinte Aaron. »Magnus wird uns gleich einweisen.« Ihnen die Abläufe genauestens erklären, das hatte Magnus Retzer, der Leiter des TV-Teams, zuvor beim Live-Einstieg gemacht. Wenig Herumgerede. Klare Anweisungen. Präzise und wirkungsvoll. Professionell. Auch das hatte Julia imponiert. Sie folgte Aaron zu den Rundbögen, wo sie ihre Instrumente abgestellt hatten. Dann schlenderten sie hinüber zu der freien Fläche im Park. Das zugewiesene Areal hatten sie beim Eintreffen kurz besichtigt. Hier würden sie das erste Stück, den Walzer, spielen. Und zwar im Stehen. Auch die Kontrabässe und Celli würden sich nicht hinsetzen. Ferdinand hatte das Stück extra so komponiert, dass die tiefen Streicher das bestens hinbekamen. Der Großteil der Festgäste hatte sich längst eingefunden. Julia blickte zu den Fernsehleuten. Sie bemerkte den Regisseur, der intensiv auf eine Frau in Jeans und dunklem T-Shirt einredete. Die Frau zuckte mit den Schultern, schüttelte den Kopf. Julia bewegte sich langsam auf die beiden zu. Sie glaubte, sich zu erinnern, die Mitarbeiterin schon vorhin bei den Vorbereitungen zum ersten Live-Einstieg im Einsatz gesehen zu haben. Sie hatte irgendeine Funktion im Bereich Aufnahmeleitung. »Okay, ich bin schon unterwegs«, bekam Julia mit. Dann drehte die Frau sich um, eilte davon.

»Meine sehr geschätzten Damen und Herren, liebe Musici. Ich bitte um Ihre Aufmerksamkeit«, erklang die leicht knarrende, aber deutlich zu vernehmende Stimme des Regisseurs. Augenblicklich wurde es ruhig.

»Das Orchester nimmt gleich zwischen den Bäumen Aufstellung. Sobald die Einleitung zum Walzer ertönt, nehmen die Festgäste einander an den Händen und bilden einen großen Kreis. Wir haben das ja schon besprochen. Die Kinder und Jugendlichen starten an der Seite des Schlosses, formieren sich und kommen mit Beginn des ersten Walzerthemas in den Kreis.« Kurz kam hektisches Gemurmel auf. Der Regisseur hob schnell die Hände. »Ich bitte um Konzentration. Es besteht kein Grund, beunruhigt zu sein. Wir werden die Bewegungsabläufe gleich üben. Zunächst ohne Kamera. Wir machen das so oft, bis es perfekt passt. Sind die Kinder und Jugendlichen innerhalb des von Ihnen geformten Kreises angelangt, kommt der nächsten Teil der Choreografie. Der passt zum zweiten musikalischen Thema. Ich darf an dieser Stelle erneut betonen, dass der Walzer extra für diesen Anlass komponiert wurde. Er erfüllt alles, was für unsere Zwecke notwendig ist. Und das auf großartige Weise. Ein geniales Werk, komponiert vom Leiter des hier anwesenden Orchesterensembles.« Er hob die Stimme an. »Wir sagen Gratulation und Danke an Ferdinand Hauser!« Er streckte die Hand aus, wies zu Ferdinand. Der hob schnell beide Arme, bedankte sich für den jubelnden Applaus. Auch Julia klopfte begeistert mit dem Bogen ihres Instruments gegen einen der Notenständer.

»Zum zweiten Teil des Walzers werden dann vier unserer Jugendlichen zwei Damen und zwei Herren aus dem Kreis der Festgäste lösen und sie zum Mittanzen einladen. Auch das werden wir exakt festlegen und ausführlich üben. Und erst zum Schlussakkord des Walzers, also am Ende des vorgeführten Tanzes, wird Frau Trill in unsere Mitte kommen und mit der Moderation beginnen.«

Der Chefkameramann hob die Hand. Von ihm hatte Julia sich sogar den Namen gemerkt, als er ihnen zu Beginn vorgestellt worden war. »Ja, Magnus, wir können anfangen«, sagte Kai Semmering. »Wir haben die Plätze für die Kameras schon festgelegt. Die exakten Positionen ermitteln wir dann während der Proben.«

»Danke, Kai.« Magnus Retzer klatschte in die Hände. »Dann ersuche ich alle aus der Schar der Festgäste, zunächst einmal einen Kreis zu bilden und sich dabei an den Händen zu fassen. Die Orchesterleute mögen sich gleichzeitig an ihren Platz begeben.«

Julia spürte ein leichtes Kribbeln. Sie folgte den anderen Musikerkollegen. Sie bezogen den zugewiesenen Platz unter den Bäumen. Inzwischen hatten die Festgäste einen großen Kreis gebildet. Die jungen Leute warteten abseits an der Flanke des Schlosses, wie Julia durch die Bäume und Sträucher von ihrem Platz aus beobachten konnte. Magnus Retzer schritt langsam die von den Leuten geformte Rundung ab. Immer wieder blieb er stehen, bat den einen oder anderen Gast um eine andere Position innerhalb des Kreises, tauschte Leute aus. Dabei blickte er jedes Mal zu seinem Chefkameramann, holte dessen Zustimmung ein. Es dauerte eine Weile, bis beide mit der Aufstellung einigermaßen zufrieden schienen.

»Bitte merken Sie sich exakt die jeweilige Stelle, an der Sie sich befinden. Schauen Sie zur Seite, prägen Sie sich ein, neben wem Sie stehen. Wir werden das gleich üben. Wir beginnen mit zwanglosem Herumschlendern. Sie können miteinander plaudern. Und dann, auf mein Zeichen, setzen Sie sich in Bewegung und beginnen den Kreis exakt so zu bilden wie jetzt. Es muss für die Aufnahme rasch gehen. Es sollte keinesfalls hektisch wirken, sondern ruhig, gelassen. Keine Sorge, meine Damen und Herren, das bekommen wir hin.« Er hob die Hände. »Vorerst bleiben Sie bitte im Kreis stehen. Wir schauen uns jetzt an, wie es wirkt, wenn die Kinder und Jugendlichen näherkommen und sich tanzend innerhalb des Kreises einfinden.«

Er wandte sich ans Ensemble. »Wir können beginnen, Ferdinand. Zunächst spielt ihr noch nicht die Einleitung in kompletter Besetzung. Es geht nur um den Rhythmus.«

»Geht klar, Magnus.« Ferdinand hob die rechte Hand, gab Aaron ein Zeichen. Der begann an seinem Kontrabass zu zupfen, allerdings nur an der D-Saite. Exakt im Tempo, das Ferdinands Hand vorgab. Jetzt wurde Julia klar, was Aaron vorhin gemeint hatte, als er sich mit der Bemerkung »seine Hoheit, Maestro Fernando, bedarf meiner Hilfe« zu Ferdinand unter die Arkaden am Schlosseingang begeben hatte. Aaron sollte für den Einmarsch den notwendigen Rhythmus nur durch das Zupfen einer Saite vermitteln.

»Bitte für die erste Probe das Ganze etwas langsamer angehen«, rief der Regisseur. »Später proben wir es mit dem exakten Tempo durch.«

»Wird gemacht«, rief Ferdinand. Seine Handbewegung wurde um einiges langsamer. Aaron passte sich an.

»Und los!«, rief Retzer zum Schloss hinüber. Die jungen Leute setzten sich in Bewegung. Voran die Kinder, dahinter die Jugendlichen.

»Halt!«, rief der Regisseur laut, als man die Gruppe innerhalb des Kreises auftauchen sah. Die ersten zwei Kinder, es waren Mädchen, bremsten abrupt ab. Die beiden Buben dahinter bekamen das zu spät mit, plumpsten gegen deren Rücken. Einige Erwachsene im Kreis begannen leise zu lachen.

»Was ist denn los mit euch?«, rief Magnus Retzer und drohte gespielt theatralisch mit dem Zeigefinger. »Ich weiß, dass euch das köstliche Essen vorhin ausgezeichnet schmeckte. Und die Säfte waren auch sehr gut. Die Bäuche sind wohlgefüllt. Gut, das soll sein, ihr habt es euch verdient. Aber jetzt darf man es euch nicht mehr anmerken, dass die Wampen voll sind.« Jetzt kicherten auch einige der Kinder. »Also, meine Lieben. Zusammenreißen. Oberkörper aufrecht. Ich will eine Haltung sehen, die Fröhlichkeit ausstrahlt. Verstärkt durch ein munteres Lächeln übers ganze Gesicht.« Er klatschte in die Hände. »Alles zurück. Hurtig, hurtig! Und dann das Ganze von vorn.« Die Truppe machte kehrt, eilte zurück zum Schloss, wartete auf das Zeichen zum Einsatz. Dieses Mal lief es deutlich besser, wie Julia feststellte. Die jungen Leute bewegten sich geschickt, zeigten eifrigen Einsatz bei dem, was sie ausführten. Magnus Retzer war zufrieden. Das sagte er ihnen auch. Dennoch ließ er die junge Truppe den Auftritt wiederholen. »Damit dann, wenn die Kameras dabei sind, auch wirklich alles sitzt!« Dieses Mal brachten sie es noch besser hin. »Perfekt!« Der Regisseur wies auf einige der Älteren unter den Jugendlichen. »Ihr vier holt die Erwachsenen heraus. Ihr bringt sie mit euch in die Mitte, sodass ihr miteinander tanzen könnt.« Wen aus den vielen Erwachsenen würde der Regisseur auswählen? Julia war gespannt. Sie hatte die vielen Gesichter in der Runde gemustert und für sich entschieden, wen sie nehmen würde. Julia beobachtete, wie der Regisseur langsam auf die Runde der Erwachsenen zuschritt. Wählte er etwa als erste Frau die ältere Dame im roten Kostüm? Es sah fast so aus. Die hätte Julia nicht genommen. Die käme für Julia nicht einmal als erweiterte Auswahl infrage. Plötzlich hielt der Regisseur in seiner Bewegung inne. Er stoppte, drehte überrascht den Kopf zur Seite. Auch einige der anderen schauten in diese Richtung. Julia folgte den Blicken und war überrascht. Sie sah die Frau in Jeans und dunklem T-Shirt. Sie kam aus dem hinteren Teil des Parks. Die Mitarbeiterin aus dem Fernsehteam war sichtlich aufgeregt. Mehr noch. Sie wirkte vollkommen aufgelöst. Die Frau hetzte auf Retzer zu, rief ihm, wild die Hände fuchtelnd, etwas zu. Was ging hier vor? Julia hielt den Atem an. Sie erschrak, als sie die Reaktion des Regisseurs mitbekam. Retzers Gesicht wechselte die Farbe. Der Mann wurde kreidebleich. Auch Kai Semmering wurde bewusst, dass etwas nicht stimmte. Der Chefkameramann eilte auf den Regisseur zu. Retzer wandte sich ab, hetzte der Aufnahmeleitungsassistentin hinterher. Kai Semmering folgte ihnen. Jetzt kam Bewegung in die Gruppe der Fernsehleute. Alle rannten in die Richtung, aus der die Frau im dunklen T-Shirt aus der Tiefe des Parks gekommen war. Offenbar war etwas Schreckliches passiert. Und alle anderen, die betreten auf der Lichtung standen, spürten es auch.

2

»Darf ich Ihnen den Radicchiosalat mit acciughe empfehlen, Herr Kommissar? Ich finde, den kann man auch spätabends essen. Er liegt leicht im Magen, ich weiß das. Außerdem achtet Mario sehr darauf, dass der Salat frisch zubereitet wird.« Merana hatte zuletzt zu Mittag etwas zu sich genommen. Eine Kleinigkeit. Ein halbes Gemüselaibchen mit Schnittlauchsoße. Das war mehr als zehn Stunden her. Dennoch verspürte er keinen richtigen Hunger. Aber er wollte vom Salat wenigstens kosten. Die Sardellen sahen verlockend aus. Und der Weißwein, den man ihm serviert hatte, würde sicher gut dazu passen.

»Gern. Aber bitte für mich nur wenig.« Der Journalist drehte sich Richtung Theke, wies auf den Salat. »Mario, prendiamo due. Ma piccole porzioni.«

»Si. Volentieri.«

Das kleine Lokal war erst vor knapp einem Monat eröffnet worden. Merana kannte es vom Vorbeigehen. Aber sein Gegenüber schien bereits Stammgast zu sein.

»Woher kommt Mario?«

»Aus dem Süden.«

»Süditalien?« In den Augen des Journalisten blitzte ein schelmisches Lächeln auf.

»Nicht ganz. Südsalzburg. Genauer gesagt aus dem südlichen Pongau.« Jetzt musste Merana schmunzeln. »Ich habe ein Stammlokal auf der anderen Salzachseite. *Da Sandro*. Kennen Sie es?«

»Vom Namen her. Eingekehrt bin ich da höchstens zwei- oder dreimal auf einen schnellen Kaffee.«

»Sandro, der Besitzer, ist mit mir befreundet. Er ist echter Süditaliener. Er stammt aus Sizilien.«

»Mario stammt aus Dorfgastein. Ich kenne ihn schon lange. Wir haben vor vielen Jahren denselben Italienischkurs besucht. Für kurze Zeit zumindest. Bei der *Società Dante Alighieri*. Mario war zwischendurch einige Jahre im Ausland tätig, vor allem in den Niederlanden. Er hat dort gut verdient. Als das Vorgängerlokal vor vier Monaten zusperren musste, bekam Mario das mit. Er bewarb sich sofort um die Nachfolge und erhielt den Zuschlag. Seitdem komme ich mindestens dreimal die Woche her. Und dann parlieren wir und bessern unser kümmerliches Italienisch auf.«

»L'hai detto bene«, grinste der Lokalbesitzer von der Theke mit erhobenem Daumen herüber.

Als der Journalist vorgeschlagen hatte, sich nach Meranas Kinobesuch hier zu treffen, hatte der Kommissar bereitwillig zugestimmt. Bedingt durch seine meist intensive Arbeit als Leiter der Salzburger Kriminalpolizei blieb Merana eher wenig Zeit für Theaterabende oder Kinobesuche. Doch heute hatte er die Gelegenheit ergriffen. In einem Bericht im Fernsehen war der Film mit guten Kritiken vorgestellt und ausdrücklich empfohlen worden. Das Erstlingswerk eines jungen chilenischen Regisseurs über die Familie des ehemaligen Präsidenten Salvador Allende und den Militärputsch 1973. Und da Merana sich ohnehin den heutigen und auch die nächsten beiden Tage freigenommen hatte, passte der Kinobesuch für ihn gut. Am Nachmittag hatte er den Anruf des Journalisten erhalten. »Das trifft sich gut, Herr Berkal. Ich bin ohnehin heute Abend im Kino. Wenn es für Sie passt, können wir uns danach zu einer Besprechung treffen.«

Und nun saß er mit Konstantin Berkal im kleinen Lokal in der Steingasse, trank Pinot Grigio und genoss dazu Radicchiosalat mit Oliven und Radieschenscheiben. Und vor allem mit Sardellen, mit ausgezeichnet schmeckenden acciughe. Zubereitet von einem Pongauer. Der Journalist hatte ihn am Kinoausgang erwartet und dort auf die großen Plakate aufmerksam gemacht. Auf denen wurde das Festival groß angekündigt. Auch wenn Merana nicht oft ins Kino ging, erlangte er dennoch ab und zu Kenntnis über die präsentierten Filme und Veranstaltungen. So wie er sich generell regelmäßig Überblick zum Angebot der Kultureinrichtungen in der Stadt verschaffte. Vom *Rockhaus* bis zu den *Salzburger Festspielen*. Das hatte nicht nur mit Liebhaberei zu tun. Manchmal konnte er Kenntnisse darüber bei seinen Ermittlungen bestens gebrauchen.

»Wir haben noch knapp zwei Monate bis zur Veranstaltung. Unser Abend liegt etwa in der Mitte des Festivals. Ich sagte es mehrmals, möchte es aber gerne wiederholen. Danke, dass Sie sich bereit erklärt haben mitzumachen.« Der Journalist hob sein Glas. Auch er hatte Weißwein gewählt. Allerdings keinen Pinot Grigio, sondern einen Vernaccia. Berkal hatte sich im Frühsommer erstmals gemeldet. Über Vermittlung von Jutta Ploch. Er arbeitete bei derselben Tageszeitung, wenn auch in einer anderen Redaktion. »Ich hoffe sehr, Sie haben am Abend des 19. November noch nichts vor.« So hatte Berkal die Unterhaltung begonnen. Merana hatte für diesen Abend noch nichts geplant, wie er seinem Terminkalender entnahm. Obwohl sich für einen Kommissar, Kripochef und Leiter der Mordermittlung die Ereignisse schnell überschlagen konnten. Und dann waren die Abende bald mit Ermittlungen belegt. »Ich möchte Sie gerne als Experten zu einer Veranstaltung einladen.« So waren sie ins Gespräch gekommen. Natürlich war Merana das Bergfilmfestival, das jedes Jahr im November in *Das Kino* abgehalten wurde, auch schon vorher ein Begriff. Er hatte sogar den einen oder anderen Film im Rahmen dieser Reihe miterlebt. Zuletzt einen wunderbaren Streifen über den Schneeleoparden in der großartigen Landschaft des Tibetischen Hochlandes. Auch die Musikuntermalung hatte ihn beeindruckt – Musik des australischen Künstlers Nick Cave. An spektakuläre Bilder entsann er sich auch bei einem anderen Film des Festivals. Wilde Landschaft mit extremen Abgründen. Und zugleich die Arbeit von wagemutigen Forschern in der Eislandschaft von Grönland. Vor wenigen Jahren hatte er einen Film über fünf außergewöhnliche, mutige lateinamerikanische Frauen erlebt. Der war ihm besonders im Gedächtnis geblieben. Unter den fünf Frauen aus Bolivien waren ganz schlichte Hausfrauen gewesen. Die fünf Frauen, allesamt Laien, bei Weitem keine erprobten Bergsteigerinnen, hatten es tatsächlich geschafft, einen wahren Riesen unter den Bergen dieses Planeten zu bezwingen. Und das mit Ausdauer, Mut und einer großen Portion Humor. Die fünf waren auf den Gipfel des Aconcagua gestiegen. Der hatte immerhin eine Höhe von knapp 7.000 Metern. Das Bergfilmfestival in Salzburg gab es schon lange, ins Leben gerufen vor rund drei Jahrzehnten. Lange Zeit hatte Merana es nur schwer geschafft, sich Filme oder Dokumentationen über Bergtouren anzuschauen. Weder im Kino noch im Fernsehen. Seine Mutter war in seiner Kindheit bei einer Bergtour abgestürzt und ums Leben gekommen. Da war Merana neun Jahre alt gewesen. Er hatte sich mitschuldig daran gefühlt, was seiner Mutter zustieß. Am Abend vor dem Unglück hatte er mit ihr eine Auseinandersetzung gehabt. Sie hatte ihn für etwas gescholten und bestraft, das er gar nicht getan hatte. Vor allem, dass ihm seine Mutter trotz seiner Beteuerung nicht glaubte, hatte den Neunjährigen zutiefst verletzt. Er hatte ihr noch am selben Abend als Revanche, keinesfalls bewusst, etwas Schlechtes gewünscht. Er wollte nur, dass sie auch einmal erleben sollte, wie es war, ohne Grund bestraft zu werden. Und am nächsten Tag war seine Mutter abgestürzt und nicht mehr heimgekommen. Ein klaffender Riss war wie mit einer mächtigen Faust ins Leben des Neunjährigen gewuchtet worden. Das Trauma der von ihm dabei empfundenen Mitschuld hatte ihn bis ins Erwachsenenalter verfolgt. Erst vor wenigen Jahren hatte er einen Fall aufzuklären, bei dem er über Umwege zufällig auf die Wahrheit stieß, warum seine Mutter tatsächlich vom Berg gestürzt war. Seit dieser Erkenntnis fiel es ihm leichter, an seine Kindheit und an seinen Verlust ohne tiefere Schmerzen und Wehmut zu denken. Und jetzt sollte er sogar bei der Präsentation eines Films über Berge als Referent mitwirken. Er atmete tief durch. Es war bemerkenswert, wie das

Leben bisweilen Regie führte und Wendungen bewirkte, an die man nie und nimmer gedacht hätte.

»Ich habe Ihnen einiges kopiert.« Der Journalist hatte gewartet, bis die Teller abserviert wurden. Dann schob er Merana einen USB-Stick zu. »Darauf ist nicht nur der Film zu sehen, sondern auch Filmmaterial, das mit den Dreharbeiten und der Entstehung dieses Films zu tun hat. Ferner finden Sie Auszüge zu früheren Filmarbeiten von Samuel Lange.«

»Danke.« Merana griff nach dem Stick, legte ihn vor sich auf den kleinen Tisch. *Ermittlung: Tatort Berg*. Wenn er es richtig verstanden hatte, ging es dabei unter anderem um Ermittlungsarbeit im Gebirge, um kriminalistische Aufklärung in oft unwegsamem Gelände.

»In der Dokumentation *Ermittlung: Tatort Berg* hat Samuel Lange vor allem Ausschnitte aus spannenden Filmen zusammengestellt. Die Szenen werden oft gegenübergestellt, miteinander verglichen. Samuel Lange hat dabei versucht, selbst einen spannenden Film zu gestalten. Die Spielfilmausschnitte reichen von bekannten Literaturverfilmungen wie *Die purpurnen Flüsse* mit Jean Reno bis zu Kinder-Detektiv-Filmen wie *Die Pfefferkörner und der Fluch des Schwarzen Königs*. Oder auch *Die Kronzeugin – Mord in den Bergen* und das Krimidrama *Tod in den Bergen*. In all diesen Filmen geht es um ein Verbrechen, eine Untat, die sich auf einem Berg zutrug – entweder als Hauptthema oder nur in einer Szene als Nebenhandlung. Auf einer Alm oder im Hochgebirge. Auf einer Gletscherzunge oder einem schroffen Gipfelgrat. Es gab beim Bergfilmfestival auch schon Filme über Gebirgsjagden mit Jägern und Fernsehprofis. Beim kommenden Festival nun also ein Werk über Kriminalfälle. Festivalleiter Martin Hasenöhrl hat mich gebeten, die Moderation dieser Veranstaltung zu übernehmen. Gemeinsam haben wir überlegt, was wir den Zuschauern als Ergänzung zum Film bieten könnten. Da kamen wir schnell auf die Idee, zwei Profis von der Polizei einzuladen. Erstens einen Vertreter der Alpinpolizei. Die Beamten dieser Spezialeinheit werden ja meist zuerst kontaktiert, wenn es zu Unglücksfällen im alpinen Gelände kommt. Aber das wissen Sie ohnehin besser als ich. Und zweitens einen Experten von der Kripo. Denn die Kriminalpolizei muss ja dann am Tatort auf dem jeweiligen Berg die Untersuchung übernehmen, wenn sich herausstellt, es handelt sich bei dem Vorfall nicht um einen Unfall, sondern um ein Verbrechen.«

»Wen haben Sie denn von der Alpinen Einsatzgruppe eingeladen?«

»Es entscheidet sich erst nächste Woche, wer tatsächlich kommen kann. In Kontakt bin ich mit Leutnant Viktor Zadral.«

Merana nickte.

»Sehr gute Wahl. Viktor Zadral ist zwar noch jung, verfügt aber bereits über sehr viel Erfahrung. Außerdem versteht er es, sich gut auszudrücken. Ihn kann auch ich bestens empfehlen.« Er nahm einen Schluck vom Pinot Grigio. »Und was möchten Sie jetzt genau von mir, Herr Berkal?«

Auch der Journalist genehmigte sich Wein, ehe er antwortete.

»Unser Gespräch sollte in zwei Richtungen laufen. Zunächst greifen wir uns einige Szenen aus der Doku heraus, wobei Sie aus Sicht des Kriminalisten erklären sollen, wie richtig oder falsch die polizeilichen Untersuchungen umgesetzt wurden. Ob die Drehbuchautoren und die Regisseure gute Arbeit leisteten oder ob Maßnahmen gezeigt wurden, die in der wirklichen Polizeiarbeit so nie und nimmer stattfänden.«

Merana nahm den Stick auf. »Vielleicht sind bei allen Beispielen überhaupt keine Fehler passiert. Ich weiß, dass heutzutage bei solchen Dreharbeiten Fachkräfte der Kriminalpolizei als Berater hinzugezogen werden.«

Der Journalist lachte.

»Da haben Sie gewiss recht, Herr Kommissar. Heute wird meist bei Filmarbeiten so vorgegangen. Aber früher garantiert eher selten.« Er wies auf den Stick. »Ich bin sicher, Sie werden da viel finden, worüber wir uns unterhalten können. Und zweitens ersuche ich Sie, den anwesenden Besuchern zu erklären, worauf es bei Ermittlungen in den Bergen, am Gletscher und in unwegsamem Gelände aus kriminaltechnischer Sicht speziell ankommt. Worauf man im Vergleich zu einem, nennen wir es, ›normalen‹ Fall bei polizeilicher Ermittlungsarbeit besonders zu achten hat.«

Merana steckte den Stick ein.

»Gut. Ich werde mir das von Ihnen zusammengestellte Material anschauen. Dann können wir in den nächsten Tagen den genauen Ablauf unseres Gesprächs fürs Festival festlegen.«

Er wandte sich dem Mann hinter der Theke zu.

»Signor Mario. Il conto, per favore.«

»Aber Herr Merana«, warf der Journalist schnell ein,

»so war das nicht gedacht. Sie sind selbstverständlich mein Gast.«

Merana zögerte, dann nickte er.

»Danke. Ich betrachte das als Entgegenkommen für meinen Auftritt an der geplanten Veranstaltung des Bergfilmfestivals. Für mein Mitwirken will ich aber nichts bekommen. Auch keine Aufwandsentschädigung.«

Berkal streckte ihm die Hand hin.

»Accordato.«

Merana schlug ein. Sie blieben noch eine Viertelstunde, genehmigten sich beide einen Espresso. Dann brachen sie auf. Der Journalist verabschiedete sich in Richtung Platzl und Linzer Gasse. Merana hatte bei der Herfahrt einen Parkplatz in der Nähe gefunden. Also bog er beim *Das Kino* ab, trat hinaus auf den Giselakai, die Verlängerung der Imbergstraße. Als würde man einen Vorhang weit aufziehen, öffnete sich beim Hinaustreten vor ihm das aufgefächerte Panorama der nächtlich erleuchteten Stadt. Trotz der späten Stunde schimmerte Licht aus vielen Fenstern der Altstadthäuser, die sich wie ein breites Band entlang der Salzach erstreckten. Wie bei einer übergroßen Spielzeugstadt kam es ihm vor. Hinter den Häusern waren die Türme und Kuppeln der Kirchen auszumachen. Wie ein schlanker Riese begrüßte ihn der erleuchtete Turm des Alten Rathauses. Auf seiner Brust prangte die große runde Kirchturmuhr, als trüge er ein strahlendes Medaillon. Rings um den schlanken Turmkopf bewegten sich sacht mehrere Fahnen. Merana blieb stehen. Natürlich war ihm diese Aussicht vertraut. Dennoch faszinierte ihn der Anblick der Salzburger Altstadt jedes Mal aufs

Neue. Es berührte ihn, als würde er das Gefüge aus Häusern, Kirchtürmen, Kuppeln, prachtvollen Gebäuden und sanften Stadtbergen zum ersten Mal sehen. Merana war im weit entfernten Pinzgau aufgewachsen. Erst als junger Erwachsener hatte ihn sein Weg in die Stadt geführt. Er war zum Studium hierher übersiedelt. Er hatte den Zauber dieser Stadt als jemand erlebt, der von außen kam. Der nicht hier aufgewachsen war. Bis heute fühlte er sich gelegentlich wie ein eben Angekommener. Wie ein Besucher, ein faszinierter Gast dieser Stadt. Er blieb auf dem Gehsteig des Giselakais stehen. Er wollte sich noch für ein paar Minuten den beeindruckenden Anblick gönnen. Vor allem berührte ihn der Blick zur nächtlich angestrahlten Festung auf der linken Seite. Die Burg thronte fürstlich schimmernd über allem. In dem Moment fühlte er, wie das Handy in seiner Sakkotasche anschlug. Nanu. Wer wollte ausgerechnet jetzt etwas von ihm? Er zog das Telefon heraus, blickte verwundert auf das Display. Der Anruf kam von Carola Salman. Es ging auf Mitternacht zu. Wenn ihn seine Stellvertreterin in seiner Freizeit zu derart später Stunde anrief, musste es sich um etwas sehr Dringendes handeln.

»Guten Abend, Carola.« Er hörte zu. Es war dringend. Zweifellos. »Ich mache mich sofort auf den Weg.«

Eigentlich hatte er heute Abend frei, so wie die nächsten zwei Tage auch. Damit war es vorbei. Er wandte sich schnell nach links, eilte die Imbergstraße entlang. Sein Auto befand sich nahe am Zugang zum Mozartsteg, der über die Salzach hinüber zur Altstadt führte. Die immer noch prächtig erleuchtet war.

ZWEITER TAG: MITTWOCH

3

45. Julia hielt kurz inne. Dann zählte sie nochmals nach. Nein, es waren doch nur 44. 44 Holzscheite, zu einem viereckigen Turm übereinandergestapelt, befanden sich auf der rechten Seite des großen offenen Kamins. Wie viele es auf der linken Seite waren, wusste sie noch nicht. Aber sie würde gleich nachzählen. Sie musste sich mit irgendetwas beschäftigen. Und sei es Holzscheite zählen. Das lenkte sie ab. Das half ihr, die wild durch ihren Kopf schwirrenden Eindrücke beiseitezuschieben, die Gedanken halbwegs in Zaum zu halten. Seit gut einer Stunde hockten sie in diesem großen Raum.

»Darf ich Sie bitten, in unserer Großen Halle Platz zu nehmen?«, hatte der schlanke schwarzhaarige Mann gesagt. Baum? Nein, er hieß anders. Aber es war etwas Pflanzliches. Julia, denk nach, rief sie sich innerlich zu. Auch das würde helfen, sich abzulenken. Der Mann hatte irgendetwas mit der Leitung des Schlosses zu tun. »Ich lasse Ihnen gern Kaffee, Tee und ein paar Erfrischungen bringen«, hatte er hinzugefügt. Dann war er verschwunden. Bisher hatte man die angekündigten Erfrischungen nicht gebracht. 48! Der Stapel an der linken Kaminseite war ihr schon auf den ersten Blick größer erschienen. Sie zählte zur Sicherheit nochmals. Sie kam zum selben Ergebnis. Dann zog sie Bilanz. 48 Holzscheite links, 44 rechts. Die beiden Stapel waren also unterschiedlich groß. Und nur einer der beiden Kamine hatte Holzscheite an seiner Seite vorzuweisen, der andere nicht. Wenigstens eine Spur von Ungleichheit in diesem ansonsten von Ausgewogenheit und Regelmäßigkeit geprägten Saal. Hier gab es Sitzgelegenheiten, Möbel, ein Klavier, alles wohl geordnet. An den Wänden sah man Bilder. Große Fotografien. Das Porträt der asiatischen Frau gefiel Julia besonders gut. Ruhe und Ausgewogenheit. Auch die vier Stehlampen zu beiden Seiten der Kamine waren exakt gleich groß. Beide Kamine wiesen dieselbe Marmoreinfassung auf, lagen sich exakt gegenüber. Über jedem Kamin prangte dieselbe Art von Wanddekoration, eine fein verspielte Stuckarbeit.

1744. Warum fiel ihr diese Zahl jetzt ein? Weil ihre Zählung 44 Holzscheite auf der rechten Seite des Kamins ergeben hatte? Nein, die Zahl hatte mit der Geschichte des Schlosses zu tun. Deshalb war sie ihr wohl in den Sinn gekommen. Sie strengte sich an, ihre Gedanken auf die Einträge im Internet zu lenken, die sie heute überflogen hatte. 1744. In diesem Jahr wurde das Schloss eingeweiht. Und zwar am 26. Mai. Auch das hatte sie sich gemerkt. Schließlich hatte sie im Mai Geburtstag. Am 22. Leopoldskron. Das Schloss trug deswegen diesen Namen, weil der Erzbischof, der es erbauen ließ, Leopold hieß. Er hatte einige zusätzliche Vornamen, an die sich Julia beim besten Willen aber nicht erinnern konnte. Vielleicht hatte das

Wappen oberhalb des Kamins zu ihrer rechten Seite mit diesem Erzbischof zu tun? Das könnte gut passen, machte Sinn. Sollte sie ihr Handy herauskramen und nachlesen? Auch das würde sie ablenken. Und im Internet nach alten Wappen zu forschen, erforderte weit mehr intellektuelle Begabung, als Holzscheite zählen. Blatt! Das war es. Wolfgang Blatt! Mit diesem Namen war der schlanke Schwarzhaarige ihnen vorgestellt worden, als sie am späten Nachmittag in Leopoldskron eingetroffen waren. Er hatte sie herüber ins Schloss geführt. Davor war er auf der Lichtung erschienen und hatte versucht, ihnen die schwierige Lage zu erläutern. Zusammen mit Camilla Mitterberg. Details erfuhren sie dabei keine.

»Ich bitte um Nachsicht, meine geschätzten Damen und Herren, und ersuche Sie um größtes Verständnis. Ich muss Sie alle bitten, Frau Mitterberg und mir hinüber ins Schloss zu folgen. Bedauernswerterweise ist ein Unglück eingetreten. Völlig unerwartet. Die Exekutive wurde bereits verständigt. Ich habe vonseiten der Polizei die Anweisung, nichts weiter anzuführen. Die Beamten werden Sie entsprechend informieren, sobald sie eingetroffen sind und sich selbst ein Bild gemacht haben.« Mehr hatten sie nicht erfahren. Der Großteil der Festgäste wurde über die große Steintreppe in den ersten Stock geleitet. Die Musiker und Musikerinnen wurden zusammen mit den meisten Kindern und Jugendlichen in die kleine Eingangshalle gebracht. Begleitet wurden sie von fünf Erwachsenen, zwei Elternpaaren und einer Lehrerin, soviel Julia mitbekommen hatte. Etwas Furchtbares musste passiert sein. Julia hatte es von der ersten Sekunde an geahnt. Aber was war vorgefallen? 31. Julia hatte nicht nur Holzscheite gezählt, sondern auch die Köpfe. 31 Personen waren im Raum. Sie eingeschlossen. Eigentlich sollten es 33 sein. Aber Aaron hatte vor ein paar Minuten »Also, mir reicht es!« gerufen. »So können die nicht mit uns umgehen. Ich will jetzt auf der Stelle wissen, was da los ist!« Dann war er hinausgestürmt. »Bleib hier, Aaron«, hatte Ferdinand ihm nachgerufen. Erfolglos. Da war auch Ferdinand aufgesprungen und ebenfalls nach draußen verschwunden. Eine der Schwingtüren, die gleich hinter dem Toreingang in diesen Raum führten, wurde aufgestoßen. Aaron erschien, zusammen mit Ferdinand. Hinter den beiden bemerkte Julia Polizistinnen in Uniform.

»Hört, hört!«, posaunte Aaron. Er versuchte offensichtlich, lockere Haltung zu präsentieren. Aber die Verunsicherung war ihm deutlich anzumerken. »Immerhin sogar Akademikerin! Und das bei der Polizei!«, ließ er hören. »Ich bin eben einer Frau *Doktor* Salman begegnet. Sie bittet uns alle, vorerst zu bleiben, wo wir sind. Sie würde später zu uns kommen.« Er machte einen Schritt zur Seite, ließ mit einer eleganten Handbewegung die beiden Uniformierten nach vorne kommen. »Inzwischen sind die beiden Polizistinnen angehalten, unsere Daten aufzunehmen. Über Fragen des Datenschutzes unterhalten wir uns später. Oder auch gleich. Das mag jeder halten, wie es ihm dünkt.«

Er verbeugte sich vor den beiden. »Bitte, meine Damen, walten Sie Ihres Amtes.«

4

Das Erste, was Meranas Blick in Bann zog, war der Untersberg. Die Nacht war immer noch bemerkenswert klar. Der nahezu volle Mond schickte helles Licht über den Weiher, sodass die Umrisse des Berges deutlich im spiegelglatten Wasser zu erkennen waren. Eben hatte er noch die nächtlich erleuchtete Altstadt bestaunt. Und wieder bot sich ihm ein großartiger Anblick. Wenn auch von ganz anderer Art. Er war schon öfter in Leopoldskron gewesen. Nicht nur dienstlich, auch zum privaten Vergnügen. Zuletzt heuer im Sommer bei einer Veranstaltung des Salzburger Landestheaters. *Shakespeare im Park* hieß das Motto dieser Aufführung. Das Publikum hatte Picknickkörbe dabei und genoss das von den Schauspielern Dargebotene mit großem Vergnügen. Auch Merana hatte sich bestens unterhalten. Und sich dabei gehörig mit Wein und mitgebrachten Delikatessen verwöhnt. Die einzelnen Szenen des Stücks wurden an unterschiedlichen Stationen im Park gezeigt. Aber bis zu dieser Stelle, an der er sich jetzt befand, waren sie nicht gekommen. Dabei hätte die Umgebung genug Theatralisches zu bieten, wie er feststellte. Carola hatte ihn am großen Tor beim Eingang zum Areal des Schlosses empfangen. Sie hatten einige Zeit bis hierher gebraucht. Zu dieser Uferpassage mit beeindruckendem Ausblick. Und zugleich war er an einem Tatort. Das war ihm schmerzhaft bewusst. Schönheit und Verderben an ein und derselben Stelle. Schauplatz des Todes. Auf dem eingeschlagenen Weg hatten sie offenbar einen beträchtlichen Teil des Parks durchmessen. Carola hatte ihm unterwegs in aller Kürze das Wesentliche mitgeteilt, was bisher in Erfahrung zu bringen war.

»Leona Trill. Das ist der Name der Toten.«

»Leona Trill?«, hatte Merana erstaunt gefragt. »Die Reporterin und Aufdeckerin? Moderatorin von *Veritas! Now!*?«

»Ja, genau die.« Es sei in Leopoldskron um eine Sendung gegangen, hatte seine Stellvertreterin ihm erklärt. Das war der Grund, warum Leona Trill mit ihren Fernsehleuten hier war. Bereits am Nachmittag hatte ein großes Fest begonnen, veranstaltet von der Organisation *HERA* und in Zusammenarbeit mit dem Team von Leopoldskron.

»*HERA*? Die haben ein zentrales Büro in Salzburg, soviel ich weiß.«

»Ja, wenn ich es richtig verstanden habe, geht es dieser Organisation vor allem um Solidarität. Was können wir alle miteinander persönlich unternehmen, um durch all die Krisen zu kommen? *HERA* unterstützt dabei verschiedene Projekte. Und genau darüber wollte Leona Trill in ihrer Sendung berichten. Dazu gab es am frühen Abend einen Live-Einstieg. Zwei Stunden später war eine Performance geplant, dieses Mal als Aufzeichnung. Dazu kam es nicht mehr, denn Leona Trill war verschwunden.« Man habe nach ihr gesucht, hatte Carola ausgeführt. Die Assistentin der Aufnahmeleitung hatte die Moderatorin schließlich genau an der Stelle gefunden, an der sie sich gerade befanden. Die Tatortgruppe war vor einer halben Stunde eingetroffen. Die Kollegen hatten als Erstes große

Scheinwerfer aufgestellt. Man versuchte, den Tatort und die nähere Umgebung so gut wie möglich auszuleuchten, was aufgrund der vielen Büsche und durcheinanderragenden Baumstrünke nicht einfach war. Die Kollegen der Spurensicherung waren am Werk. Wie immer war Merana nicht gleich herangetreten. Er war kurz stehen geblieben. Der Tod hatte einen Kreis hinterlassen. Unsichtbar. Aber für ihn spürbar. Merana brauchte immer Zeit, ehe er über die Schwelle dieses Kreises treten konnte. Seine Mitarbeiter wussten das. Niemand stieß sich daran. »Kein schöner Anblick, Merana.« Die Gerichtsmedizinerin trat zur Seite, als Merana nach kurzem Innehalten herankam. Doktor Plankowitz gab den Blick auf die Leiche frei, die nahe am Ufer und mit dem Gesicht nach unten lag. Leona Trill hatte dunkelblondes Haar. Merana hatte sie erst kürzlich im Fernsehen bei einer Diskussionssendung gesehen. Die Haarfarbe war kaum mehr auszumachen. Der Hinterkopf schien an mehreren Stellen tief eingedrückt. Ein grässliches Durcheinander an dunklen Flecken. Kopfwunden und verwaschenes Blut.

»So, wie sie auf dem Boden liegt, wurde sie nicht gefunden«, erklärte Eleonore Plankowitz. »Sie lag mit dem Gesicht im Wasser.«

»Man hat sie herausgezogen, als man sie fand«, ergänzte Carola. »Man hat auch versucht, sie zu beatmen.«

»Ein verständliches, wenn auch sinnloses Bemühen«, übernahm die Gerichtsmedizinerin. »Dass durch das Herausziehen der Leiche aus dem Wasser mögliche wertvolle Spuren verwischt wurden, muss man den bedauernswerten Leuten, die sie fanden, nachsehen. Offenbar war kein Arzt dabei. Jemand mit medizinischen Kenntnissen hätte aufgrund der Wunden am Hinterkopf sofort erkannt, dass die Frau unter Garantie tot war. Man hätte besser die Leiche unberührt gelassen und sofort die Polizei samt Gerichtsmedizin verständigt.«

Trotz der Toten konnte sich Merana wegen der Bemerkung von Frau Doktor Plankowitz eines kurzen Schmunzelns nicht erwehren. Die Ärztin konnte es nur schwer hinnehmen, dass Menschen nicht immer so reagierten, wie sie selbst es aus wissenschaftlicher Sicht für angebracht hielt.

»Ich habe die Leiche wieder umgedreht, damit sie auf dem Gesicht liegt, so wie man sie fand. Aber ins Wasser ziehen wir sie nicht mehr zurück. Das würde nichts bringen. Sie kann auf festem Boden liegen bleiben.«

»Wissen wir, wie viele Leute da waren und die Leiche in diesem Zustand sahen?«, fragte Merana. Carola wischte über ihr Tablet.

»Es waren nur die Mitglieder des Fernsehteams. Elena Hauk, die Assistentin der Aufnahmeleitung, war vorausgeeilt. Sie hatte die Tote als Erste entdeckt und dann Magnus Retzer, den Leiter des Teams, davon in Kenntnis gesetzt. Alle übrigen waren ihr gefolgt. Insgesamt war das komplette Team am Ufer, also sechs Personen.«

»Wo finden wir diese Leute?«

»Sie sind drüben im Schloss, so wie alle anderen. Das Fernsehteam ist in einem eigenen Raum untergebracht.« Carola blickte auf ihr Tablet. »Der Chef der Fernsehleute wollte das offenbar so. Er ist zugleich der Regisseur. Er bestand auch darauf, dass alle anderen Festgäste so lange wie möglich nicht erfahren sollten, was passiert war. Das weiß ich von Wolfgang Blatt. Er ist vonseiten der Schlossverwaltung zuständig für die Organisation.«

Merana horchte auf. Warum wollten die Leute vom Fernsehen nicht, dass man den anderen sagte, was passiert war? Dem würden sie gleich nachgehen, wenn sie das Fernsehteam vernahmen. Doch zunächst wollte er sich die Tote näher anschauen. Er ließ sich in die Hocke nieder. Der Hinterkopf der Moderatorin war brutal in Mitleidenschaft gezogen. Offenbar war sie von mehreren Schlägen getroffen worden. »Haben wir eine Tatwaffe?« Die Frage war an den Chef der Tatortgruppe gerichtet, an Thomas Brunner, der eben herankam.

»Leider nein, Martin. Bisher haben wir nichts gefunden, was dafür infrage käme.«

Er schaute zur Ärztin.

»Welcher Art könnte die Tatwaffe sein, Eleonore? Kannst du das anhand der Form der Wunden beurteilen?«

Sie schüttelte den Kopf. »Wenn ich den Leichnam in der Gerichtsmedizin auf dem Tisch habe, kann ich mehr darüber sagen. Ausnahmsweise äußere ich dir allerdings einen Verdacht, Herr Kommissar. Du weißt, dass ich unpräzise Aussagen nicht schätze. Aber ich habe vorhin das hier in einer der Wunden am Kopf gefunden.« Sie hielt einen Plastikbehälter hoch, sodass man dessen Inhalt im Scheinwerferlicht ausmachen konnte. Die durchsichtige kleine Dose enthielt zwei winzige Splitter, wie Merana feststellte. »Und hier ist meine, ich betone es, Vermutung, Herr Kommissar: Ich nehme an, es sind Steinsplitter. Genaue Überprüfung erfolgt im Labor. Jemand könnte also die Frau getötet haben, indem er oder sie auf den Schädel der Frau mit einem großen Stein eindrosch.«

»Es finden sich am Ufer und in der Umgebung einige Steine und kleinere Felsbrocken«, bemerkte Thomas Brunner. »Wir sammeln alles ein, was als Tatwaffe infrage kommen könnte.«

Merana richtete sich auf, deutete zum Uferrand.

»Wurde sie hier erschlagen, wo man sie halb im Wasser liegend fand? Oder könnte sie an anderer Stelle getötet und dann hierhergebracht worden sein?«

Der Tatortgruppenchef zuckte mit den Schultern.

»Wir haben bisher keine Schleifspuren ausgemacht, werden aber morgen bei Tageslicht alles absuchen. Da können wir wesentlich gründlicher vorgehen als bei Scheinwerferlicht.«

Merana blickte zur Chefinspektorin.

»Wie ich deinen Ausführungen entnommen habe, Carola, fand das Fest drüben beim Schloss statt. Nehmen wir einmal an, Leona Trill wurde nicht an anderer Stelle getötet und durch den halben Park geschleift. Gehen wir also davon aus, dass sie dort getötet wurde, wo man den Leichnam entdeckte. Hat sich aus den bisherigen Aussagen ergeben, was der Grund dafür sein könnte, warum die TV Moderatorin hier war? Die Stelle ist sehr weit vom Schloss entfernt.«

Carola schüttelte den Kopf.

»Nein, Martin. Dazu ist mir noch kein Hinweis untergekommen.«

Er schaute wieder auf die Leiche. Wer hat dir den Schädel zertrümmert, Frau Trill? Und warum dermaßen brutal? Er musterte die Umgebung, ließ den Blick über die Uferlandschaft streichen. Hat dir jemand aufgelauert? Oder warst du zufällig am falschen Ort? Kann es sein, dass du jemandem in die Quere kamst, der nicht überrascht werden wollte? Er blickte zum Leiter der Tatortgruppe.

»Könnte jemand von außerhalb des Areals an diese Stelle gelangt sein, Thomas?«

»Das ist im Grunde durchaus möglich, aber nicht ganz einfach, wie ein erster schneller Check ergab.« Der Tatortgruppenchef deutete aufs Wasser. »Natürlich könnte jemand über den Weiher gekommen sein. Wenn derjenige nicht geschwommen ist, müsste er oder sie so etwas wie ein Boot benützt haben.« Brunners Hand wies in die Dunkelheit nach links. »Dort liegt die Leopoldskronstraße, die am Schlossareal entlang nach Süden führt. Auch von dort könnte man ins Gelände eindringen. Allerdings müsste man dafür über den hohen Eisenzaun klettern. Das ist nicht einfach, aber durchaus möglich. Wir werden das morgen bei Tageslicht genauer abklären.«

Dann würden die Kollegen der Tatortgruppe auch nach möglichen Beobachtern forschen. Vielleicht hatte ein Zeuge mitbekommen, dass jemand von außen aufs Areal gelangte. Wo und auf welche Weise auch immer. Brunner und sein Team würden alle Möglichkeiten einbeziehen. Davon war Merana überzeugt. Sie würden sich jede Vermutung offen halten und in alle möglichen Richtungen ermitteln. So wie sie es immer taten. Aber wer weiß, dachte der Kommissar, möglicherweise stießen sie bald auf die richtige Spur, wenn sie den im Schloss ausharrenden Festteilnehmern gegenüberstanden. Er ließ seine Blicke durch die Dunkelheit Richtung Schloss wandern.

»Auf wie viele Personen darf ich mich für die Befragung einstellen, Carola?«

Die Chefinspektorin wiegte mit dem Kopf.

»Die genaue Zahl weiß ich nicht, Martin. Soviel mir bisher bekannt ist, waren so um die 160 Leute bei der heutigen Veranstaltung.«

Merana blies deutlich hörbar die Luft aus. »Das sind nicht wenige. Da liegt noch einiges vor uns.«

Er schaute wieder auf die Leiche. Vielleicht ging alles weitaus schneller, als sie dachten. Vielleicht bekamen sie im Schloss ein Geständnis. Dann wäre alles klar für die Lösung des Falls. Vielleicht. Merana seufzte. Möglich ist alles, aber er glaubte nicht daran. Seine Erfahrung aus vielen Jahren Ermittlungsarbeit ließ ihn befürchten, dass sie sehr lange an diesem Fall dranhängen würden.

»Kannst du sie einmal kurz für mich umdrehen, Eleonore? Ich möchte das Gesicht unserer Toten sehen.«

Die Medizinerin nickte. Dann langte sie nach unten, fasste den toten Körper achtsam an der linken Seite und drehte ihn um. Merana war überrascht, was er sah. Er hatte sich auf einen ganz anderen Anblick eingestellt. Ein schmerzhaft verzerrtes Gesicht hätte er erwartet. Eine Grimasse des Schreckens, passend zu den hässlichen Wunden am brutal eingeschlagenen Schädel. Aber er sah nichts dergleichen. Die Augen der Toten waren geöffnet. Aber sie schienen keineswegs aufgerissen. Ganz im Gegenteil. Es hatte fast den Eindruck, als setze die Moderatorin einen konzentrierten Blick auf. Als bereite sie sich entschlossen auf den nächsten Auftritt vor.

»Danke, Eleonore.« Er drehte sich zu Carola und Thomas. »Lasst uns zum Schloss hinübergehen.« Die Chefinspektorin schritt voraus. Merana und der Tatortgruppenleiter folgten ihr.

5

Es waren genau 163. Zumindest das konnten sie eindeutig feststellen. 163. So viele Personen waren bei der Veranstaltung, beim Fest im Rahmen der Fernsehsendung, dabei gewesen. Und sie waren alle noch da, wie Merana versichert wurde, untergebracht in drei verschiedenen Räumlichkeiten des Schlosses. Unter den Versammelten befanden sich etliche junge Leute, sechs Jugendliche und sieben Kinder im Volksschulalter. Die uniformierten Kollegen und Kolleginnen hatten inzwischen umsichtig die nötige Vorarbeit geleistet. Insgesamt neun Beamte waren auf Anordnung des Polizeipräsidenten von den nächstgelegenen Polizeiinspektionen abgezogen und augenblicklich nach Leopoldskron beordert worden. Die Uniformierten hatten es inzwischen tatsächlich geschafft, innerhalb der kurzen Zeit die Daten aller 163 anwesenden Personen aufzunehmen. Der dunkelhaarige Mann, der sie am Eingang des Schlosses begrüßte, wurde ihnen von der Chefinspektorin vorgestellt. »Das ist Wolfgang Blatt. Zuständig für die Organisation der Veranstaltung vonseiten des Schlosses. Er ist zugleich Vizepräsident von *Salzburg Global*.« Das Schloss war im Besitz dieser gemeinnützigen Einrichtung. Das war Merana bekannt. Er und Brunner reichten dem Vizepräsidenten die Hand.

»Wir teilen uns die Arbeit auf, Carola«, erklärte Merana. »Ich übernehme die Fernsehleute. Thomas wird mich dabei begleiten. Du kümmerst dich inzwischen um die übrigen Anwesenden. Ich stoße später dazu.«

»Dann darf ich Sie bitten, mir zu folgen.« Wolfgang Blatt drückte die schwere Eingangstür auf. Was Merana zu hören bekam, überraschte ihn. Klaviermusik. Damit hatte er nicht gerechnet. Gespielt wurde ganz in der Nähe. Hinter der mächtigen Eingangstür konnte man nicht weitergehen. Man musste erst eine Art Windfang durchqueren. Diese Konstruktion wurde gebildet aus Holzwänden mit großen Durchblicken aus Glas. Dazu gab es Schwingtüren. Auch die waren durchsichtig. Gleich hinter dem Windfang war ein großer heller Raum zu erkennen. Dort waren viele Leute versammelt. In der Mitte dieses Raumes sah Merana das Klavier. Auf dem spielte ein junger Mann, der beherzt in die Tasten griff und den Merana auf 16 oder 17 Jahre schätzte. Der schwarze Flügel hatte einen hervorragenden Klang. Merana hob die Hand als Zeichen für die anderen, ein wenig zu verharren. Noch etwas entdeckte Merana in diesem Raum. Der Anblick berührte ihn. Zwei der kleineren Kinder schliefen tief und fest auf dem Schoß von Erwachsenen. Jetzt war im Klavierspiel ein anwachsendes Tremolo auf den tiefen Tasten zu vernehmen. Gleich darauf setzte der junge Pianist einen fulminanten Schlussakkord, worauf Jubelrufe erschallten. Ein Großteil der Leute begann zu klatschen. »Na, dann beginne ich gleich hier«, ließ die Chefinspektorin sich vernehmen. Sie drückte die Schwingtür auf.

»Und ich darf die beiden Herren nach oben führen.« Wolfgang Blatt wandte sich nach rechts. Merana und Brunner folgten ihm. Sie gelangten zum Treppenhaus.

»Wir müssen ins zweite Obergeschoss zu den Seminarräumen. Dort haben wir die Mitglieder des Fernsehteams untergebracht.«

Merana fiel ein, bereits einmal im Inneren des Schlosses gewesen zu sein. Das war sehr lange her. Wenn er sich recht erinnerte, befand sich im ersten Stock über ihnen die Bibliothek. Für deren besondere Ausführung und außergewöhnliche Ausstattung war Leopoldskron angesehen. Wie für so vieles in diesem Schloss. Milder Schein erfasste das prächtige Stiegenhaus. Leider blieb Merana keine Zeit, sich den Herrlichkeiten dieser Architektur näher zu widmen. Er war bei einer Mordermittlung, nicht bei einer kulturgeschichtlichen Schlossführung. Sie erreichten den zweiten Stock mit den Seminarräumen. Ein großer, altertümlicher Bauernkasten befand sich neben der Tür zu Seminarraum 1. Daneben hing ein Bild, eine Fotografie im goldfarbenen Holzrahmen. Eine am Wasser stehende Skulptur war darauf zu erkennen. Sieht aus wie der Kopf eines steinernen Seepferdchens, kam Merana in den Sinn. Dann ließ er sich vom Vizepräsidenten die Tür öffnen. Sie traten ein. Sechs Personen befanden sich im Raum. Merana stellte Brunner und sich vor, wies sich selbst als Ermittlungsleiter aus. Dann bat er um die Vorstellung der Anwesenden. »Ich bin Magnus Retzer.« Die Stimme des Mannes hörte sich etwas knarrend an, aber durchaus wohlklingend. Eine imposante Erscheinung, bemerkte Merana. Er schätzte den Mann knapp zwei Meter groß. Er hatte breite Schultern, trug einen rötlich schimmernden Vollbart. »Ich bin in unserem Sender der Leiter der Redaktion *Politik-Gesellschaft*. Das Magazin *Veritas! Now!* fällt in meine Zuständigkeit. Ich bin allein verantwortlicher Produzent, zugleich Aufnahmeleiter und Regisseur der Sendung.« Retzer präsentierte die anderen, zeigte dabei auf die jeweils vorgestellte Person. »Das ist unser Chefkameramann, Kai Semmering. An seiner Seite sehen Sie Kamerafrau Elaine Mara. Pavel Kinski ist verantwortlich für Licht und Ton. Frida Glatt ist Journalistin, Assistentin für redaktionelle Aufgaben. Sie liefert zu, kümmert sich vor allem um zusätzlich notwendige Recherchearbeiten. Und schließlich haben wir Elena Hauk. Elena war es bedauerlicherweise beschieden, unsere tote Kollegin zu finden.«

Die angesprochene Frau trug eine helle Jacke über einem dunklen T-Shirt. Sie kämpfte sichtlich mit den Tränen. In den Fingern drehte sie nervös ein zerknülltes Papiertaschentuch.

»Was mich zuallererst interessiert, Herr Retzer«, begann Merana und blickte den Regisseur direkt an. »Außer Ihnen im Team durften nur Herr Blatt und Frau Mitterberg von *HERA* vom Vorgefallenen im Detail erfahren. Sie legten sogar allergrößten Wert darauf. Niemand von den anderen sollte mitbekommen, dass es sich bei dem Vorfall um einen tragischen Todesfall handelte. Es sollte nicht einmal weitergegeben werden, dass Leona Trill im Zentrum des Vorfalles war. Warum?«

Der Angesprochene griff nach seinem Tablet. Er wischte über den Screen, hielt ihn dem Kommissar hin. »Deswegen, Herr Kommissar.«

Ein Porträtfoto von Leona Trill war zu sehen. Ja, die Farbe war eindeutig dunkelblond. Kurz geschnitten. Das Haar reichte der Moderatorin etwa bis zum Kinn. »Nachruf« stand unterhalb des Bildes. Dann folgte ein kurzer Text. Der Redaktionsleiter wies auf den Bildschirm. »Wir schafften es gerade noch, unsere eigene Version über die Kanäle unseres Senders zu verbreiten. Wir setzen alles daran, selbst eine seriöse Darstellung zum Ableben unserer geschätzten Kollegin in die Öffentlichkeit bringen, bevor das hier eintritt.« Er wischte mehrmals über den Screen, zeigte ihn Merana. Postings in teils knalliger Aufmachung waren auf dem Tablet zu erkennen. Ausschnitte aus *Facebook*, *Twitter*, *Instagram* und anderen Blogging Diensten. »Inzwischen ist das Netz voll von Postings dieser Art. So wertvoll Social-Media-Dienste für unsere Medienarbeit sind, so verheerend können sie sein, wenn die falschen Leute darin herumwüten. Ich brauche Ihnen als Polizisten wohl nicht erklären, wozu das führen kann. Und da ist noch gar nicht die Rede von gezielter Lügenpropaganda oder Cybermobbing.« Seine Hand wischte erneut über den Screen. »Die Gefahr, dass durch irgendwen der Anwesenden auch nur eine Andeutung des tragischen Vorfalls, verbunden mit einem Namen, via Social Media nach draußen dringt, war einfach zu groß. Das wollten wir verhindern, solang es ging.« Er legte das Tablet zur Seite. Darauf hättest du eigentlich von alleine kommen können, Merana, rügte der Kommissar sich innerlich. Auch du hast zuerst angenommen, hinter dem Verhalten des TV-Teams steckten gewiss ominöse Motive. Du hättest zumindest einräumen können, dass es dafür eine klare, gut nachvollziehbare Ursache gibt. Aber jetzt wusste er es. Zumindest hatte er nachgefragt. Wie es einem verantwortungsvollen Ermittler zusteht.

»Sie haben Ihre tote Kollegin drüben am Weiherufer gesehen. Wie Sie ja gewiss vom Zustand des toten Körpers abzuleiten vermögen, müssen wir von einem Verbrechen ausgehen. Ein Unfall als Ursache ist für den Tod von Leona Trill auszuschließen.« Er schaute in die ernsten Gesichter. »Hat einer von Ihnen dazu etwas zu sagen? Weiß jemand Näheres, wie es zu diesem gewalttätigen Akt kommen konnte?« Er ließ sich Zeit, blickte in die Runde. Zwei der Anwesenden starrten zu Boden. Die Frau, die ihm als Frida Glatt vorgestellt worden war, und der junge Mann, der Pavel Kinski hieß, zuständig für Ton und Licht. Elena Hauk schüttelte heftig den Kopf. Ihr Oberkörper bebte. Dann vergrub sie das Gesicht in den Händen. Ihr Weinen war deutlich zu hören. Merana wartete. »Es ist für uns unfassbar, was passiert ist, Herr Kommissar«, ließ sich Magnus Retzer vernehmen. »Wir haben uns schon gefragt, wie es dazu kommen konnte. Aber keiner von uns hat den Ansatz einer Erklärung.«

Merana sagte nichts. Er ließ die Leute nicht aus den Augen, wartete. Dann stellte er die nächste Frage.

»Die Stelle, wo Ihre tote Kollegin gefunden wurde, liegt sehr weit vom Schloss und der Umgebung des Festes entfernt. Hat jemand von Ihnen eine Vorstellung, warum Frau Trill diesen Platz aufsuchte?« Alles, was man ihm entgegenbrachte, war ratloses Kopfschütteln.

»Bitte korrigieren Sie mich, wenn ich falschliege«, fuhr Merana fort. »Soweit ich bisher unterrichtet bin, brachten Sie zunächst einen Live-Einstieg, bei dem Frau Trill moderierte. Gab es dabei irgendwelche unerwarteten Probleme? Oder ist Ihnen sonst im Umfeld dazu etwas Ungewöhnliches aufgefallen?«

»Nein, Herr Kommissar. Alle hielten sich exakt an unsere Vorgaben«, knarrte der Teamleiter. »Es war ein perfekter Einstieg. Große Begeisterung bei allen Beteiligten. Vom Orchester bis zu den Festgästen, also den Zuschauern.« Auch die anderen nickten eifrig. Kurz flackerte spürbare Lebendigkeit in der ansonsten niedergeschlagenen Runde auf. Fast alle bekräftigten das Gesagte, stimmten zu. »Dann war eine zweite Darbietung fürs Fernsehen geplant«, setzte Merana fort. »Dieses Mal nicht live, sondern als Aufzeichnung, wenn ich recht unterrichtet bin.«

»Sie liegen völlig richtig, Herr Kommissar«, stimmte Retzer zu. »Das war etwa zwei Stunden später. Mit den Proben begannen wir schon früher.«

»Was passierte in dieser Zeit?«

»Es war die beste Gelegenheit, sich am Buffet zu laben. Die Leute konnten im schlossnahen Teil des Parks herumschlendern und miteinander plaudern. Einfach das Fest und das herrliche Ambiente genießen.«

Merana überlegte.

»In dieser Zeitspanne muss Frau Trill das festliche Treiben verlassen haben. Ich gehe davon aus, das passierte gewiss nicht unbemerkt. Hat jemand von Ihnen sie dabei gesehen?«

Für einen Moment wirkte die Runde wie erstarrt. Einige blickten verwundert. Andere wirkten unsicher. Haben sie darüber noch gar nicht intern gesprochen?, fragte sich Merana überrascht. Irgendjemand muss doch mitbekommen haben, dass die Moderatorin, der Star der Sendung, sich vom Acker machte.

»Also, ich habe es leider nicht mitbekommen«, begann der Redaktionsleiter. »Aber ich war auch sehr mit anderen Dingen beschäftigt. Zunächst telefonierte ich lange mit dem Regie-Team. Wir besprachen den eben produzierten Live-Einstieg. Ich informierte die Kollegen in allen Details, was wir für die Aufzeichnung planten. Danach überlegten Kai und ich die besten Kamerapositionen für den zweiten Teil. Auch das dauerte einige Zeit.« Er blickte zu seinen Mitarbeitern. »Hat jemand von euch mitbekommen, dass Leona wegging?«

Sie blickten einander fragend an. Schließlich hob Pavel Kinski die Hand.

»Also mich hat Leona irgendwann gebeten, ob ich ihr ein Glas Wasser und einen Schluck Champagner bringen könnte. Ich weiß allerdings nicht mehr genau, wann das war. Dem Gefühl nach würde ich sagen, etwa eine Stunde nach unserem Live-Einstieg. Ich begab mich jedenfalls sofort zum Catering-Team. Dort musste ich etwas warten. Der Champagner war offenbar aus. Es dauerte einige Minuten, bis neue Flaschen herbeigebracht wurden. Als ich dann mit Champagner und Wasser zurückkehrte, war Leona nicht mehr da. Ich schaute mich um, sah sie aber nirgends. Ich dachte mir nicht viel dabei und trank den Champagner selbst aus.« Ein Anflug von Grinsen stellte sich bei ihm ein. »Geschmeckt hat er mir nicht sonderlich. Er war bereits warm.« Merana musterte ihn.

»Warum dachten Sie sich nichts dabei, dass Frau Trill nicht mehr da war? Immerhin hatte die Kollegin Sie ausdrücklich gebeten, etwas für sie zu holen.«

Er druckste herum, ehe er antwortete. Die anderen ergänzten, dass dieses Verhalten von Leona Trill nicht ungewöhnlich war. Auch sie drückten sich dabei verhalten aus. Merana verstand, was die Runde andeutete, aber nicht offen aussprach. Der Star der Sendung hatte so seine Launen und zeigte sie auch gern. Die Journalistin meckerte wegen jeder Kleinigkeit und war schnell aufbrausend. Auch die anderen hätten sich nicht viel dabei gedacht, wenn man bemerkt hätte, dass die Moderatorin nicht mehr unter den Anwesenden des festlichen Treibens zu finden war. »Man konnte auch annehmen, dass Leona zwischendurch ihre Suite aufsuchte«, fügte Retzer hinzu, »um sich auf die Moderation für den zweiten Teil vorzubereiten.«

»Frau Trill hatte hier eine Suite?« Merana blickte zum Vizepräsidenten.

»Nicht im Schloss«, gab der zur Antwort, »sondern drüben in der Meierei, die wir als Hotel führen.«

»Sie wohnen alle hier?«, fragte Merana das TV-Team. Ehe einer der Fernsehleute etwas sagen konnte, antwortete Wolfgang Blatt.

»Leider nein. Die Herrschaften vom Fernsehen reisten erst gestern Abend an. Wir konnten für sie Zimmer in

Anif organisieren. Unser Hotel hat nur eine überschaubare Anzahl an Zimmern. Und die sind derzeit fast alle von den Teilnehmern am Seminar belegt. Nur für Frau Trill konnten wir eine Suite anbieten. Was auch deswegen leichter möglich war, da sie nicht erst am Montag, sondern bereits am Freitag angereist war.«

Leona Trill war also schon seit einiger Zeit hier? Dann kannte die Moderatorin das Ambiente gewiss besser als die anderen vom Fernsehteam. Vielleicht war sie in den vergangenen Tagen öfter an der entlegenen Seite des Parks gewesen, nahe oder direkt an der Stelle, wo man sie vor wenigen Stunden tot gefunden hatte. Er blickte zu Brunner. Der nickte, verstand, worauf Merana abzielte. Sie mussten rasch das Hotelzimmer in der Meierei überprüfen. Vielleicht fand sich dort ein Hinweis. Merana blickte in die Runde.

»Herrn Kinskis Schilderung haben wir eben gehört. Hatte noch jemand näheren Kontakt zu Frau Trill in den knapp zwei Stunden zwischen Ende des Live-Einstiegs und dem geplanten Beginn des zweiten Teils?«

»Näheren Kontakt kann ich nicht …« Die Stimme brach sofort wieder ab. Elena Hauk brachte die Worte kaum heraus. Sie kämpfte sichtlich um Fassung. »Ich bemerkte nur, dass Leona sich eindringlich mit Frau Mitterberg unterhielt. Es ging um den Tanz der Kinder …« Sie schluchzte heftig. »Da habe ich sie jedenfalls zum letzten Mal gesehen, bevor ich dann später …« Weiter schaffte sie es nicht mehr. Der nächste Weinkrampf packte sie. Die Kamerafrau legte ihr den Arm um die Schulter. Sie zog die Kollegin zu sich, versuchte, Elena zu beruhigen. Merana überlegte. Er hätte schon noch ein paar Fragen an die junge Frau gehabt. Doch das konnte auch bis morgen warten.

»Sonst noch jemand? Ist noch jemandem etwas aufgefallen?« Kopfschütteln. Betretenes Schweigen. Einige ließen die Augen sinken, schauten zu Boden. Merana musterte die Runde. Einen nach dem anderen. Er konnte sich des Gefühls nicht erwehren, dass noch nicht alles gesagt war. Irgendjemand wusste noch etwas. Und sprach es nicht aus. Täuschte ihn sein Eindruck? Nein. Verlass dich auf dein Gefühl, Martin. Das hatte ihm die Großmutter schon geraten, als er noch ein Kind war. Und er hatte sich meist daran gehalten. Auch später, als er längst Polizist war und in schwierigen Kriminalfällen ermittelte, hatte er versucht, diesen Rat zu beherzigen. Eindringlich blickte er sie an, achtete auf Mimik und Körperhaltung. Er wartete. Nein, er konnte nicht erkennen, was das Gefühl in ihm auslöste. Aber da war etwas. Er legte die Hände auf die Knie, dann erhob er sich. »Wie sahen die Vorbereitungen zum geplanten zweiten Teil Ihrer Produktion aus? Was wurde dabei unternommen?« Er ließ sich schildern, wie man daranging, mit den Festgästen einen großen Kreis zu bilden. »Lief das ohne Kameras ab, oder gibt es Aufnahmen von diesen Vorbereitungen?«

»Die gibt es.« Die Kamerafrau meldete sich. »Ich habe einiges mitgefilmt. Von der Schulter aus, ohne Stativ. Mit einer leichteren Kamera.« Elaine Maras Stimme war klar und deutlich. »Ähnliche Szenen hielt ich auch zuvor von den Festgästen während der Pause fest. Wir brauchen solche Aufnahmen für das Making-of, das wir fast bei jeder Sendung produzieren.«

Merana atmete hörbar auf. Wunderbar. Das hörte sich gut an, würde ihnen vielleicht helfen. Gut möglich, dass sie bei den Aufnahmen den einen oder anderen entscheidenden Hinweis entdeckten, der sie weiterbrachte. »Wir brauchen alles, was Sie heute aufgenommen haben.«

»Das ist sehr viel Material, Herr Kommissar«, warnte der Regisseur.

»Egal.« Merana wies auf seinen Tatortgruppenleiter. »Bitte händigen Sie Thomas Brunner das Material aus. Wir sind Ihnen verbunden, wenn Sie uns behilflich sind und uns beim Durchsehen einiges erklären.«

Retzer erhob sich. Ebenso der Chefkameramann.

»Wir werden alles unternehmen, um der Polizei behilflich zu sein, Herr Kommissar.«

»Danke.« Merana wandte sich zum Gehen. Er bat Thomas Brunner, die Fernsehleute zu begleiten und sich das Material aushändigen zu lassen. »Wo sind die anderen versammelt?«, fragte Merana den Vizepräsidenten, als sie draußen waren.

»Die Mitglieder des Orchesters sowie die jungen Leute und deren Begleitung sind in der Großen Halle im Erdgeschoss. Die anderen, das ist der weitaus größte Teil der Gäste, konnten wir im ersten Stock im Marmorsaal unterbringen.«

Sie stiegen die Treppe nach unten. Im ersten Stock erwartete sie die Chefinspektorin. Merana fasste in knappen Bemerkungen zusammen, was sie vom TV-Team erfahren hatten.

»Viel ist es nicht. Wie war es bei dir?«

»Bis jetzt auch nichts, was uns auf die Schnelle weiterbrächte.« Die Chefinspektorin wies hinter sich. »Ich denke, wir sollten die Leute endlich entlassen, Martin. Es ist 2.30 Uhr. Wir haben von allen die Daten und können jeden ab morgen eingehend befragen.«

Natürlich hatte Carola recht. Sie konnten die Leute nicht ewig dabehalten. Aber dass jemand von außen hereingekommen war und die Tat vollbrachte, das schloss er aus. Wer immer für dieses grauenvolle Verbrechen verantwortlich war, befand sich hier. In diesem Schloss. Zu dieser Stunde. Er oder sie war mitten unter ihnen. Wenn der Kommissar einwilligte, die Leute fortzuschicken, dann befand sich darunter auch der Mörder. Oder die Mörderin. Es wurmte ihn, doch es blieb ihm nichts anderes übrig.

»Gut, Carola. Machen wir es so. Du entlässt die Leute im ersten Stock. Ich sage den anderen im Erdgeschoss Bescheid.«

Alle Augen waren erwartungsvoll auf ihn gerichtet, als er den großen Raum betrat. Das Klavier war inzwischen verwaist. Keiner spielte mehr darauf. Inzwischen waren noch mehr Kindern die Augen zugefallen. Merana stellte sich kurz vor. Dann ermunterte er alle, tief in der Erinnerung zu kramen. »Vielleicht bemerkt der eine oder andere doch noch etwas, das uns weiterhilft. Manchmal tauchen bestimmte Eindrücke in unseren Köpfen erst später auf. Sie können sich jederzeit an uns wenden, wenn Ihnen etwas einfällt.«

»Und wie hoch wird die Belohnung sein?« Ein junger Mann mit Wuschelkopf hatte sich erhoben. »Meine Nase funktioniert besser, wenn sie ein paar Tausender riecht.« Damit ein jeder kapierte, wie er es meinte, begann er lautstark zu schnüffeln. Es sollte wohl witzig sein, ein besonderer Gag zu später Stunde. Ein paar lachten. Andere schienen es eher peinlich zu finden. Merana ging nicht darauf ein.

»Danke, dass Sie solange ausgeharrt haben.«

Dann drehte er sich schnell um, verließ den Raum. Carola war mit den Leuten im Marmorsaal auch am Ende, denn er vernahm Schritte und Stimmengewirr. Leute kamen die Treppe herunter. Merana drückte die hohe Eingangstür auf, ging nach draußen.

»Es wurde allerhöchste Zeit, Merana.« Verblüfft drehte er sich um. Er hatte die Stimme sofort erkannt.

»Jutta, du hier?« Im Grunde hätte es ihn aber gar nicht in Staunen versetzen müssen. Die kompetente, bestens vernetzte Journalistin einer großen österreichischen Tageszeitung mit Sitz in Salzburg war fast immer dort zu finden, wo Außerordentliches stattfand. Also warum sollte sie nicht auch in Leopoldskron mit dabei sein? Immerhin fand ein bedeutendes Fest mit Promis und international gefragter TV-Sendung statt.

»Ich mache dich persönlich dafür verantwortlich, dass ich mich kaum mehr auf den Beinen halten kann, Merana.« Sie stupste ihm mit dem Zeigefinger gegen die Schulter. Er musste lachen. Er kannte Jutta Ploch seit Langem. Die beiden verband so etwas wie scheue Freundschaft. Jutta hatte ihm bei einigen Fällen geholfen, denn sie war nicht nur eine hervorragende Kulturjournalistin, sondern darüber hinaus in vielen gesellschaftlichen Bereichen bestens vernetzt, bis hin zur Politik.

»Ich fahre augenblicklich heim, um ins Bett zu plumpsen, Merana. Ich bin hundemüde. Aber vor dem Einschlafen überlege ich noch, was ich dir alles an Quälereien anzutun gedenke. Immerhin hielt die Polizei mich stundenlang im Schloss eingesperrt. Du kannst meiner Rache nur entgehen, wenn du dir morgen Zeit nimmst, um mir jedes Detail über den Mord an meiner Medienkollegin Leona zu schildern. Selbstverständlich exklusiv für meine Zeitung. Alles klar, amico mio?«

Er lachte. Die im Grunde harmlosen Sticheleien, die Jutta und er gelegentlich im Umgang miteinander pflegten, taten ihm gut. Und gerade jetzt konnte er das entspannende Geblödel gut brauchen. Die Journalistin hauchte ihm einen Kuss auf die Wange. Dann stakste sie davon. Zusammen mit vielen anderen, die aus dem Schloss kamen und nach Hause eilten. Merana schaute hinterher. Die allermeisten von ihnen hatten gewiss nicht das Geringste mit dem grauenvollen Ereignis zu tun. Aber mitten in der Ansammlung der davonströmenden Menschen befand sich auch der Täter. Die Täterin. Eine Person unter diesen war für den Mord verantwortlich. Eine unter 163.

6

Vor zwei Stunden war sie heimgekommen. Sie hatte sich sofort unter die Dusche gestellt, das heiße Wasser aufgedreht. Dann hatte sie begonnen, sich abzuschrubben, als wäre ihre Haut von einer dicken, fettigen Schicht aus dunklem Schlamm und Dreck bedeckt. Am liebsten wäre Julia gar nicht mehr herausgekommen aus der Dusche. Aber nach wenigen Minuten hatte ihr schlechtes Gewissen gesiegt. Es hatte sie gezwungen, die Schrubberei zu beenden und den üppigen Wasserstrahl abzustellen. Umweltbewusst leben. Energie sparen. Wasserverbrauch reduzieren. Daran hatte sie sich nicht erst in den letzten Jahren verstärkt gehalten. Den Ressourcen unserer Erde besondere Achtsamkeit zu widmen, dazu hatten ihre Eltern Julia schon in der Kindheit angehalten. Nach der Dusche hatte Julia zu ihrer Viola gegriffen. In wenigen Stunden musste sie auf die Uni. Um 12 Uhr begann ihr Unterricht bei Professor Tankrath. Sie sollte dringend die schwierige Stelle im Mittelteil der Romanze nochmals üben. Eigentlich hatte sie sich das für gestern Nachmittag vorgenommen. Aber dann war ihr Ferdinands Einladung zum Auftritt in Leopoldskron dazwischengekommen. Dass Anselm Tankrath ausgerechnet sie empfohlen hatte, verursachte ihr ein warmes Gefühl. Würde Professor Tankrath heute dazu etwas sagen? Wenn nicht, sollte sie ihn darauf ansprechen? Sie wusste es nicht. Sie hatte bald das Instrument zur Seite gelegt. Es war 5 Uhr morgens. Die frühe Uhrzeit wäre kein Grund gewesen, das Spielen einzustellen. Ihr Vermieter, Herr Gruber, war für ein paar Tage nach Kärnten gefahren. Er wollte dort wandern. Und wenn Herr Gruber im Haus gewesen wäre, hätte er auch nichts dagegen gehabt. Er hatte es von Anfang an erlaubt, dass sie am frühen Morgen übte. Mehr noch. Es freute ihn sogar, wie er ihr versicherte. Es verzaubere sein Wachsein. »Ich stehe meist zwischen 4 und 4.30 Uhr auf«, hatte er sie wissen lassen, als sie vor fünf Monaten die winzige Garconniere in dem kleinen Haus bezog, in dem Emil Gruber seit über 30 Jahren wohnte. Sie griff zum großen Papierblock. Etwas auf dem Papierblatt entstehen zu lassen, beruhigte sie. Sich ins Zeichnen zu versenken, hatte ihr schon als Kind stets gutgetan. Sie konnte sich auf den übers Papier gleitenden Stift konzentrieren, auf ihre Hand achten, die zu Schwüngen und Linien ansetzte. Das ließ sie vergessen, was rings um sie geschah. Da konnte sie tief eintauchen in eine ganz andere Welt, in ihre Welt. Die Freude am Zeichnen hatte sie durch ihre Mutter vermittelt bekommen. Tamira Reinhard war nicht nur eine sehr gute Maskenbildnerin. Der Name stand auch in Einladungen für Ausstellungen, zu denen ihre Mutter Bilder beisteuerte. Vor allem Aquarelle. Manchmal auch Ölgemälde. Julia schloss die Augen. Wo seid ihr? Kommt bitte herbei, flüsterte sie. Dann tauchten sie auf. Die beiden Seepferdchen. Die Skulpturen am Tor, das zum Weiher führte. Jetzt sah sie die beiden ganz deutlich in ihrer Vorstellung. Ihre Hand führte den Stift übers Papier. Sie begann mit den Nüstern des ersten Pferdes, mit dem halb geöffneten Maul. Dann skizzierte sie den gesamten Umriss des Schädels. Nein. Das musste anders aussehen. Ganz anders. Sie setzte nochmals an, verlieh der geschwungenen Linie eine neue Form. Nein. Auch das passte nicht. Nochmals ansetzen. Wieder korrigieren. Falsch. Das musste völlig anders aussehen. Sie biss sich fest auf die Lippen. Dann schleuderte sie den Stift zur Seite. Es hatte keinen Sinn. Sie schaffte es nicht, ausschließlich das Bild der steinernen Pferde in ihrer Vorstellung zu behalten. Immer wieder schob sich anderes darüber. Erscheinungen des heutigen Tages. Szenen aus Leopoldskron. Bilder, Stimmungen, Laute. Fetzen von Eindrücken, Teile von Gesprochenem. Es war eine bestimmte Szene, die sich aufdrängte. Und dabei schob sich auch die Frage ständig in den Vordergrund: Hätte ich etwas sagen sollen? Es pochte heftig in ihrem Kopf. Es hämmerte. Warum hast du nichts gesagt, Julia? Merana, so hatte er sich vorgestellt, der Kommissar von der Kriminalpolizei. »Mein Name ist Martin Merana. Ich leite die Ermittlungen.«

Der Mann war ihr von Anfang an sympathisch gewesen. Vielleicht hätte sie etwas sagen sollen. Der Kommissar hätte ihr Anliegen womöglich nicht falsch verstanden und richtig einzuordnen gewusst. Haben Sie keine Scheu, reden Sie mit uns. Das hatte er auch gesagt. Julia hatte tatsächlich überlegt, die Hand zu heben und zu reden. Sie wusste aber nicht, ob ihre zufällige Beobachtung überhaupt etwas bedeutete. Dann war Aaron vorgeprescht. Der setzte sich gerne in Szene. Im Gegensatz zu ihr. Der dachte sich wenig dabei, was er sagte. Wie er bei anderen ankam. Sie nicht. Und wie hoch wird die Belohnung sein?, hatte Aaron gerufen. Und dann war noch etwas von ihm gekommen. Irgendetwas mit Schnüffeln. Einige hatten gelacht. Aber ihr war das nicht lustig erschienen. Eher peinlich. Und da hatte sie davon abgelassen, etwas zu sagen. Aber jetzt konnte sie den herbeidrängenden Gedanken nur schwer beiseiteschieben. Ja, ihr war etwas aufgefallen. Kurze Zeit später hatte man Leona Trill gefunden. Tot. Hatte das, was sie beobachtet hatte, etwas damit zu tun? Die Frage pochte in ihrem Kopf. Unablässig.

7

Wären es Lebewesen, dann könnte man den Eindruck haben, die Festung ruhe direkt auf der Schulter des Schlosses. Das ergab ein sonderbares Bild. Leicht irritierend. Von dort, wo Merana stand, sah es zumindest so aus. Festung und Schlosshaut miteinander verbunden. Straff, aber auch bedrückend. Es gilt, dieses befremdliche Verschmolzensein zu verändern, beschloss er. Langsam bewegte er sich ein paar Schritte weiter, blickte dabei immer noch interessiert über den Weiher. Als Kind hatte er das gerne und leidenschaftlich praktiziert. Er hatte sich in der Entfernung zwei bestimmte Stellen in der Landschaft ausgewählt. Ein Haus, einen Baum, eine Kirchturmspitze, einen Berggipfel, eine grasende Kuh, was auch immer. Die ausgewählten Erscheinungen mussten von seinem Standpunkt aus in jedem Fall hintereinander liegen. Und sie mussten sich in einiger Entfernung zueinander befinden. Dann hatte er sich langsam seitlich bewegt. Dabei hatte er den ausgewählten vorderen Punkt genau fixiert. Neugierig war er immer, was mit der Erscheinung dahinter geschah. Es hatte ihm einfach Spaß gemacht, wenn er mitbekam, dass der Kirchturm, der zuvor noch direkt aus dem Rücken der Kuh zu wachsen schien, nun genau in seinem Tempo mitwanderte und auf diese Weise nach geraumer Zeit die Kuh wieder freigab.

»Juhu!« Das hatte ihn meist zum Jubeln gebracht. Gelacht hatte er etwa auch, wenn die wehenden Fahnen auf ihren Stangen am Anstieg des dahinterliegenden Berges sich vom Schulgebäude davor wegschoben, als flögen sie einfach davon. »Juhu, fliegt weiter. Gebt die Schule frei!«, hatte er dann frohlockt und sich händeklatschend im Kreis gedreht. Er hatte dieses Spiel sehr gemocht. Es war wie eine kurze wunderliche Entdeckungsreise, bei der man sich immer wieder überraschen lassen durfte, was dabei herauskam. Und auch jetzt gefiel es ihm. »Merana, was soll das?«, knurrte es innerlich in ihm. »Du bist erwachsen, du bist Kripochef und kein zehnjähriges Kind mehr. Also lass das.« Aber seine Füße ließen es nicht zu. Sie schritten unaufhaltsam dahin. Und die Augen blickten weiterhin über den Weiher, beobachteten belustigt, wie die Festung mit ihm mitwanderte. Wie sie sich allmählich vom Rücken des barocken Gebäudes löste und anhaltend nach rechts schwebte. Er machte noch genau sieben Schritte, dann blieb er stehen. Jetzt passte es. Jetzt wirkte die Komposition für ihn ausgewogen. Das barocke Bauwerk im Fokus des Betrachters. Souverän und unbeschwert am richtigen Platz. Die Burg Hohensalzburg seitlich dahinter in gebührendem Abstand. So als grüße sie gelassen von ihrem Platz auf dem bewaldeten Festungsberg das Schloss am Ufer.

Schau dir nur die Fassade an! So viel Klarheit. So viel Ordnung. Wie eine umwerfend schöne Zeichnung in einem weit aufgeschlagenen schönen Buch. Genauso hatte es die Großmutter ausgedrückt. Das mochte jetzt zwei, eher schon drei Jahre her sein, entsann er sich. Damals waren sie beim *Weiherwirt* eingekehrt. Der lag von ihm aus wenige 100 Meter entfernt auf der linken Seite. Nach dem Mittagessen war er mit der Großmutter am Ufer entlangspaziert. Viele Leute waren hier unterwegs gewesen. Touristen, geführt von Reiseleitern, aber auch sehr viele Einheimische. So wie man es von hier aus sah, kannten die meisten Schloss Leopoldskron. Vom gegenüberliegenden Ufer aus, mit Blick über den Weiher. Eine wunderschöne Außenansicht, hatte die Großmutter damals weiter geschwärmt. Die Fensterreihen sind regelmäßig geordnet. Und das ganze Schloss ist wohlig eingebettet in die Landschaft. Wohlig. Genauso hatte es die alte Frau ausgedrückt. Er konnte sich gut an die Begeisterung der Großmutter erinnern. Und sie hatte wie immer recht gehabt. Das konnte er auch jetzt bestätigen.

Herrliche Fassade, majestätische Ausstrahlung. Von Weitem hatte man den Eindruck, man blicke auf eine Theaterkulisse. Seine Augen lösten sich von der Fassade des Schlosses, glitten aufmerksam am Ufer entlang. Er kontrollierte das Gelände rings um den Weiher. Jetzt war es wieder der

Blick des Kriminalermittlers, der die Lage checkte. Man konnte tatsächlich von fast allen Stellen aus den Weiher überqueren.

Im Boot oder schwimmend. Aber unbeobachtet blieb man dabei kaum. Von keinem Punkt aus. Das kam ihm zumindest von seiner Warte aus so vor. Es war 7.30 Uhr morgens. Thomas Brunners Leute waren gewiss schon dabei, mit der Untersuchung des Tatortes und dessen Umgebung fortzufahren. Das Team hoffte, am Tag auf bessere Ergebnisse zu stoßen, als es während der Nacht bei Scheinwerferlicht möglich war. Wenn man nicht die Annäherung über den Weiher wählte, welche Möglichkeiten boten sich dann noch an, aufs Gelände zu gelangen? Auch das würden sie gründlich überprüfen. Merana war um 4 Uhr früh heimgekommen, hatte sich kurz hingelegt, kaum Schlaf gefunden. Um 5.30 Uhr war er bereits wieder aufgestanden. Immer noch kreiste vor allem eine Frage in seinem Kopf: Was hatte Leona Trill veranlasst, die feiernde Gesellschaft beim Schloss zu verlassen, um den Platz aufzusuchen, an dem sie dann tot aufgefunden wurde? Vielleicht drängte sich ihm bald der eine oder andere Hinweis auf, der ihn einer Antwort näherbrachte. Eine halbe Stunde später war er auf der anderen Seite am großen Eingangstor zum Schlossgelände. Wie ausgemacht, erwartete ihn eine Mitarbeiterin aus dem Team der Schlossverwaltung und Hotelführung. »Kleist?«, fragte er nach, als sie sich ihm vorstellte. Er hatte sie nicht richtig verstanden. »Ja, Kleist«, schmunzelte sie. »So wie der Dichter. Ich verfasse allerdings weder Theaterstücke noch Novellen. Meine größte literarische Leistung sind die regelmäßig fälligen Monatsberichte.«

Schlagfertig und sympathisch. Das gefiel ihm. Er quittierte ihre Bemerkung mit einem Lächeln. Er sah sich einer etwa 40-jährigen Frau gegenüber. Helles Haar. Maisblond. Ja, diese Bezeichnung war ihm vor Kurzem bei der Lektüre eines Berichts untergekommen. Maisblond. Die Beschreibung passte auch hier gut. Die Haare der Frau waren offen, reichten gut über die Schultern. Die Frau trug dunkle Jeans und eine helle Jacke.

»Dann darf ich vorausgehen, Herr Kommissar.« Kerstin Kleist war unter anderem für die Organisation von Veranstaltungen zuständig und hatte im Vorfeld zum gestern abgehaltenen Fest eng mit der Leiterin von *HERA* zusammengearbeitet. Auch mit den Leuten vom Fernsehen.

»Leona Trill kam nicht erst am Montagabend an wie das übrige TV-Team, sondern schon am Freitag«, begann Merana, während sie durch den Park schritten. »Ich nehme an, Frau Kleist, Sie hatten mit ihr in diesen vorangegangenen Tagen Kontakt.«

»Ja«, bestätigte sie. »Es gab einiges zu besprechen und anzuschauen. Ich zeigte Frau Trill nicht nur das Gartenparterre auf der Rückseite des Schlosses. Sie wollte auch die Lichtung sehen, die wir von der Verwaltung zusammen mit *HERA* für die Aufführung des Walzers vorgesehen hatten.«

»Waren Sie mit Leona Trill auch an anderen Stellen dieses weitläufigen Geländes?«

Sie nickte. »Ja. Die Dame vom Fernsehen wollte sich möglichst viel anschauen. Sie brauchten Material von der gesamten Location, hatte sie mir erklärt. Das Team plante, einiges für die Nachberichterstattung aufzunehmen. Das ist bei dieser Magazin-Sendungsreihe so üblich, wie sie mir versicherte. Sie wollten viel vom Park zeigen, hatte sie gemeint. Das ergebe schöne Bilder, werde den Zuschauern gefallen.«

»Wann sollten diese zusätzlichen Aufnahmen gemacht werden?«

»Heute.«

Dazu konnte es leider nicht mehr kommen, dachte Merana bedauernd. Denn jemand zertrümmerte gestern Abend mit einem Stein den Schädel der Fernsehfrau. Sie erreichten die Stelle, wo die Leiche der Moderatorin am Uferrand gelegen war. Merana hielt an. Gleichzeitig hob er die Hand, erwiderte den Gruß von zwei Kollegen aus der Tatortgruppe. Sie machten in der Nähe Aufnahmen vom Ufer mit einer Spezialkamera. Ein weiterer Kollege sammelte Proben vom Boden auf.

»Waren Sie mit Leona Trill an dieser Stelle?«

Die Schlossmitarbeiterin nickte. »Ja, das waren wir.«

Was hatte die Journalistin veranlasst, gestern Abend ausgerechnet hierherzukommen? Bekam er jetzt die Antwort auf die Frage, die ihm seit heute früh durch den Kopf schwirrte?

»Wie gefiel ihr dieser etwas bizarre Uferabschnitt? Wollte Leona Trill, dass hier gedreht werden sollte?«

»Ob sie spezielle Aufnahmen machen lassen wollte, kann ich nicht sagen. Sie hat es zumindest nicht explizit erwähnt. Aber eines kann ich bestätigen: Sie war von diesem Platz sehr angetan.«

»Was gefiel ihr besonders?«

Jetzt huschte ein Lächeln über das Gesicht der Mitarbeiterin. »Das ist ja eine richtige Märchenlandschaft, hat sie gestrahlt. Kaum zu glauben, was es hier alles gibt.«

Die Stimme der Mitarbeiterin wurde lauter. Sie versuchte, die Überschwänglichkeit der Moderatorin zu vermitteln. »An solchen Stellen werden Legenden geboren, hatte Frau Trill geschwärmt. Viele dieser alten Baumstrünke sehen regelrecht aus wie Drachen, hatte sie gemeint. Und auch vom Anblick des Untersbergs als Spiegelbild auf dem Wasser war sie hellauf begeistert.«

Ein wenig konnte Merana die Begeisterung nachvollziehen. Dass diese Stelle einiges an Theatralischem bereithielt, hatte er schon gestern Nacht festgestellt. Jetzt bei Tageslicht verstärkte sich dieser Eindruck noch mehr. Wie ein Stück urzeitliche Landschaft präsentierte sich das Ufer des Weihers an diesem Abschnitt. Jetzt war es in der Tat besser auszumachen als gestern Nacht. Umgestürzte Bäume, deren Äste sich in wilder Unordnung weit über die silbrig glänzende Wasseroberfläche schoben, offenbarten sich dem Betrachter. Da konnte einem die Assoziation zu Drachen schnell aufstoßen. Ungezügelt wild kamen Merana auch die verwitterten Wurzelungetüme vor, die neben grotesk alten Baumstämmen und widerspenstigen Strünken in diesem archaischen Gewirr auszumachen waren. Merana hatte sich in seiner Kindheit gerne an wildwüchsigen Ufern von Bächen und Teichen herumgetrieben. Aber eine derart spektakuläre Landschaft wie hier war ihm noch nie untergekommen. Und was die Besonderheit dieses Platzes verstärkte, war der Blick über den Weiher hin zum mächtigen Massiv des Untersbergs. Er wandte sich an seine Begleiterin.

»Leona Trill war also vom wilden Charme dieser Stelle besonders angetan. Können Sie sich einen Grund vorstellen, warum sie gestern während des Festes ausgerechnet diesen Platz aufsuchte?«

Die Frau von der Schlossverwaltung dachte nach, schüttelte dabei langsam den Kopf. »Beim besten Willen, Herr Kommissar, dazu fällt mir gar nichts ein.«

Schade. Merana verspürte leichte Enttäuschung. Die Hoffnung, endlich auf eine passende Antwort zu stoßen, begann zu bröckeln. Er überlegte.

»Gibt es auf dem Weg vom Schloss bis zu dieser Stelle noch etwas, das Leona Trill besonders gut gefiel?«

In den Augen von Kerstin Kleist begann es erneut aufzuleuchten.

»Und ob, Herr Kommissar, da gibt es einiges.«

»Was zum Beispiel?«

»Fürs Erste brauchen Sie sich nur umzudrehen.«

Merana schaute sie verwundert an. Dann folgte er der Aufforderung. Kleist wies auf das freie Areal vor ihnen. Die Fläche war etwa so groß wie ein Tennisplatz. Der Boden zeigte sich uneben. Helle und dunkle Flecken waren auszumachen. Etwas weiter hinten waren im Gestrüpp der Sträucher drei Objekte zu erkennen. Kunstvoll gestaltete Vasen dieser Art waren ihm auf dem Weg durch den Park schon einige untergekommen.

»Was ist mit dieser freien Stelle?«

Zuerst setzte sie ein Lächeln auf. Dann verwandelte sich der Ausdruck in ihrem Gesicht zu einer offenbar gespielt ernsten Miene. Dazu hob sie den Zeigefinger.

»Sie blicken auf eine ganz besondere Stelle unseres

Schlossgartens, geschätzter Herr Kommissar. Hier wurde am 26. August 1931 ein Werk von William Shakespeare aufgeführt. *Was ihr wollt.* Unter der Regie des Schlossherrn.«

Ihre Hand deutete zum Feld und dann auf den Bereich dahinter. »Max Reinhardt hat sich hier im Garten seines Schlosses ein eigenes Theater errichten lassen. Planung und Bauzeit dauerten einige Jahre. Von 1925 bis 1931 wurde daran gearbeitet. Jedes Detail musste vom genialen Magier, der zugleich ein gestrenger Tüftler war, bis ins Allerkleinste gut überlegt werden. Wir beide stehen hier gleichsam am Rand des einstigen Bühnenbereichs.« Sie wies hinter sich. Genau in diese Richtung hatten sie vorhin geblickt. »Kulisse brauchte der Regisseur sich keine anfertigen zu lassen. Die hatte er hier ja in natürlicher Form. Die Zuschauer konnten im Hintergrund des Bühnengeschehens den Weiher bestaunen und vor allem den unvergleichlichen Blick auf den Untersberg.«

Merana war überrascht. Dass Max Reinhardt hier auf Leopoldskron immer wieder illustre Gäste empfangen hatte, davon hatte er gelesen. Darunter waren Schauspieler, Musiker, Künstler aller Art genauso zu finden wie Prominente aus Wirtschaft, Politik und Society. Aber dass der Gründer der Salzburger Festspiele, der Regisseur des *Jedermann* auf dem Domplatz, sich hier in seinem Schlossgarten ein eigenes Theater errichten ließ, das war ihm neu.

»Sie müssen sich das so vorstellen: Auf dieser Fläche war der Bühnenraum, sehr großzügig, eingesäumt wie bei einem Heckentheater mit Laubenwänden. Diese Abgrenzung war zusätzlich geziert mit Statuen. Darunter gab es zwei Fechter, einen Winzer in Gestalt des Gottes Bacchus und einiges mehr. Dort vorne, wo man die Andeutung der Mulde sieht, befand sich der Orchestergraben. Dahinter begann die Zuschauertribüne. Aber dieses Reinhardt'sche Gartentheater wies zusätzlich einige Besonderheiten auf. Wenn Sie mir folgen, zeige ich es Ihnen.« Sie wies zur rechten Seite, ging voraus. Sie umrundeten den Bereich, den Kerstin Kleist zuvor als Bühnenraum beschrieben hatte. Bald stießen sie auf eine auffällige Vertiefung. Eine Mulde, etwa zwei bis drei Meter breit. Sie schwang sich wie ein breit gezogenes U mit Ausläufern über den Boden.

»Man erkennt hier an der Vertiefung noch das einstmals schwungvolle Becken. Es war mit Wasser gefüllt. Auch in diesem Spiegelbecken residierten reizvolle Marmorfiguren. Zwei Wasserrösser und zwei Flötenspieler. Die Besucher kamen ja von der Schlossseite her. Zuerst überquerten sie eine kleine Wiese mit Obstbäumen, dann gelangten sie über zwei Holzbrücken auf das große Rasenparterre und stießen bald auf dieses Spiegelbecken und seine malerischen Figuren. Ein bereits idyllisch gestaltetes Wegstück, ehe sie dann im vorderen Bereich von Bühne und Zuschauertribüne ankamen.«

Das muss bei allen, die hierher gelangten, einen ganz besonderen Eindruck hinterlassen haben. Davon war Merana überzeugt. Gewiss gab es noch Bilder und Dokumente von diesem ehemaligen Gartentheater. Die würde er sich gerne einmal anschauen. Aber nicht jetzt, das musste warten. Denn zuvor hatte er einen komplizierten Mordfall zu lösen. Und das möglichst schnell.

»Ich nehme an, Leona Trill hat nicht nur dieses außergewöhnliche Theaterprunkstück fasziniert. Sie war auch von der Persönlichkeit seines Erfinders sehr angetan, von Max Reinhardt selbst.«

»Ja, das war sie. Sie erklärte mir: Ein wichtiges Prinzip meiner Sendung *Veritas! Now!* ist es, in den Zuschauern das Bedürfnis für eine eigene, persönliche Sichtweise zu wecken. Vorgegebenes nicht einfach hinzunehmen. Sich einen wachen Blick zu bewahren. Alles ständig zu überprüfen. Fragen zu stellen. Schwierigkeiten sind nicht unverrückbar, sind nicht in Stein gemeißelt. Wir zeigen in der Sendung Menschen, die genau das praktizieren. Die schwierige Situationen gerade deswegen lösen, weil sie eine eigene Perspektive wählen, einen ungewöhnlichen Blick auf Vorgegebenes werfen. Diese Menschen gehen dabei oft ungewöhnlichen, verrückt scheinenden Ideen nach und schaffen es gerade dadurch, Probleme zu lösen. Und für diese Einstellung, die ich vermitteln will, kann man sich an Max Reinhardt ein treffliches Beispiel nehmen.«

Merana ließ die Augen über die Umgebung gleiten. War die Moderatorin deswegen gestern Abend hier? Plante sie, den Verweis auf Max Reinhardt in die Moderation des zweiten Teils einzubauen? Wollte Leona Trill vorher etwas überprüfen, sich noch schnell auf diesem Platz von etwas Bestimmtem vergewissern? Merana ließ die Augen über die Umgebung gleiten. Und was hatte sich dabei ereignet? Warum hatte ihr jemand im Uferbereich brutal den Schädel zertrümmert?

»Haben Sie Leona Trill noch andere Stellen gezeigt, abgesehen von diesem Platz des ehemaligen Theaters?«

Ja, das hatte sie. Kerstin Kleist führte ihn weiter. Sie hielten sich zunächst nach links. Bald erreichten sie eine Stelle, die Merana bekannt vorkam. Die Bäume standen in wohlgeordneter Reihe. »Auch diese kleine Allee ist eine Besonderheit in der Gartenanlage.« Seine Führerin wies nach vorne. »Ein eleganter Weg. Er führt bis zur Lichtung. Dahinter folgt das Schloss.« Merana dachte nach. Dann fiel es ihm ein. »Die Allee mit den Lindenbäumen kenne ich. Hier wurde eine der reizvollen Schauspielszenen aufgeführt, die ich vor einiger Zeit erleben durfte.«

»Ah, Sie waren bei einer unserer Veranstaltungen von *Shakespeare im Park*?« Sie strahlte ihn an. »Für die Organisation der Durchführung war auch ich verantwortlich. In Kooperation mit dem Salzburger Landestheater.«

»Ich kann mich gut daran erinnern. Das Ambiente ringsum und das begeisternde Spiel der Darsteller haben mir sehr imponiert. Es war ein höchst vergnüglicher Nachmittag.«

»Das freut mich, Herr Kommissar. Wenn Sie erlauben, zeige ich Ihnen eine weitere Stelle, die Frau Trill gut gefiel. Die wollte sie in jedem Fall mit in ihre Sendung im Rahmen der Nachberichte aufnehmen.« Sie wechselten hinüber auf die andere Seite des Parks. Die Stelle befand sich nahe am Gitter, die das Areal zur Leopoldskronstraße hin absperrte. Ein Teich. In der Mitte der Wasserfläche waren Steinbrocken zu erkennen, übereinandergetürmt, von wucherndem Moos bewachsen. Darauf ragte eine Figur in aufrechter Haltung in die Höhe. Schon beim Näherkommen glaubte Merana zu ahnen, wen diese Gestalt darstellen sollte.

»Wir sind beim Herkulesteich«, erklärte seine Begleiterin. »Max Reinhardt trug für sein Schloss und den Garten Schätze in jeglicher Form zusammen. Skulpturen, Vasen, Möbel, Kleinode. Was immer er finden konnte.«

»Ich nehme an, darunter war viel Wertvolles.«

»Materieller Wert war nicht das Entscheidende für Reinhardt. Wenn er fand, er könne genau dies und jenes gebrauchen, wenn er meinte, gerade das passe wunderbar in seinen Garten, zu seinem Schloss, dann war es für ihn wertvoll. Die Herkulesstatue war es in jedem Fall. Er hatte sie dem Dichter Hermann Bahr abgeschwatzt, mit dem er befreundet war. Sie stammt aus Schloss Arenberg.« Merana hatte beim Herankommen eher an die griechische Bezeichnung gedacht. Herkules war der lateinische Name. Doch der Held stammte ursprünglich aus der weitaus älteren griechischen Mythologie. Und dort wurde er mit dem Namen Herakles angeführt. Herakles hatte zwölf Aufgaben zu bewältigen. Gleich die erste war die Erlegung des Nemeischen Löwen. Dieses Monster trieb gemäß der Sage sein Unwesen auf dem Peloponnes. Das Untier erschien als unverwundbar, konnte also von Pfeilen nicht verletzt werden. Also erschlug Herakles den Löwen mit seiner Keule. Dann riss er dem Ungeheuer das Fell vom Leib. Und genau diese Szene wurde bei der Darstellung der vor ihnen aufragenden Skulptur im Teich festgehalten. Herakles bemächtigte sich mit entschlossenem Griff der Löwenhaut.

»Frau Trill war in der griechischen Mythologie offensichtlich sehr gut bewandert«, erläuterte Kerstin Kleist. »Sie zählte mir tatsächlich alle zwölf Arbeiten auf, die der

Held zu erledigen hatte.« Sie hielt kurz inne, klopfte mit dem rechten Zeigefinger gegen ihr Kinn. »Ich versuche, mich an den genauen Wortlaut zu erinnern. Ich hoffe, ich kann einigermaßen vollständig wiedergeben, was sie zu mir sagte. Was ich hier sehe, kann ich gut gebrauchen, hatte sie gemeint. Auch ich bin gerade dabei, jemanden aus seiner falschen Haut zu schälen. Die Statue im Teich will ich unbedingt aufnehmen. Mein Prinzip lautet: Schau immer genau hin, was sich dahinter verbirgt. Herakles schaute hin. Und dann trat er in Aktion. Er handelte stets richtig. *Veritas! Now!* Genauso muss es sein.«

Wenn Kerstin Kleist die Moderatorin richtig zitiert hatte, dann hatte Leona Trill bei ihrer Aussage auch den ursprünglich griechischen Namen gewählt und nicht den späteren lateinischen. Also Herakles, nicht Herkules. Merana fand das erfreulich. Doch auch diese Erkenntnis würde ihn nicht weiterbringen in der Antwort zur Frage, warum die Starreporterin sich von der Festgesellschaft abgesondert und das andere Ende des Parks aufgesucht hatte.

»Frau Trill überlegte sogar, weiße und schwarze Schwäne im Teich schwimmen zu lassen«, fügte Kerstin Kleist hinzu.

»Warum das?«

»Weil es bei Max Reinhardt damals auch so war. ›Sie müssen eventuell separiert werden‹ schrieb Reinhardt an Gusti Adler, als er mitbekam, dass die schwarzen Schwäne die weißen attackierten. Auch diese Briefstelle zitierte ich Frau Trill. Dieses Zitat gefiel ihr. Sie wollte auch das einbauen.«

»Gusti Adler?«, fragte Merana. Mit dem Namen wusste er nichts anzufangen.

»Sie war 20 Jahre lang Reinhardts Privatsekretärin. Aber Frau Adler kümmerte sich nicht nur um Korrespondenzen, Termine, Vertragsverhandlungen, sie versuchte auch, Reinhardts ausgefallene Wünsche für Leopoldskron zu erfüllen. Als ihm die Idee kam, Tiere sollten seinen Zaubergarten beleben, organisierte Gusti Adler ihm die passende Menagerie dazu. Und bald gab es im Garten Flamingos, Pelikane, Chinesische Nachtigallen, Affen und einiges mehr. Auch das fand Frau Trill nett, als ich ihr davon erzählte.«

Sie ging voraus. Merana warf noch einen Blick auf die Statue, dann folgt er ihr.

Kerstin Kleist steuerte die Hinterseite des Schlosses an.

»He, das kenne ich doch«, rief Merana und blieb erstaunt stehen. Die Mitarbeiterin folgte seinem Blick. »Neben dem Eingang zum Seminarraum 1 habe ich eine Fotografie davon gesehen.« Er deutete auf die Skulpturen, die auf Sockeln das elegant geschwungene kleine schmiedeeiserne Tor säumten. »Ich nehme an, diese wunderlichen Tiere gibt es hier schon länger. Für deren Platzierung sorgte nicht erst der große Regisseur und Faunamagier.« Kerstin Kleist lachte.

»Ja, man könnte meinen, die Seepferdchen seien gewiss früher aufgestellt worden, vielleicht im Rahmen der ersten Umbauphase. Aber dem ist nicht so. Diese beiden wunderlichen Figuren stammen aus Seewalchen am Attersee. Dort hatte Reinhardt sie offenbar entdeckt. Die beiden Seepferdchen sind übrigens die ersten Skulpturen, die Max Reinhardt im Garten aufstellen ließ.«

Und die passten bestens hierher, konnte Merana nur bestätigen. Einfach malerisch. Flankiert wurden die beiden Figuren von hell blühenden Sträuchern. Rispenhortensien, wenn Merana sich nicht täuschte. In jedem Fall bezaubernd. Ein schönes Bild. Im Hintergrund der Weiher mit dem beeindruckenden Untersberg. Merana gefiel insgesamt, wovon er in diesem Parterre umgeben war. Blühende Sträucher waren ringsum auszumachen, Jasmin, Goldregen, Johanniskraut. Seltene Gräser, ausgiebige Blütenpracht, dazu erfrischendes Grün in allen Schattierungen. Und zwischen den Beeten glänzte heller Kies. Es bot sich ausreichend Platz an, um inmitten dieser Pracht zu flanieren. Und wie schön musste es erst sein, wenn dazu von der Terrasse Musik über die Anlage schwebte. Er blickte hoch zur Fassade. »Wie lange gibt es das Schloss schon?«

»An die 300 Jahre. Erzbischof Leopold Anton Firmian ließ es Mitte des 18. Jahrhunderts errichten. Am 26. Mai 1744 wurde es eingeweiht. Der gute Leopold hatte leider nicht mehr viel davon. Er starb bereits vier Monate später.« Sie schaute ihn direkt an. »Vielleicht kommen Sie bei Ihren Ermittlungen dazu, einen Blick in die Schlosskapelle zu werfen, Herr Kommissar. Dort ist Leopolds Herz beigesetzt.«

Sie fuhr sich schnell mit der Hand an den Mund, als sei sie eben erschrocken. »Entschuldigen Sie, Herr Merana«, stammelte sie. »Ich führe mich auf, als wäre ich bei einer Führung. Dabei haben Sie bei der polizeilichen Aufklärung des Verbrechens sich für anderes zu interessieren als für mein Gequatsche.«

Er lächelte ihr zu, machte eine einladende Geste.

»Lassen Sie sich nicht davon abhalten, Frau Kleist. Wann hat man schon die Chance, bei polizeilichen Ermittlungen ein wenig Kulturgeschichte mitgeliefert zu bekommen? Außerdem ist es mir immer recht, möglichst viel über die Beschaffenheit und das gesamte Ambiente des Tatorts zu erfahren, um dadurch das vielschichtige Wesen eines Ortes zu erspüren. Das hat mir schon oft bei meinen Ermittlungen geholfen. Also, bitte fahren Sie fort.«

Ihr Gesicht entspannte sich. Sie atmete durch, dann wies sie zur Fassade.

»Das Schlossgebäude sah ursprünglich etwas anders aus als heute. Es besaß ein Walmdach und hatte sogar einen Turm. Leopolds Erbe, sein Neffe Laktanz von Firmian, begann mit dem Umbau. Daraus wurde die heutige Form des Schlosses. Die Gestaltung folgte dabei eher einer klassizistischen Vorstellung als einer barocken Ausrichtung. Klarheit und Harmonie waren nun gefragt statt ausladend geschwungener Formen. Zurückhaltendes Dekor anstelle von üppigen Verzierungen.«

So viel Klarheit. So viel Ordnung. Wie eine umwerfend schöne Zeichnung in einem aufgeschlagenen Buch. Genauso hatte es die Großmutter ausgedrückt. Er warf einen Blick zum gegenüberliegenden Ufer, wo sie damals gestanden waren.

»Hier nahm das Fest seinen Anfang.« Kerstin Kleist wies zum Eingangsbereich des Schlosses.

»Das Orchester hatten wir auf der Schlossterrasse bis unter die Rundbögen des Söllers platziert. Die Festgäste, die Zuschauer, verteilten sich im Gartenparterre.«

Sie bewegte sich zur Mitte, steuerte die Treppe an, die vom Garten zur Schlossterrasse anstieg.

»Frau Trill stand bei ihrer ersten Moderation genau hier. Frau Mitterberg von *HERA*, mit der die Moderatorin ein Gespräch führte, kam von der linken Seite. Aber das muss ich Ihnen gar nicht ausführen. Das können Sie alles viel besser in der TV-Aufzeichnung feststellen.«

Thomas Brunner sah derzeit im Präsidium alle Aufnahmen durch. Unterstützt wurde er dabei von Magnus Retzer. Auch Wolfgang Blatt war dabei. Er konnte Auskunft darüber geben, welche Personen aus der Reihe der Festgäste auf den Aufnahmen jeweils zu sehen waren. So hatte Merana es festgelegt. Den Vizepräsidenten würde er später im Schloss treffen. Sie hatten sich die Arbeit aufgeteilt. Die Chefinspektorin hatte Merana angewiesen, sich um den umfangreichen Bereich der Befragungen zu kümmern. Carola würde dann die Ergebnisse auswerten, überprüfen, ob sich brauchbare Hinweise für die Lösung des Falles ergaben. Für den Nachmittag hatte Merana ein Team-Meeting angesetzt.

»Und während des ersten Teils der Aufführung waren alle, die mit dem Fest zu tun hatten, auf der Hinterseite des Schlosses?«

Sie nickte. »Ja, bis auf zwei Security-Mitarbeiter, die wir vorne am Haupteingang postiert hatten. Alle anderen wollten sich den Festakt nicht entgehen lassen. Großartig war die Darbietung des Orchesters und passte wunderbar zur Geschichte des Schlosses. Reinhardt hatte das hintere Gartenparterre ebenso für Serenaden und szenische Darstellungen genützt. Alles in eher kleinem Rahmen.«

Das konnte Merana sich gut vorstellen. Und für die wirklich großen Aufführungen hatte sich der Regisseur ja sein ausladendes Theater auf der anderen Seite des Parks erschaffen.

»Wie oft wurde das Gartentheater, dessen Platz Sie mir vorhin zeigten, von Reinhardt insgesamt bespielt? Ich nehme an, dazu gibt es exakte Aufzeichnungen.«

Sie lächelte. Dann hob sie den Daumen.

»Ja, die gibt es. Ein Mal.«

Merana blickte sie verwundert an. Hatte er sich eben verhört? »Wie? Nur einmal?«

»Ja«, nickte die Mitarbeiterin bestätigend. »Zur Eröffnungspremiere am 26. August 1931 waren 250 Gäste aus aller Welt geladen. Prominenz aus Wirtschaft, Politik und Kultur. Darunter auch der Salzburger Landeshauptmann Franz Rehrl, der sich sehr für Entstehung und Fortsetzung der Salzburger Festspiele engagiert hatte. Reinhardt hatte für diese Inszenierung seine besten Schauspieler auf die Bühne gebracht. Der Chor der Wiener Staatsoper und das *Mozarteum*-Orchester wirkten ebenso mit. Doch bald nach Beginn der Aufführung passierte es. Ein heftiges Gewitter brach los. Das Publikum in eleganter Kleidung wurde von heftigem Regen überschüttet. Doch tapfer harrte es auf den Holzbänken aus. Bis es gar nicht mehr ging und Reinhardt alle entließ, Zuschauer und Mitwirkende, damit sie hinüber ins Schloss flüchten konnten. Dort wartete ein köstliches Buffet mit Champagner und französischem Rotwein. Alle waren völlig durchnässt und dennoch glücklich, bei diesem besonderen Event dabei zu sein. Nur einer grollte. Max Reinhardt. Er war zutiefst beleidigt, dass ihm das Unwetter seine Eröffnungspremiere versaut hatte. Es gab keine einzige Vorstellung mehr, solange Reinhardt hier als Schlossbesitzer waltete.«

Merana schüttelte verwundert den Kopf. Er versuchte, sich das vorzustellen.

Ein fassungsloser, zutiefst verärgerter Theatermagier. Der stets alles im Griff hatte. Der dieses Schloss und den Garten in ein Zauberreich verwandelt hatte, das ganz seiner Fantasie entsprach. Der es sogar mit Tieren und besonderen Pflanzen belebte. Der sich mitten in diesen Zaubergarten ein eigenes Theater bauen ließ. Genie und penibler Pedant zugleich. Und der dann erkennen musste, dass er eines nicht beherrschte: das Wetter. Wie konnte der Himmel es nur wagen, sich nicht an seine Regieanweisung zu halten? Merana musste innerlich lachen. Und zugleich tat ihm das ein wenig leid. Er vermeinte, nachempfinden zu können, welch schmerzliche Enttäuschung der große Regisseur erlitten hatte, weil ihm die Premiere seines Gartentheaters versaut worden war.

8

Die Stimme, die an ihr Ohr drang, hörte sich zwar geschäftig routiniert an, aber durchaus auch sympathisch. Was der ältere Mann genau sagte, verstand sie nicht. Begonnen hatte er mit etwas, das nach »Slafni wieled« klang oder so ähnlich. Dabei wies er mit ausgestrecktem Arm nach vorne. Den Menschen, die rings um ihn standen, gefiel, was sie sahen. Die Zurufe klangen begeistert. Julia konnte das gut verstehen. Beliebter Platz. Berühmte Aussicht. Festgehalten in zig Prospekten, Büchern, Filmen, Bildern und wohl Milliarden Fotos von Salzburgbesuchern. Auch Julia hatte dieser Blick sofort imponiert, als sie das erste Mal hier war. Der Blick durch den herrlichen Mirabellgarten hinüber zur Salzburger Altstadt mit Kirchtürmen und Kuppeln und darüber die Festung Hohensalzburg. Der ältere Mann beendete seinen Vortrag. Am Schluss klang es irgendwie nach »… me prosim«. Dann schritt der ältere Herr voraus, die anderen folgten. Das war wohl eine Besuchergruppe aus einem osteuropäischen Land, vermutete Julia. Sie hatte sich auf einer der Stufen der breiten Marmortreppe niedergelassen. Wenn man seitlich durch den Park kam, konnte man vom Rosenhügel gut hinuntersteigen zum Kleinen Gartenparterre. Und dabei einen der schönsten Blicke auf die Salzburger Altstadt genießen. Flankiert wurde die Treppe von zwei besonderen Skulpturen. Und genau die hatten es Julia angetan. Es waren zwei Fabelwesen. Zwei Einhörner. Geschlafen hatte Julia wenig.

Nicht viel mehr als eine Stunde. Schon am frühen Vormittag hatte sie begonnen zu üben. Dazu war sie ja spätnachts nicht mehr gekommen. Sie hatte den Mittelteil der Romanze wesentlich besser hinbekommen, als sie erwartet hatte. Dann war in ihr die Idee aufgestiegen. Sofort hatte sie ihre Utensilien zusammengepackt und war schnell aufgebrochen. Sie hatte enorm in die Pedale getreten. Für die Fahrt bis zum Mirabellplatz hatte sie nicht einmal eine Viertelstunde gebraucht. Das war rekordverdächtig. Problemlos hatte sie einen freien Abstellplatz für ihr Rad gleich beim Eingang zur *Mozarteum*-Uni ergattert. Dann war sie schnell in den Garten geeilt. Von Salzburg hatte Julia noch nicht allzu viel gesehen. Den allergrößten Teil ihrer Zeit widmete sie dem Studium ihres Instruments. Aber den Mirabellgarten hatte sie dennoch bereits am Anfang kennengelernt. Er grenzte direkt ans *Mozarteum*, war durch seine Lage ein idealer Ort für Julia, um ab und zu beim Studium eine Pause einzulegen. Heute hatte sie den Zugang durch den Seitengarten der Orangerie gewählt. Den mochte sie besonders. Vor allem das kreisrunde flache Wasserbecken im Zentrum des kleinen Hortes hatte es ihr angetan. In der Mitte der Wasserfläche war eine Figur zu erkennen. Sie zeigte eine junge Frau in der Hocke. Schlank und anmutig. Es schien, als führte sie innige Konversation mit vier kleinen Vögeln. Eines der gefiederten Wesen hielt sie in der Hand. Die anderen hockten ihr auf Kopf und Schulter. Als Julia das erste Mal diesen Zugang benützt hatte, war sie freudig überrascht neben dem Brunnen verharrt. So sehr hatte sie der Anblick berührt. Sie war bald draufgekommen, wen diese mädchenhafte

Erscheinung darstellte. Das war Papagena. Die von Vogelhändler Papageno umschwärmte Geliebte in Mozarts *Zauberflöte*. Vom Papagenabrunnen hatte Julia einige Zeichnungen angefertigt. Gerade in dieser Stadt begegneten einem auf Schritt und Tritt die wunderbarsten Dinge. Manches von dem, das ihr unterkam, wollte sie festhalten. So wie viele andere Gäste dieser Stadt auch. Die meisten Besucher fotografierten. Auch in der eben beobachteten osteuropäischen Touristengruppe hatten nahezu alle Handys und Kameras gezückt, um den prächtigen Ausblick auf die Altstadt digital auf Speicherchips zu bannen. Fotografieren, das war nicht Julias Vorliebe. Bilder von Sehenswürdigkeiten konnte man sich im Internet millionenfach reinziehen. Sie wollte, was ihr gefiel, was immer sie berührte, lieber mit dem Zeichenstift festhalten. So hatte sie es mit den Seepferdchen in Leopoldskron gehalten. Und heute Vormittag hatte sie plötzlich den Einfall verspürt. Wie wäre es, das Bild der beiden Seepferdchen mit zusätzlichen Figuren zu bereichern? Mit weiteren Fabelwesen in Pferdegestalt? Im nächsten Moment waren ihr die Figuren aus dem Mirabellgarten in den Sinn gekommen. Da hatte sie sich aufs Rad gesetzt und war hierher gerast. Um 12 Uhr begann ihre Violastunde bei Professor Tankrath. Sie hatte es geschafft, um 11.15 Uhr an der Uni anzukommen. Da blieb ihr Zeit für den Abstecher in den Mirabellgarten. Es war nicht mehr so warm wie in den vergangenen Tagen, der Himmel strahlte nicht mehr in sommerlichem Blau wie gestern. Wolkenschichten hatten sich über die Stadt geschoben. Vor einer Stunde war sogar Wind aufgekommen. Die Brise war kühl. Dennoch fühlte es sich für Julia gut an, hier auf den steinernen Stufen zu sitzen. Sie hatte lange die beiden Einhörner auf ihren Sockeln betrachtet und versucht, den Anblick der Tiere auf sich wirken lassen. Dann hatte sie entschieden. Für ihre Zeichnung würde sie das rechte Einhorn wählen. Es gefiel ihr, wie dieses Tier sich zeigte. Das Einhorn an der gegenüberliegenden Stelle nahm im Vergleich dazu eine wesentlich andere Haltung ein. Es hatte die Augen weit aufgerissen, reckte den Kopf keck nach oben. Das Horn auf der Stirn ragte steil in den Himmel. Der eher kühne Charakter des Tieres wurde durch die beiden Vorderbeine betont, die das Fabelwesen kraftvoll unter den Bauch gezogen hielt. Ganz anders zeigte sich das Einhorn auf Julias rechter Seite. Es hielt den Kopf nur halb erhoben und wirkte anmutig. Die Augen des Wesens schienen verträumt, als sinne das Tier über etwas Bestimmtes nach. Die Gliedmaßen hielt dieses Einhorn im Vergleich zum anderen viel lockerer. Das linke Vorderbein war lässig aufgestellt. »Du gefällst mir«, hatte Julia der Skulptur zugeflüstert und ihre Skizze mit der Neigung des Hauptes begonnen. »Ich hätte so gern, mein Inneres wäre wie du«, flüsterte sie mehrmals. »So locker und anmutig wie du möchte ich auch sein.« Die beiden Einhörner waren nicht die einzigen Fabelwesen in Pferdegestalt, die sich in diesem prachtvollen Garten fanden. Julia blickte auf das Kleine Gartenparterre vor ihr. Links öffnete sich der Eingang zum Schloss. Genau davor war das große runde Brunnenbecken platziert. In der Mitte des Beckens schob sich eine Felsenbrücke aus Konglomerat aus dem Wasser. Darauf präsentierte sich ein weiteres Fabelwesen. Kühn auf den Hinterbeinen balancierend, reckte ein geflügeltes Pferd stolz die Hufe der Vorderbeine empor und bäumte sich auf. Das war Pegasus. Julia kannte das stolze Ross aus der griechischen Mythologie und wollte von ihm wenigstens eine Skizze anfertigen. Sie blickte auf die Uhr. Doch das würde sie jetzt nicht mehr schaffen, dann nach ihrer Unterrichtsstunde. Vielleicht würde sie von Pegasus nur den Kopf und die mächtigen Flügel auswählen. Das würde sie dann entscheiden, wenn sie die Zusammenstellung aller drei Fabelwesen endgültig anfertigte. Sie würde die Zeichnung Cedric zukommen lassen. So wie immer. Sie seufzte. Sie hatte ihren Bruder schon so lange nicht mehr gesehen. Weihnachten war es das letzte Mal gewesen. Ihr Bruder war zwölf Jahre älter als sie. Vor sieben Jahren hatte Cedric das Elternhaus verlassen. Es war ihm gelungen, bei einem großen Unternehmen in Potsdam einen Posten als Bauingenieur zu bekommen. Damals war Julia zwölf gewesen. »Und schick mir regelmäßig deine Zeichnungen, Schwesterherz«, hatte Cedric ihr beim Abschied zugeflüstert. »Ich verspreche hoch und heilig, ich lasse dir jedes Mal etwas zukommen, wenn du das weiterhin magst.« Ja, das wollte sie unbedingt. Auf Cedrics kluge Anmerkungen legte sie besonderen Wert. Sie war schon gespannt, was er dieses Mal zu ihrer Collage aus fabelhaften Pferden sagen würde. Sie zeichnete kurz weiter, dann steckte sie den Skizzenblock in die Tasche. Sie nahm das Handy heraus. Sie hatte am Vormittag mehrmals im Internet gecheckt, auf welchem Stand die Berichterstattung in den seriösen Medien war. Offenbar gab es nichts wesentlich Neues zum Mord an Frau Trill. Sie konnte nichts über mögliche Verdächtige finden. Aber gewiss achtete die Justiz auf strenges Nachrichtenverbot, bevor man nicht absolute Gewissheit über den Täter hatte. Sie hielt inne. Sollte sie vielleicht doch von ihrer Beobachtung berichten? Sie überlegte. Nein. Sie wollte sich nicht in den Vordergrund drängen. Schnell verscheuchte sie den Gedanken. Außerdem hatte sie gleich Viola-Unterricht bei Professor Tankrath. Und das war weitaus wichtiger. Sie schaute auf die Zeitanzeige am Handy. Herrje, schon so spät. Sie sprang auf. Ihr Unterricht fing in zwei Minuten an. Jetzt hieß es sich sputen. Sie langte nach ihrem Instrumentenkoffer und startete los.

9

Sie hatten verabredet, sich im Eingangsbereich des Schlosses zu treffen. Als Merana in die Große Halle kam, erwarteten ihn die anderen bereits. Wolfgang Blatt stellte Camilla Mitterberg vor, die Leiterin von *HERA*. Kultiviert, sympathisch, energisch, entschlussfreudig, urteilte Merana beim ersten Hinsehen. Er schätzte die grauhaarige Frau auf Anfang 60. Seriös gekleidet, das dunkelblaue Jackett stand ihr gut, wie er fand. Mitterberg reichte ihm die Hand. Fester Händedruck. Aber die Finger der Frau fühlten sich unerwartet kühl an. Merana nahm auf einem der Armsessel der kleinen Sitzgruppe Platz. Der Vizepräsident wies auf den runden Tisch. Eine metallisch glänzende Isolierkanne war dort zu sehen, daneben einige Tassen. »Wir mussten ein wenig improvisieren, Herr Kommissar. Aber die Kanne hält den Kaffee sicher warm. Bitte bedienen Sie sich.«

»Danke, vielleicht später.«

Die Frau griff zur halb gefüllten Tasse, die vor ihr auf dem Tisch stand.

»Ich würde es ja lieber sein lassen.« Das Lächeln, zu dem sie sich zwang, wirkte gekünstelt. »Seit einer Woche bin ich dabei, ihn mir abzugewöhnen, nur mehr Tee zu trinken. Aber ich denke, gerade jetzt brauche ich einen starken Kaffee. Ich muss gestehen, ich bin immer noch fassungslos.«

Sie hob schnell die Tasse, trank. Der schwarze Flügel, auf dem der junge Mann heute Nacht gespielt hatte, stand nicht mehr in der Mitte des Raumes, fiel Merana auf. Er war zur Seite geschoben worden. Es waren tatsächlich erst zehn Stunden vergangen, seit er die Leute entlassen und ihnen erlaubt hatte, endlich nach Hause zu gehen. Ihm kam es länger vor. Die Fotografien an den Wänden und an den Glasfronten beim Eingang waren ihm zwar bereits in der Nacht aufgefallen. Aber Gelegenheit, sie näher zu betrachten, hatte er aufgrund der Umstände begreiflicherweise keine.

»Das sind alles Fellows aus unseren Meetings bei Salzburg«, bemerkte der Vizepräsident, der Meranas Blick gefolgt war. Merana hatte sich mit *Salzburg Global* noch nie näher beschäftigt. Gehört hatte er davon. Wenn er sich recht erinnerte, handelte es sich dabei um eine Non-Profit-Organisation.

»Wie lange gibt es diese Einrichtung?«

»Gegründet wurde das Seminar 1947. Junge Menschen aus allen Ländern sollten sich treffen, um miteinander etwas Bedeutendes zu kreieren: die Wiederbelebung eines intellektuellen Dialogs in Europa nach dem Weltkrieg. Diese Initiative ging auf.

Im Jahr 2005 begann eine neue Ära. Gerichtet ist der Blick nun auf die ganze Welt. Seit damals heißen wir *Salzburg Global*. Ziel ist es, Lösungen für globale Probleme zu erarbeiten. Unser Leitbild ist, aktuelle und künftige Führungskräfte herauszufordern, eine bessere Welt zu gestalten. Und genau das will Frau Mitterberg mit ihrer Initiative auch. Deswegen verstanden wir uns von Anfang an bestens, als sie uns bezüglich eines möglichen Festes kontaktierte.«

»Es ist toll, was beim Seminar geschieht«, bemerkte Camilla Mitterberg. »Und ungemein wichtig. Relevante Fragen stellen, Verbindungen bilden, Netzwerke aufbauen. Nach Lösungen suchen. Was im Großen angegangen wird, das machen wir im Kleinen. Und das möglichst auf direktem Weg.« Sie schob die Kaffeetasse zur Seite, stemmte die Handflächen auf die Tischplatte. Sie beugte sich nach vorn und sah Merana direkt ins Gesicht.

»Sie können sich gar nicht vorstellen, was ich in den letzten fünf Jahren alles erlebt habe, Herr Kommissar. Am meisten erstaunte mich, mit wie vielen Menschen ich in Kontakt kam, die alle miteinander vor allem eines auszeichnet: Sie wollen etwas tun. Menschen, die sagen: Krise? Ja, die ist da. Das ist nicht zu leugnen. Nun kann man angesichts der Probleme erstarren wie das Kaninchen vor der Schlange. Oder man macht es anders. Man kann nämlich die Ärmel aufkrempeln und etwas unternehmen. Und zwar miteinander. Ich muss Ihnen sagen, Herr Kommissar, ich habe erlebt, dass gerade in den jetzigen Krisenzeiten wieder etwas aktuell wird, das davor eher verpönt erschien: Solidarität. Und deswegen haben wir gerade diesen Begriff ins Zentrum unserer Aussagen gesetzt: Solidarität.« Sie langte in die große Tasche zu ihren Füßen, holte einen bunten Prospekt hervor. Der Name *HERA* und vor allem der auf der Vorderseite prangende Schriftzug *Solidarität* waren nicht zu übersehen.

»Es geht uns bei *HERA* vor allem darum, den kleinen Leuten zu helfen. Wie können wir den sozial Schwachen beistehen, Leuten mit geringem Einkommen, Menschen, die von den aktuellen Krisen am stärksten getroffen werden?« Sie griff erneut in die Tasche, zog ein Tablet hervor. Offenbar war es eingeschaltet. Sie wischte über den Bildschirm, drehte ihn Merana zu. Fünf Personen waren darauf zu sehen. Camilla Mitterberg und vier andere. Zwei Männer und zwei Frauen.

»Ich habe *HERA* zusammen mit meinen Freunden vor fünf Jahren ins Leben gerufen. Wir stimmten überein: Man kann nicht immer alles der Politik alleine zuschieben. Das ist für viele gewiss bequemer, als Eigenverantwortung zu übernehmen. Aber genau das wollten wir tun. Und wir wollen andere dazu animieren, es ebenfalls zu versuchen. Die eigene Verantwortung wahrnehmen und sich um Verbesserungen kümmern. Soziales Engagement und direkte Hilfe sind gut. Aber es geht uns auch um anderes. Man sollte Ideen entwickeln, Ratschläge erarbeiten, Anleitungen finden, wie wir mit den Krisen besser umgehen können. Deshalb fördern wir Projekte, Initiativen, Tätigkeiten von engagierten Leuten, die genau das versuchen.«

»Besonders dieser Ansatz hat mich schnell begeistert«, warf der Vizepräsident ein. »Und was *HERA* noch zeigt: Die Herangehensweise muss nicht immer nur professionell sein und sich von vornherein streng wissenschaftlich untermauert zeigen. Ansätze für Initiativen, wie Frau Mitterberg sie anführte, können durchaus auch ungewöhnlich anmuten. Sie dürfen sich sogar bisweilen verrückt anfühlen.«

»Genau das haben meine Freunde und ich von Anfang an so empfunden. Wir haben vor einiger Zeit, angesichts der aktuellen Krisen, einen kleinen Wettbewerb ins Leben gerufen. Es geht um Ideen und Lösungsvorschläge im Umgang miteinander. Für *HERA* war es erfreulich, wie gut das ankam. Von Anfang an beteiligten sich viele. Die Volksschulklasse und die Jugendgruppe, die wir jetzt beim Fest präsentierten, gehörten zu den Ersten, die sich meldeten. Wie leicht fällt es, im Alltag auf einfache Weise Energie zu sparen? Wie können wir in Eigenverantwortung gut auf unsere Umwelt achten? Aber auch: Wie können wir schnell und engagiert unseren Nachbarn helfen, die mit den vielen Belastungen in diesen Krisenzeiten besonders schwer zurechtkommen. Diese jungen Leute haben sich solche und ähnliche Fragen gestellt und kamen auf originelle Ideen. Dadurch entstand der Kontakt zu Frau

Trill. Sie bekam unsere Initiativen und vor allem unseren Wettbewerb übers Internet mit und meldete sich bei uns.«
»Wann war das?«
»Das muss an die fünf Wochen her sein. Ich kann das genaue Datum feststellen, wenn es Ihnen hilft.«
»Passierten Absprachen zwischen Leona Trill und Ihnen ausschließlich telefonisch, oder gab es auch Mailverkehr?«
»Manches besprachen wir nur am Telefon, vieles per Mail. Soll ich Ihnen das zukommen lassen?«
»Ja bitte. Das wäre sehr hilfreich.« Er wollte nichts auslassen. So wie er und sein Team es immer handhabten. Kein noch so geringes Detail durfte unbeachtet bleiben. Es galt, alles einzuschätzen, abzuwiegen. Das Allermeiste davon mochte im Endeffekt völlig unbrauchbar sein. Aber wie oft hatte Merana es schon erlebt, dass ein anfänglich gänzlich unscheinbares Detail sie im Lauf der Ermittlung auf jene Spur gebracht hatte, die zur Lösung führte. Sie hatten einen Mord aufzuklären. Getötet wurde eine Fernsehjournalistin, eine Aufdeckerin. Hatte das Verbrechen womöglich auch damit zu tun, auf welche Weise die Journalistin an bestimmte Fragen heranging? Vielleicht zeigte sich gerade im Mailverkehr ein bestimmtes Muster, das ihnen dabei weiterhelfen könnte.
»Ich hatte Frau Trill vorher noch nie persönlich getroffen«, setzte die Leiterin von *HERA* fort. »Selbstverständlich war mir ihre Sendung schon lange bekannt. Es war für mich beeindruckend, was die Frau alles aufdeckte. Im weiten Feld von Wirtschaft, Society, Kultur und vor allem bei bestimmten Vorgängen in der Politik. Grandios die journalistische Arbeit und nahezu sensationell, wie Leona Trill

Angelegenheiten, die bestens abgeschirmt lange im Verborgenen schlummerten, professionell aufdeckte. Immer bestens recherchiert. Immer der ungeschminkten Wahrheit verpflichtet.« Camilla Mitterberg war regelrecht in Fahrt gekommen. So wie die Leiterin von *HERA* hatte die ermordete Journalistin durch ihre Arbeit und vor allem durch die Präsentation der Ergebnisse wohl viele begeistert.

»Und Leona Trill stellte gnadenlos all die üblen Zeitgenossen an den Pranger, die für diese verwerflichen Machenschaften verantwortlich waren. Darunter viele Politiker, die glaubten, es für sich und ihre Kumpanen einfach richten zu können. Leona eben, die Löwin.«

Sie goss sich Kaffee nach, trank etwas davon.

»Noch etwas gehört zur großen Beliebtheit von Frau Trills TV-Sendung, wie wir alle wissen. Sie trachtete danach, für die Präsentation dramaturgisch neue Formen der Vermittlung zu finden. Und das bestmöglich an außergewöhnlichen Schauplätzen. Mir kam dabei die Idee, in unserem Fall vielleicht ein außergewöhnliches Fest in Leopoldskron zu veranstalten. Frau Trill war von diesem Einfall gleich sehr angetan. Ich bin sicher, ihre Begeisterung lässt sich in den Mails nachlesen, Herr Kommissar, die ich Ihnen schnellstmöglich übermittle.«

Jetzt griff auch Merana zur Kanne, goss sich Kaffee ein.

»Insgesamt waren über 160 Leute bei dieser Veranstaltung. Die unmittelbar Beteiligten mit eingerechnet.« Er wandte sich dem Vizepräsidenten zu. »Wie erfolgten die Einladungen?« Wolfgang Blatt wies auf Camilla Mitterberg. »Eingeladen wurde in erster Linie durch *HERA*. Wir vom Schloss haben nur festgelegt, dass es insgesamt nicht mehr als 160 Leute sein sollten. Aus Platz- und Kapazitätsgründen. Bei Schlechtwetter hätten wir ja ins Schloss übersiedeln müssen.«

»Uns haben in den letzten Jahren sehr viele Menschen unterstützt«, übernahm Camilla Mitterberg wieder. »Wir wollten einige davon als kleines Dankeschön mit der Einladung erfreuen, bei diesem Fest und der Fernsehsendung dabei zu sein. Wir haben uns auf 100 Personen als *HERA*-Festgäste geeinigt. Wer das sein sollte, wollten wir nicht selbst bestimmen. Deswegen ließen wir das Los entscheiden. Es unterstützen uns nicht nur prominente Persönlichkeiten, Leute aus Kultur und Wirtschaft, es sind auch einfache Leute dabei. Göttin Fortuna hat es gut mit uns gemeint. Wir erreichten im Losentscheid tatsächlich eine ausgewogene Mischung und erhofften uns durch die TV-Sendung noch mehr Menschen, die unsere Projekte unterstützen. Somit war dieses Fest als Benefizveranstaltung angelegt.«

»Wer engagierte das Orchester?«

»Wir. Dass beim Fest ein Ensemble mit eigens dafür ausgewählten Musikern aufspielte, war Frau Trill für die Präsentation sehr willkommen. So wie viele Lehrende am *Mozarteum* kenne ich Ferdinand Hauser von anderen Projekten gut. Er nahm sofort das Angebot an, ein Streicherensemble für uns zusammenzustellen, und erklärte sich bereit, einen eigenen Walzer für die Darbietung zu komponieren. Leider konnten wir ihn nicht mehr aufführen. Das macht mich sehr traurig.« Die letzte Bemerkung sprach sie sehr leise. Sie lehnte sich zurück, schloss die Augen.

»Wir haben mit Ferdinand Hauser sogar vereinbart, dass der Walzer den Titel ›Leopoldskron-Walzer‹ bekäme«, setzte Wolfgang Blatt leise fort. »Doch angesichts des schrecklichen Ereignisses wird Ferdinand diesen Walzer wohl gar nicht mehr aufführen wollen.«

Leopoldskron-Walzer. Jetzt müsste das Stück wohl eher Mörder-Walzer heißen, dachte Merana. Er wartete ein wenig, dann führte er das Gespräch fort.

»Das Fernsehteam reiste am Montagabend an. Frau Trill kam einige Tage früher nach Leopoldskron. Ich nehme an, wegen Ihnen, Frau Mitterberg. Damit Sie genug Zeit hatten, alles bestens vorzubereiten.«

»Ich war sehr erfreut, als ich von der früheren Anreise hörte. Aber ich denke, Frau Trill reiste nicht nur wegen uns früher an, sondern wegen Flynn Franklin.«

Der Name war Merana bisher nicht untergekommen.

»Wer ist das?«

»Flynn gehört zu uns, zu *Salzburg Global*. Flynn und Frau Trill kannten sich von früheren gemeinsamen Projekten. Er hat unsere aktuelle Session initiiert und leitet sie. Es traf sich in der Hinsicht gut, dass *HERA* ausgerechnet jetzt an uns herantrat, denn das beschäftigt uns in der aktuellen Session ebenso. Das für *Salzburg Global* derzeit beherrschende Thema bezieht sich stark auf die Situation, die uns alle spürbar betrifft: Energiekrise, die ständig steigenden Preise in vielen Lebensbereichen. Wie kommen Menschen damit zurecht? Es geht um den Krieg in der Ukraine, um den brutalen Überfall Russlands. Was ist für uns alle zu tun, um die aggressive Bedrohung der Demokratie abzuwehren? Und wir beschäftigen uns im aktuellen Programm mit Fragen zur Klimakrise und all ihren extremen Auswirkungen. Wie gehen wir mit der Umwelt um und retten unseren Planeten?«

»Das heißt, es waren Teilnehmer von *Salzburg Global* beim gestrigen Fest?«

»Wir hatten ursprünglich in Absprache mit Frau Mitterberg 15 Plätze dafür reserviert. Aber es waren nur insgesamt sechs, die am Fest teilnahmen. Flynn Franklin mit Frau und Sohn und drei weitere Personen.«

»Dann möchte ich gerne mit Herrn Franklin sprechen.«

Blatt schaute auf die Armbanduhr. »Muss das gleich sein?«

»Nein, aber in jedem Fall heute. Ich kann mich danach richten, wann es für den Ablauf des Seminars ohne größere Probleme passt.«

»Ich kümmere mich darum. Ich gebe Ihnen Bescheid.«

Ein Mann erschien am Eingang. Er war groß, trug einen braunen Vollbart. »Entschuldigen Sie, dass ich Ihre Besprechung störe. Wie lange wird das Meeting andauern, Herr Blatt? Hätten Sie danach Zeit für mich? Ich muss dringend etwas mit Ihnen abklären, bevor ich zur Session zurückkehre.«

»Ich weiß nicht, wie lange Kommissar Merana von der Salzburger Kriminalpolizei uns benötigt.«

»Ich gehe davon aus, dass wir bald fertig sind«, sagte Merana.

Blatt wies auf den Mann am Eingang. »Darf ich vorstellen. Professor Severin Ullmann, Koryphäe im Bereich der Naturwissenschaften.«

Der Mann winkte ab. »Danke für das Kompliment, Herr Blatt. Aber Koryphäen sind andere.«

Blatt ließ sich nicht beirren. »Experte für Physik, Chemie, Astronomie mit Schwerpunkt Meteorologie.«

»Waren Sie gestern beim Fest, Herr Professor?«, fragte Merana.

Dieser nickte. »Ja, das war ich. Das bedauernswerte Geschehen bekam ich allerdings nur am Rande mit.«

»Sahen Sie gestern im Rahmen des Festes und der TV-Übertragung Leona Trill zum ersten Mal oder sind Sie ihr davor schon begegnet?«

»Ich bin ihr davor einmal begegnet. Flynn Franklin stellte sie uns in kleiner Runde vor.«

»Welchen Eindruck gewannen Sie da, Herr Professor?«

»Einen ausgezeichneten. In erster Linie schätzte ich ihre Leistung als Journalistin und Gestalterin einer wichtigen Fernsehsendung. Überrascht war ich von ihrer fachlichen Kompetenz.« Er hielt kurz inne, als suche er nach den richtigen Worten. »Ich will es direkt aussprechen. Wir Wissenschaftler brauchen eine aufgeklärte, bestens informierte Öffentlichkeit. Nur in einer solchen kann genügend Druck ausgeübt werden. Es genügt nicht, dass die meisten Politiker zwar schön brav vieles abnicken und betonen, dass ihnen natürlich die Krisen bewusst seien. Sie würden durchaus ernst nehmen, was die Wissenschaft aufzeigt, behaupten sie.« Seine Stimme wurde lauter. »Aber sie tun nichts!« Er machte zwei energische Schritte in den Raum. »Es ist nicht fünf vor zwölf. Es ist in Wahrheit viel später, wenn nicht gar weit nach Mitternacht. Die Erde geht zugrunde. Und wir alle mit ihr, wenn nicht alles unternommen wird, was dringend nötig ist. Und zwar nicht übermorgen, sondern jetzt! Sofort!« Er klatschte mit der Faust in die offene Hand. »Dafür sind wir alle verantwortlich. Alle, die auf diesem Planeten leben!« Den letzten Satz hatte er fast geschrien. Erst jetzt fiel ihm auf, dass er weit im Raum stand. »Oh, entschuldigen Sie.« Er hob bedauernd die Arme. »Setzen Sie bitte ungestört Ihr Meeting fort.« Dem Vizepräsidenten warf er zu: »Ich habe ohnehin noch etwas aus meinem Zimmer zu holen. Ich erwarte Sie dann drüben im kleinen Café des Meierhofes, wenn es für Sie passt, Herr Blatt.« Er wartete die Antwort nicht ab, sondern eilte davon. Camilla Mitterberg blickte ihm nach.

»Ich finde es durchaus gut, wenn man Vertretern aus dem stets objektiven, abwiegenden, staubtrockenen Bereich der Wissenschaft hin und wieder anmerkt, dass sie Emotionen haben. Dass sie keineswegs kaltlässt, was ringsum passiert. Leidenschaft darf und soll sogar sein. Gerade bei Wissenschaftlern. Das erhöht die Dringlichkeit der Anliegen, für die sie eintreten. Ich glaube, wir haben in Person von Herrn Professor Ullmann so ein Beispiel erlebt.«

»Ich darf hinzufügen«, bemerkte Blatt, »wir von *Salzburg Global* sind sehr angetan, dass Flynn Franklin für unsere aktuelle Session zum Thema Krisen einige namhafte Experten gewinnen konnte, die alle mit dem brillanten Severin Ullmann auf eine Stufe zu stellen sind.«

10

Die Wolkenschichten über der Stadt waren dichter geworden. Nur genau über der Festung spähte ein schmales Stück blauer Himmel durch die graue Decke. Julia bekam es nicht mit. Ihren Blick hielt sie starr auf die große Skulptur gerichtet. Doch in Wahrheit bekam sie auch die Gestalt des bronzenen Pegasus nicht mit. Julia war verwirrt. Ihr Herz klopfte. Heftig. Einerseits vor Freude. Doch zugleich wurde die frohe Stimmung niedergewalzt von einer Woge an Unsicherheit.

»Sie werden das schaffen, Frau Reinhard. Davon bin ich überzeugt.« Genauso hatte es ihr Universitätslehrer ausgedrückt. »Max Bruch. Romanze für Bratsche und Orchester. Opus 85 in F-Dur.« Professor Tankrath hatte ihr dieses Stück vor drei Wochen nicht einfach vorgelegt, weil es ihr durch intensives Erarbeiten fürs Weiterkommen im Studium nützlich wäre. Er hatte damit von Anfang an eine bestimmte Absicht verbunden. Professor Tankrath wollte, dass Julia das Werk aufführte. Öffentlich. Zusammen mit dem Universitätsorchester. Bei einem Konzert in der Großen Universitätsaula. Genauso hatte sie es ihr Viola-Lehrer soeben wissen lassen. Vor einer halben Stunde. Mitten im Unterricht, nachdem sie die schnelle, schwierige Passage im Mittelteil recht brauchbar hinbekommen hatte. Die Romanze von Max Bruch! Dieses Werk sollte sie aufführen. Vor Publikum! Der Gedanke daran machte ihr Angst. Was passiert, wenn ich versage? Wenn die Feinmotorik der Finger plötzlich aussetzt. Wenn ich Fehler mache, falsch spiele? Ihr Herzschlag fühlte sich noch heftiger an. Natürlich wäre es toll, wenn ich es gut hinbekomme, flüsterte sie. Vielleicht könnten sogar ihre Eltern dabei sein. Auch ihr Bruder. Sie würde üben, üben, üben. Nur mehr das sollte in ihrem Kopf Platz haben. Nichts anderes mehr. Viel Zeit blieb ihr nicht. Schon in einem Monat sollte das Konzert stattfinden. Ihre Hände schwitzten. Sie zwang sich dazu, ruhiger zu atmen. Tief einatmen. Dann die Luft langsam ausströmen lassen. Das Zittern ließ nach. Ganz verschwand das Unbehagen nicht. Aber die Angst fühlte sich erträglicher an. Zugleich wurde ihr bewusst, worauf ihr Blick die ganze Zeit über gerichtet war. Auf die bronzene Pferdefigur. Sie hatte gar nicht bewusst wahrgenommen, wohin ihre Augen schauten. Sie befand sich im Mirabellgarten. Ihre Hand griff wie von selbst in die Tasche. Die Finger tasteten nach dem Zeichenstift, zogen ihn hervor. Sie wollte eine Skizze von dieser Figur anfertigen. Das hatte sie zumindest vorgehabt. Sie schaute zum Brunnen, ließ den Eindruck des wuchtigen Pferdes mit den stolz erhobenen Vorderhufen auf sich wirken. Hatte Pegasus jemals Angst verspürt? So wie sie? Hatte je sein Herz zu rasen begonnen? Gewiss. Aber weniger aus Furcht, wie es bei ihr war. Das Herz des stolzen Pferdes raste wohl eher aus Übermut, aus Tapferkeit und Angriffslust. Zumindest ein wenig fühlte Julia sich in der griechischen Mythologie bewandert. Schon als Kind hatte ihr ihre Mutter gelegentlich Episoden aus der griechischen Sagenwelt nahegebracht. Von Odysseus,

Achilles, von den Göttern im Olymp und dem Trojanischen Krieg. Angestrengt versuchte Julia, sich daran zu erinnern. Viel fiel ihr nicht ein. Sie glaubte, sich zu entsinnen, dass Pegasus der Sohn des Meeresgottes Poseidon war. Jedenfalls war das geflügelte Pferd einigen Helden bei deren heroischen Taten beigestanden. Pegasus hatte Helden auf sich reiten lassen, sie über das Meer getragen. Befand sich Herakles darunter? Sie wusste es nicht mehr genau. Aber bei einem der Heroen war sie sich sicher. Bellerophon. Den hatte Pegasus zur Chimära gebracht. Das war ein feuerspeiendes Mischwesen aus Löwe, Ziege und Schlange. Dieses Ungeheuer zu töten, dabei hatte Pegasus Bellerophon geholfen. Da blieb wohl kein Platz für Unsicherheit. Nicht für den geringsten Funken an Furcht. Aber sie spürte ängstliche Ungewissheit, wenn sie an die bevorstehende Aufführung dachte. Sie schaute auf ihren Zeichenblock, betrachtete die Form der Linien in ihrer Skizze. Ja, das sah halbwegs zufriedenstellend aus. Die Gestaltung des Kopfes hatte sie gut hinbekommen. Jetzt galt es, die wuchtigen Schwingen gut zu treffen. Sie setzte den Stift an, blickte konzentriert zur Bronzestatue. Im nächsten Augenblick erschrak sie. Unvermittelt war das Bild durch ihren Kopf gezuckt. Wie ein Flügel! Genauso war die Brosche geformt, die die Frau gestern Abend getragen hatte. Wie ein Flügel! Julia ließ die Hand nach oben schnellen, klatschte sich vehement gegen die Stirn. Raus damit! Unbrauchbare Bilder sofort aus dem Kopf!, befahl sie. Nicht jetzt. Auch nicht später. Sie hatte jetzt anderes zu erledigen. Jetzt musste sie zeichnen, und zu Hause hatte sie Max Bruch zu üben. Den ganzen Abend lang. Auch morgen galt es zu üben und übermorgen. Und an allen Tagen, die ihr bis zum Konzert zur Verfügung standen. Allein das war wichtig. Sonst nichts. Und die Skizze des geflügelten Pferdes vollenden.

11

Merana hatte Carola angerufen, sie darüber in Kenntnis gesetzt, was bei der Besprechung mit Blatt und Mitterberg herausgekommen war. »Hat sich bei euch aus den bisherigen Vernehmungen der Festgäste etwas Brauchbares ergeben?«

»Bisher nicht, Martin. Aber wir sind noch lange nicht fertig. Weder mit dem Auswerten noch mit den Befragungen. Wann hältst du es für sinnvoll, das Team-Meeting anzusetzen?«

»Wir sollten uns gegen 17 Uhr treffen.«

»Gut, ich informiere die anderen.«

»Danke, Carola.«

Wie er den Angaben seiner Stellvertreterin entnommen hatte, waren sie keinen Schritt weitergekommen.

»Wenn es sich für Sie einrichten lässt, wäre 14 Uhr ein

guter Zeitpunkt. Da ist ohnehin eine Pause vorgesehen«, hatte der Vizepräsident ihn wissen lassen.

Es war bereits nach 14 Uhr, als er zur Befragung im ersten Stock eintraf. Wolfgang Blatt erwartete ihn. Er war allein.

»Es wird noch ein paar Minuten dauern, Herr Kommissar. Gerade vorhin ist das Team von Magnus Retzer eingetroffen. Sie wollten unbedingt für die Nachberichterstattung im TV-Magazin ein Gespräch mit Flynn Franklin. Das Interview findet gerade auf der Hinterseite des Schlosses und im Gelände statt.«

Was sollte das? Man hätte ihn gefälligst um Erlaubnis fragen können. Immerhin war für jetzt die Befragung angesetzt. Er spürte, wie Ärger in ihm hochkroch. Hinauszustapfen und die Arbeit der Fernsehleute zu unterbrechen, war ihm allerdings zuwider. Blatt blickte ihn von der Seite an. Meranas Verärgerung fiel ihm auf.

»Darf ich Ihnen etwas Schönes zeigen, Herr Kommissar? Ich kann Sie inzwischen gerne durch die besonderen Räumlichkeiten im ersten Stock führen.«

Merana schnaubte. Kulturprogramm. Warum nicht? Durchs Schloss streifen, dabei den Kopf freibekommen, tat ihm garantiert gut.

»Gerne«, brummte er. »Brechen wir auf. Zu einer Besichtigungstour. Kurze Verweildauer in den Räumen. Und alle Erklärungen bitte im Eiltempo.«

Die Miene des Vizepräsidenten entspannte sich. »Wird gemacht, Herr Kommissar. Darf ich bitten.« Er wies einladend mit der Hand nach links. »Es wird ein Rundgang. Sie gelangen von einer Räumlichkeit direkt zur nächsten.«

Gleich der Anblick des ersten Raumes, der als Durchgang zum dahinterliegenden in besonderer Ausführung gestaltet war, schlug Merana in Bann. Mehr, als er es zulassen wollte.

»Das ist das Kupferstichkabinett«, erklärte Blatt. Die in dunklem Holz ausgeführten Verkleidungen des Durchgangsbereiches und die großen Türen waren übersät mit Bildern. Alle schienen fest angebracht, unverrückbar eingefügt. »Sie sehen unterschiedliche Darstellungen, die alle ähnlichen Charakter aufweisen. Freudvolle Szenen. Das reicht von barocken Festen über das vergnügliche Leben auf Jahrmärkten bis hin zum bunten Treiben auf bestimmten Plätzen in Venedig. Hervorzuheben sind vor allem die Darstellungen mit Figuren aus der italienischen *Commedia dell'arte*. Die waren für Max Reinhardt besonders wichtig.«

Solche Szenen waren im anschließenden weitaus prächtiger ausgestalteten Zimmer ebenso zu bewundern. Es handelte sich allerdings nicht mehr um Stiche, sondern um große farbige Gemälde, eingefügt in kunstvolle Stuckrahmen.

»Wir sind im Venezianischen Zimmer. Gerade die *Commedia dell'arte* offenbarte für Reinhardt viel an fruchtbarem Boden für die Lebendigkeit des Theaters generell. Zumindest so, wie er es verstand.«

Wesentlich schlichter zeigte sich der nächste Raum. »Das ist das Weiße Zimmer«, erklärte Blatt. »So wie zu Reinhardts Zeiten benutzen auch wir diesen Raum gerne als Speisezimmer für die Teilnehmer, die unsere Seminare oder die Treffen von auswärtigen Veranstaltern besuchen.« Zwei der mit weißen Leinentüchern überspannten großen Tische waren gedeckt. Sie betraten die nächste Räumlichkeit. Merana blieb kurz stehen. »Chinesisches Zimmer/Chinese Room« entnahm er einer Aufschrift. Der Raum wirkte für ihn heller, einladender als die bisher gesehenen, weil durch die auffallend großen Fenster viel Licht den Raum durchflutete. Der helle Eindruck wurde durch kunstvoll rings um die Fenster angebrachte Spiegel verstärkt. Raffiniert aufgemalte asiatische Landschaften waren an den Wänden zu sehen, eingerahmt und umgeben von üppigem Rankenwerk. Flanierende Menschen sah man in diesen Landschaften, begleitet von Flöte spielenden Musikern. »Es gibt manches zu entdecken, das man nicht auf den ersten Blick wahrnimmt«, sagte Wolfgang Blatt. »Ich möchte den erfahrenen Ermittler ersuchen, den kriminalistisch prüfenden Blick auf den großen Kerzenluster zu richten.« Merana folgte der Aufforderung. Tatsächlich. Das hatte er noch gar nicht mitbekommen. In den geschwungenen Verstrebungen des Lusters war eine Figur auszumachen. Die Verkleidung der kleinen Porzellanstatue erinnerte ihn an eine Art asiatische Tempelpriesterin. »Das ist Kuan Yin. Diese chinesische Gottheit ist weder eindeutig männlich noch weiblich. Ihr Charakter ist universell. Kuan Yin steht einerseits für Fruchtbarkeit, zugleich für Mitgefühl und Barmherzigkeit.« Merana musste daran denken, aus welchem Grund er sich eigentlich seit Stunden an diesem Ort befand. Um einen Mord aufzuklären. Herauszubringen, wer gestern mit verstörender Brutalität auf den Kopf der Journalistin eingedroschen hatte. Dem waren Mitgefühl und Barmherzigkeit garantiert fremd gewesen. Er blickte hinauf zur kleinen

Statue. Wo warst du gestern, Kuan Yin? Gewiss hier in diesem prächtig ausgestatteten Zimmer. Dieses mit Theatralik erfüllte Schloss ist wahrlich einladend. Hier bleibt man gerne. Doch dein Platz wäre gestern außerhalb dieser Mauern besser gewesen, Kuan Yin. Er blieb eine Weile unter dem Luster stehen, blickte hoch zur Porzellanfigur. Dann folgte er dem Vizepräsidenten in den nächsten Raum.

»Das ist der Rote Salon«, erklärte Blatt. »Zurückzuführen ist der Name auf den roten Teppich, mit dem Max Reinhardt den Parkettboden einst bespannen ließ. Als wir vor einigen Jahren die Räume restaurieren ließen, wurde der alte Spannteppich entfernt.«

Zwei beeindruckend große, aus Holz gefertigte Schränke waren links und rechts an den Wänden auszumachen. In der Mitte des Raumes war ein großer, lang gezogener ovaler Tisch zu sehen. Um ihn standen zehn Stühle.

»Max Reinhardt benutzte diesen Raum vorwiegend als Besprechungszimmer.« Der Vizepräsident trat näher, legte die rechte Hand auf die Tischplatte. »Der Tisch hätte einiges zu erzählen. Denn hier saß Reinhardt mit Hugo von Hofmannsthal und Richard Strauss zusammen. Und diese beiden Künstler, aber das wissen Sie, waren an der Gründung der Salzburger Festspiele wesentlich beteiligt.«

In der Mitte des Tisches ruhte eine große kelchförmige Vase mit einem Gesteck aus weißen Rosen. Merana überlegte kurz, ob er, ähnlich wie Wolfgang Blatt, die Tischplatte berühren sollte. Er könnte sich auf einen der Stühle setzen. Normalerweise neigte er nicht zu solch sentimentalen Gesten. Aber sich auszumalen, dass die Gründungsphase der Salzburger Festspiele mit den Persönlichkeiten zu tun hatte, die an diesem Tisch saßen, berührte ihn doch. Die Großmutter würde bestimmt die Hand auf den Tisch legen. Er musste sie unbedingt bald nach Leopoldskron bringen. Er hob die Hand. Sollte er? Er kam nicht dazu, denn aus dem nächsten Raum waren Stimmen zu hören.

»Ich höre die Franklins kommen«, sagte Blatt. »Bitte folgen Sie mir.«

Der nächste Raum war der beeindruckendste von allen, die er bisher gesehen hatte. Einfach umwerfend. Bilder davon waren Merana schon früher untergekommen. Die Bibliothek galt als das Herzstück von Schloss Leopoldskron. Davon hatte er gelesen. Doch ihm blieb keine Zeit, sich genauer umzusehen. Unfassbar viele Bücher, wie er auf die Schnelle mitbekam. Er befand sich in einer Bibliothekslandschaft aus altehrwürdigem Holz. Sie war sogar zweistöckig angelegt. Säulen stützten den oberen Bereich. Die Galerie führte rundum, zeigte sich geschwungen. Hinter ihrem Geländer waren die prall gefüllten Bücherwände gut auszumachen. Er hatte sich den Leuten zu widmen, die Wolfgang Blatt ihm vorstellte. Die hochgewachsene Dame mit dem rötlichbraunen Kurzhaarschnitt an Franklins Seite war dessen Ehefrau Kalea. Sie hatten ihren Sohn Mattis dabei. Der Junge nahm wie seine Mutter an der Veranstaltung von *Salzburg Global* teil. »Wenn es Ihnen recht ist, Herr Kommissar, dann könnten Sie das Gespräch gleich hier in der Bibliothek führen«, meinte Wolfgang Blatt. Merana hatte nichts dagegen einzuwenden. Zwei Tische mit hohen Stühlen befanden sich im Raum. Dazwischen konnte er eine Ledersitzbank und zwei Fauteuils ausmachen. Der Vizepräsident wies auf die ihnen gegenüberliegende Seite. Der Tisch dort war näher an den Fenstern platziert, direkt neben einer prachtvollen Standuhr. »Dann darf ich mich zurückziehen.« Der Vizepräsident deutete ein Nicken mit dem Kopf an und ging. Das Ehepaar nahm an der Längsseite des Tisches Platz. Merana setzte sich ihnen gegenüber. Der Sessel neben ihm war noch frei. Doch der Junge griff sich einen Stuhl, der beim Fenster stand, drängte sich damit zwischen die Eltern. Die Mutter rückte etwas zur Seite. Der Vater auch. Etwas unwillig, wie Merana mitbekam.

»Sorry, Herr Merana, für die Verspätung«, begann Franklin. »Ich pflege vereinbarte Termine exakt einzuhalten. Das TV-Team tauchte für mich sehr überraschend auf. Man schien es überaus eilig zu haben. Also ließ ich mich dazu überreden, das gewünschte Interview gleich zu führen und nicht erst später.«

»Worum ging es?«

»Es gäbe noch für heute Abend einen aktuellen Bericht zu produzieren. *Veritas! Now!* werde in jedem Fall fortgesetzt, sagte man mir. Gefragt seien weiterhin Ideen, Projekte, Initiativen, Lösungsvorschläge. Wie bewältigen wir professionell die uns derzeit belastenden Krisen? Was kann *Salzburg Global* dazu beitragen? Das wollten die Producer im Interview von mir wissen. Die heutige Reportage steht unter dem Motto ›In Memoriam Leona Trill‹. So wie weitere geplante Berichte.«

»Berichte von hier aus Salzburg?«

»Ja. Zumindest habe ich es so verstanden.«

Er drückte sich sehr klar aus. Ein wenig klang es bemüht. Vielleicht wollte Franklin durch präzise Formulierung den leichten Akzent überspielen, der dennoch herauszuhören war. Er war Amerikaner, stammte aus Boston. Wenn er sprach, strafften sich seine Schultern. Die wirkten muskulös, durchtrainiert. So viel war unter dem dunkel gestreiften Sakko zu erkennen. Franklin hinterließ einen eleganten Eindruck. Als wäre er eben einem Hochglanz-Businessmagazin entstiegen. Dunkel waren die Haare des Mannes. Mit kaum wahrnehmbaren grauen Strähnen am seitlichen Haaransatz.

»Sprachen Sie mit den Fernsehleuten über den Vorfall? Immerhin war es jemand aus diesem Team, der als Erster die Leiche der getöteten Moderatorin entdeckte.«

Noch ehe Flynn Franklin antworten konnte, war die Stimme des Jungen zu hören.

»G sieben, g sechs.« Es war laut und deutlich zu hören. Merana blickte ihn an. Was sollte das heißen? Der junge Franklin blickte ihn nicht an. Er starrte auf das Tischtuch. Den Kopf hatte Mattis gesenkt, als er sich auf dem Stuhl niederließ. Merana wartete.

»G sieben, g sechs«, wiederholte der Junge. Dieses Mal um einiges leiser. Mehr kam nicht.

»Ich verstehe nicht, was du damit meinst, Mattis. Willst du mir etwas Bestimmtes sagen?«

»Das hat nichts zu bedeuten, Herr Merana.« Der Tonfall der Frau klang beruhigend. Sie legte ihre Hand auf die Schulter des Sohnes. Gleichzeitig bemühte sie sich um ein Lächeln, das nur schwach gelang.

»Unser Sohn bevorzugt, sich bisweilen ausschließlich in Schachbegriffen auszudrücken. Er ist ein sehr guter Turnierspieler.«

Noch immer hielt Mattis den Kopf gesenkt. Wie alt war der Junge? Er sieht aus wie 13, vielleicht 14, schätzte Merana. Schlank, fast mager. Aber für dieses Alter wohl eher zu groß gewachsen. Vielleicht war er schon 15. G7-g6. Das war ein bestimmter Schachzug. Das sagte ihm etwas. Er hatte lange kein Schachbrett aus der Nähe gesehen. Aber während seiner Zeit im Gymnasium war Merana zwei Semester lang eifriger Teilnehmer der »Neigungsgruppe Schach« gewesen. Es war ein Zug mit einem bestimmten Bauern. G7-g6, g7-g6 ... Etwas dämmerte ihm. Er glaubte, zumindest eine Ahnung zu haben, worauf sich das beziehen könnte. Egal. Einen Versuch war es wert.

»Wird die Robatsch-Verteidigung im aktuellen Turnierschach noch gerne gewählt? Ich bin da leider nicht mehr up to date.«

Jetzt hob der Junge den Kopf. Überraschend schnell. Er hatte Sommersprossen. Auf beiden Wangen. Das fiel Merana jetzt erst auf. Auch auf der Stupsnase waren einige Pünktchen zu sehen. Habe ich doch richtig getippt? Andernfalls hätte Mattis wohl nicht so rasch den Kopf gehoben, um ihn mit großen Augen anzublicken.

»Die Robatsch-Verteidigung wird bisweilen noch gewählt. Selten, aber doch. Ich verwende sie nie. Viel zu abwartend. Ich präferiere direkt gespielte, schnelle Eröffnungen.«

Ein paar Sekunden blickte er Merana noch in die Augen. Dann ließ er den Kopf wieder sinken.

»Schatz, du musst dich hier nicht abquälen.« Die Frau löste die Hand von der Schulter des Jungen, strich ihm über die Wange. »Vielleicht ist es besser, du ziehst dich in dein Zimmer zurück.« Flynn Franklin warf seiner Frau einen raschen Blick zu. Schwer einzuschätzen, kam es Merana vor. Zustimmend war die Geste auf keinen Fall. Eher abweisend. Kalea Franklin hatte die Reaktion ihres Mannes gar nicht wahrgenommen. Sie streichelte weiterhin die Wange des Sohnes. »Leg dich ein wenig hin.« Doch Mattis zeigte keine Reaktion. Was will der Junge?, fragte sich Merana. Es musste doch einen Grund haben, dass er plötzlich einen bestimmten Schachzug zitierte. Warum machte er das? Wollte er nur auffallen? Wenn Mattis diese Eröffnung selbst gar nicht schätzte, warum zitierte er sie dann? Weil ihm nicht gefallen hatte, wie Merana beim Gespräch seine Eröffnung angelegt hatte? Merana wusste gar nicht mehr präzise, mit welcher Formulierung er die Unterredung begonnen hatte. Aber die zuletzt gestellte Frage war ihm noch sehr präsent. Also wiederholte er sie.

»Wie war das, Herr Franklin? Sprachen Sie mit den Fernsehleuten über den Vorfall und den Tod von Leona Trill?« Merana hatte dabei den Jungen nicht aus den Augen gelassen. Doch der zeigte keinerlei Regung.

»Nein«, antwortete der Mann. »Gespräch und Interview bezogen sich ausschließlich auf unsere Arbeit in der aktuellen Session.«

Merana wartete kurz, dann setzte er fort.

»Wenn ich richtig unterrichtet bin, waren Sie gestern alle drei beim Fest und der TV-Übertragung. Auch Mattis.«

»So ist es«, bestätigte die Frau. Merana blickte zu Flynn Franklin.

»Sie und Frau Trill sind sich hier nicht zum ersten Mal begegnet. Sie kannten einander länger.«

»Das stimmt, Herr Merana.« Er strich sich kurz über den Sakkoärmel, als wolle er unsichtbaren Staub abstreifen. »Ich kam mit Frau Trill erstmals vor rund einem halben Jahr in Kontakt. Sie befasste sich mit zwei großen Projekten, an denen meine Firma maßgeblich beteiligt war.«

Merana hatte sich Flynn Franklin zugewandt. Dennoch entging ihm der seltsame Blick nicht, mit dem Kalea Franklin ihren Mann musterte. Der Ausdruck war schwer zu deuten. Wachsam? Ängstlich?

»Welche Projekte waren das?«

»Bei dem einen ging es um Kernprobleme des globalen Wandels. Beim anderen um erneuerbare Energien und Ressourcenschonung. Wir organisierten einiges, das Frau Trill für ihr Fernsehmagazin brauchen konnte.«

»Ergab sich im Laufe der Zusammenarbeit etwas, das einen Rückschluss zuließe, warum Leona Trill Opfer eines Verbrechens wurde?«

Franklin schüttelte den Kopf. Dann schloss er die Augen, als müsse er in sich hineinhorchen. »Auch wenn ich noch so angestrengt nachdenke, fällt mir beim besten Willen nichts dazu ein.«

»Gab es nach der Kooperation bei den genannten Projekten weitere Begegnungen?«

»Nein. Ich war erstaunt, als Frau Trill mich vor etwa vier Wochen kontaktierte und mir mitteilte, wir würden uns bald in Salzburg treffen. Sie käme für eine Sendung mit ihrem Fernsehteam nach Leopoldskron. Es ginge bei diesem Event um ähnliche Themen wie bei *Salzburg Global*.«

»Leona Trill kam nicht mit ihren Mitarbeitern an, sondern einige Tage früher.« Wieder vermeinte er in den

Augen der Frau einen wachsamen Blick wahrzunehmen.
»Über die frühere Ankunft wussten Sie Bescheid?«

»Ja, Frau Trill informierte mich darüber. Wir trafen uns nach ihrer Ankunft mehrmals. Es gab viel zu besprechen. Denn Leona Trill wollte in den geplanten Zusatz-Berichten *Salzburg Global* einiges an Aufmerksamkeit zukommen lassen.«

Merana lehnte sich zurück. Nun konnte er auf alle drei gleichzeitig schauen. Im Gesicht des Jungen vermeinte er eine Spur von Unsicherheit auszumachen. Er blickte etwas zaghaft zwischen den Eltern hin und her.

»Hat jemand von Ihnen wahrgenommen, dass die Moderatorin im Zeitraum zwischen dem ersten und dem geplanten zweiten TV-Event die Festgesellschaft verließ?«

»Nein, ich nicht.« Die Antwort von Flynn Franklin kam schnell. Seine Frau schüttelte nur den Kopf. Der Sohn sagte gar nichts. »Haben Sie eine Erklärung dafür, was mit Leona Trill dann passierte? Hat jemand von Ihnen etwas beobachtet, das uns weiterhelfen könnte?«

Er musterte weiterhin alle drei.

»Nein.« Die Stimme der Frau war sehr leise.

»Es ist alles nur unvorstellbar schrecklich«, fügte Franklin hinzu. Ein wenig hob sich der Kopf des Jungen, aber er blickte nicht auf. Doch gleich darauf war seine Stimme zu vernehmen.

»London. 1912. Edward Lasker versus George Alan Thomas.«

»Wie bitte?« Merana beugte sich nach vorn, versuchte, Mattis ins Gesicht zu blicken. Aber der Junge hatte den Kopf wieder gesenkt. »Was meinst du damit, Mattis?«

»Wie ich schon vorhin sagte, Herr Merana …« Der Kommissar riss die Hand hoch. Energisch. Er gebot der Frau Einhalt. Auch die zweite Hand streckte er abwehrend aus. In Richtung des Mannes.

»Kannst du mir bitte erklären, was das bedeutet?« Vom Jungen kam keine Reaktion. Die Körperhaltung wirkte trotzig. Entweder hatte Merana einen überheblichen, völlig durchgeknallten Fratzen vor sich, dem es vielleicht Spaß bereitete, andere von seinem elitären Schachthron aus zu veräppeln. Oder der Junge wollte tatsächlich etwas sagen. Aber er vermochte es nicht auf direkte Art auszudrücken. Na gut, beschloss Merana. Dann versuchen wir es eben anders. Er wartete noch etwas, schluckte den in ihm aufkeimenden Groll hinunter. Dann gab er sich größte Mühe, seiner Stimme einen möglichst freundlichen Klang zu verleihen.

»Angenommen, Mattis, du wärst gestern nicht bei einem Festakt samt TV-Übertragung gewesen, sondern bei einem Schachspiel. Stellen wir uns vor, die Partie läuft jetzt. Du verfolgst sie mit großer Aufmerksamkeit. Fällt dir dabei etwas auf?«

Noch immer hielt Merana beide Hände starr erhoben. Er wollte nicht, dass einer der Erwachsenen dazwischenfunkte. Langsam hob der Junge den Kopf. Eine Spur von Unsicherheit war zu erkennen. Ein eigenartiges Lächeln kroch in sein Gesicht. »Rochade«, sagte er. Rochade? Merana wartete. Kam mehr? Merana wusste, was mit diesem Begriff gemeint war. Bei der Rochade handelt es sich um den einzig erlaubten Doppelzug im Schachspiel. Zwei Figuren werden zugleich bewegt. Der König wird dabei in eine sichere Position gebracht. Dem Turm öffnet sich durch die Rochade die Möglichkeit, sich für das weitere Spiel besser zu entwickeln.

»Was passiert bei dieser Rochade?«

»Der Turm zeigt sein Muttermal.«

»Was?« Die Antwort verblüffte Merana.

»Der Turm zeigt sein Muttermal«, wiederholte Mattis. Dieses Mal flüsternd.

Merana konnte sich beim besten Willen nicht vorstellen, was damit gemeint sein sollte. »Mattis, kannst du mir erklären ...«

»Nein!« Kalea Franklin sprang vom Stuhl auf. Sie wurde laut. »Jetzt reicht es!«

»Frau Franklin ...«

»Nein, jetzt rede ich, und Sie hören zu.« Sie ließ wütend ihren Zeigefinger wie eine Lanze auf Merana zuschnellen.

»Schon als Kind war Mattis hochsensibel. Hochsensible Menschen nehmen Reize viel intensiver wahr als andere. Ich bestehe darauf, dass Sie unseren Sohn augenblicklich in Ruhe lassen. Das ist ihm alles viel zu anstrengend.«

Sie zog auch Mattis in die Höhe. »Komm, Schatz, wir gehen jetzt.« Dann eilte sie aus der Bibliothek, zerrte ihr Kind mit sich.

»Sie müssen es meiner Frau nachsehen. Sie macht sich Sorgen ...«

Merana schaute auf sein Gegenüber. »Lassen wir das.« Er atmete tief durch. Dann stellte er ihm noch Fragen. Es brachte nichts. Besser wäre es gewesen, ihn gleich seiner Frau hinterherzuschicken. Bei Franklins Antworten war kaum Brauchbares herausgekommen. Nichts, was Merana weiterbringen könnte. Ein rätselhafter Todesfall. Alles, was er bisher hatte, war eher verwirrend als hilfreich. Er ließ seinen Blick über die Standuhr gleiten, weiter zu den Fenstern, zu den Bücherwänden. Was er sah, war erfreulich. Auf beiden Seiten. Das warme Holz und die davorgestellten Säulen. Alles symmetrisch. Alles wohl angeordnet. Ein Schauspiel bestens proportionierter Harmonie. Im krassen Gegensatz zur deplatzierten Unübersichtlichkeit, mit der er sich herumzuschlagen hatte. Er stand auf. Wie kommt man hinauf zur Galerie? Diese Frage war sicher einfacher zu lösen als die vielen Unklarheiten in seinem Fall. Ja, er würde den Aufgang zur Galerie finden. Er würde zurückkommen an diesen stimmungsvollen Ort. Doch jetzt musste er zurück ins Präsidium. Er verabschiedete sich. Er schaffte es nicht einmal bis zur Treppe, als sein Handy läutete. Es war der Chef.

»Wo bist du, Martin?«

»Noch im Schloss. Aber schon auf dem Weg zu meinem Auto.«

»Lass es sein. Bleib, wo du bist. Es werden gleich mehrere Fernsehteams auftauchen. Auch einige internationale haben sich angesagt. Alle wollen über den spektakulären Fall berichten.«

»Das ist etwas für dich, Günther. Im Rampenlicht internationaler Medienvertreter zu stehen, das liegt eher dir. Du magst das. Da machst du die wesentlich bessere Figur.«

»Ich weiß, ich weiß. Daran besteht überhaupt kein Zweifel.« War das ein leichtes Kichern, das Merana vernahm? »Aber die Herr- und Damenschaften von der Presse wollen alle nur einen vor ihren Kameras und Mikrofonen haben. Den bewährten, bekannten, um nicht zu sagen, schon weit über unsere Grenzen hinaus berühmten Kommissar Martin Merana.«

»Aber ich will das nicht. Außerdem mache ich …«

»… augenblicklich den Mund zu. Und gleich anschließend den besten Eindruck vor der versammelten Presse. Das ist ein Befehl deines Präsidenten und Vorgesetzten. Also keine Widerrede. Haben wir uns verstanden, Herr Kriminalpolizeidirektor?«

Merana schnaufte. Aber er sagte nichts.

»Gut, Martin. Dein Schweigen klingt wie ein ›Selbstverständlich, oh du mein erlauchter Chef. Wir haben uns verstanden‹.« Damit legte er auf und beendete damit das Gespräch. Der Herr Polizeipräsident, Hofrat Günther Kerner, bestens bekannt mit dem Herrn Landeshauptmann und vielen anderen prominenten Persönlichkeiten.

12

Die Fernsehleute und Presseteams hatten ihn wesentlich länger aufgehalten, als von ihm beabsichtigt. Er hatte kurz davor seine Stellvertreterin und den Leiter der Tatortgruppe angerufen und ihnen geschildert, was bei seinen Gesprächen im Schloss herausgekommen war. Abschließend bat er sie, die Besprechung mit dem Team ohne ihn vorzubereiten.

Es war bereits weit nach 17 Uhr, als Merana in der Bundespolizeidirektion ankam. Vom inzwischen personell aufgestockten Team waren nicht alle da. Ein kleiner Teil der involvierten Kollegen und Kolleginnen war damit beschäftigt, auswärts zu ermitteln. Es galt, die Aufzeichnung der zu Befragenden Punkt für Punkt abzuarbeiten. Und diese Liste war lang. Merana begrüßte die Anwesenden und bat Thomas Brunner zu beginnen. Der Chef der Tatortgruppe wischte über sein Tablet. Auf dem großen Screen an der Wand erschien das erste Bild. Das Gesicht der Leiche wurde sichtbar. In Großaufnahme.

»Name des Opfers: Leona Anastasia Trill.« Merana horchte auf. Dass die Moderatorin mit zweitem Vornamen Anastasia hieß, war ihm neu.

»Angaben zu Biografie und beruflicher Tätigkeit des Opfers findet ihr bereits einigermaßen gut aufgeschlüsselt im DEO«, erklärte Brunner. DEO war die Abkürzung für Digitaler Ermittlungs-Ordner. »Infos zu den anderen für die Ermittlung notwendigen Punkten sind im DEO noch sehr dürftig. Das wird sich hoffentlich nach dieser Besprechung ändern.«

Erneut wischte er über das Tablet. Auf dem Monitor erschien eine weitere Großaufnahme. Nun war der Hinterkopf der Leiche zu sehen.

»Laut Bericht der Gerichtsmedizin wurde Leona Trill durch mehrere Schläge auf den Hinterkopf getötet. Der

Form der Wunden und den entdeckten Spuren nach zu schließen, handelt es sich bei der Tatwaffe um ein kompaktes Objekt aus Gestein.

Auf die exakte Anzahl der Schläge will sich Frau Doktor Plankowitz nicht festlegen. Gemäß ihrer Untersuchung sind es in jedem Fall zehn, möglicherweise auch elf oder zwölf Treffer. Die detaillierte Begründung dazu findet ihr im Bericht.«

Das nächste Bild erschien. Es zeigte die Fundstelle am Ufer des Weihers. Brunner blickte zu Merana.

»Nicht alle haben denselben Informationsstand bezüglich der bisher gewonnenen Ergebnisse, Martin. Deshalb schlage ich vor, wir gehen auf die Details zum Tatort später ein. Zuvor würde ich gerne einen kurzen Abriss des Ablaufs skizzieren.«

Merana hob zustimmend die Hand. »Bestens, Thomas.«

Der Tatortgruppenchef tippte auf das Tablet. Schloss Leopoldskron wurde sichtbar.

»Beginnen wir mit einer Aufstellung des zeitlichen Ablaufs.« Während seiner Ausführungen wurden nach und nach über die Abbildung der Schlossfassade Namen und Uhrzeiten geblendet.

»Gesichert ist: 15 Uhr. Die Fernsehleute beginnen mit den Vorbereitungen für die Sendung. 16.30 Uhr. Die engagierten Security-Kräfte beziehen Position. Insgesamt drei Personen. 17 Uhr. Nach und nach treffen die eingeladenen Festgäste ein. Die letzten kommen kurz vor 18 Uhr. Um 17 Uhr kommt das Orchester an. 17.30 Uhr. Start der Proben für den ersten Teil des Festaktes und den Live-Einstieg. Moderatorin Leona Trill erscheint erst knapp vor Probenbeginn. Davor war sie in ihrer Hotelsuite. Die Proben dauern bis 18.35 Uhr.«

Auf dem großen Monitor wurden andere Aufnahmen sichtbar. Sie zeigten Ausschnitte von der angesprochenen Probe. Teile des Orchesters waren zu erkennen, in drei verschiedenen Einstellungen. Auf dem nächsten Bild war ein Mann aus dem TV-Team erkennbar. Er montierte eine Kamera auf ein Stativ. Auch etliche Zuschauer wurden gezeigt.

»Das sind Ausschnitte von der angesprochenen Probe. Ab 17.37 Uhr verfügen wir dazu über Bildmaterial. Die Kamerafrau des TV-Teams hielt einiges von den Vorbereitungen fest.«

Im nächsten Bild war ein Mann mit erhobener Hand in Großaufnahme zu sehen. Magnus Retzer.

»Wie ihr der eingeblendeten Uhrzeit entnehmen könnt, ist es jetzt 19.02 Uhr. Der Regisseur gibt das Zeichen. Das Fest beginnt mit einem Musikstück, dargeboten von den Streichern.« Auf dem Monitor erschien eine Einstellung von Leona Trill. Sie stand nahe an der Steintreppe, die hinauf zur Schlossterrasse mit dem Orchester führte.

»19.15 Uhr. Start des Live-Einstiegs für das TV-Magazin. Dieser Einstieg dauerte exakt fünf Minuten und 52 Sekunden. Nach dem Einstieg spielte das Orchester eine Serenade. Dann war Pause. Knapp zwei Stunden später sollte der zweite Teil des Festakts erfolgen. Dieses Mal als Aufzeichnung. Für die Leute des Fernsehteams hieß es nun: Feedback-Analyse des ersten Teils und Vorbereitungen für die Fortsetzung. Dazwischen war Zeit für kurze Verköstigung. Für alle anderen bot sich an: Catering, Buffet,

Flanieren, sich unterhalten, das Fest genießen. Auch davon hat die Kamerafrau manches mitgefilmt. Was wir zum derzeitigen Ermittlungsstand sagen können, ist Folgendes ...«

Nach dem Bild der Moderatorin erschien die Aufnahme eines jungen Mannes.

»Das ist Pavel Kinski. Zuständig für Ton und Licht. Seine Aussage: Leona Trill habe ihn während der Pause gebeten, ihr etwas Wasser und ein Glas Champagner zu bringen. Darauf begab Kinski sich zu den Catering-Leuten. Er musste einige Minuten warten. Bei seiner Rückkehr traf er Leona Trill nicht mehr an.«

»Wann war das?« Die Frage kam von einem der älteren Kollegen. Er war von der Abteilung Brand dem erweiterten Mordermittler-Team zugeteilt worden.

»Das ist eine gute Frage, Kollege Ternatz. Leider konnte der gute Pavel dazu keine eindeutige Angabe machen. Eher in der Kategorie Pi mal Daumen. Seinem Gefühl nach war es so ungefähr eine Stunde nach dem Live-Einstieg.«

»Carola, hat sich aus den bisherigen Befragungen der an der Veranstaltung Beteiligten etwas Präziseres ergeben?«, warf Merana dazwischen.

Die Chefinspektorin winkte ab. »Alles sehr vage, Martin. So wie wir das in vergleichbaren Situationen meistens erleben. Die einen meinen, es war so, die anderen behaupten, es war anders. Fakt ist: Einigermaßen plausibel sind allenfalls die ähnlichen Aussagen von zwei Männern. Beide geben an, Leona Trill kurz vor 20.30 Uhr gesehen zu haben. Einer der beiden führte an, mit der Moderatorin auch gesprochen zu haben.«

»Kurz vor 20.30 Uhr«, übernahm wieder Thomas Brunner.« »Sollten noch andere glaubwürdige Angaben kommen, können wir das korrigieren. Bis dahin übernehmen wir das vorerst. Also halten wir fest. Es war circa 20.30 Uhr, dass die Moderatorin in der Menge der Anwesenden gesehen wurde.«

Das nächste Bild erschien auf dem Monitor. Erwachsene waren zu erkennen, die einander an den Händen hielten. »21.16 Uhr. Die ersten Festgäste stellen sich zum Kreis auf, angeleitet von Regisseur Magnus Retzer. Wenige Minuten später kommen von der Schmalseite des Schlosses die Kinder und Jugendlichen. Es geht um die Choreografie des Walzers.« Er ließ die Finger über das Tablet huschen. »Was ihr hier seht, ist eine Planskizze der Anlage.« Auf dem Screen an der Wand war eine Grafik auszumachen. Brunner aktivierte einen Laserpointer, wies damit auf eine bestimmte Stelle der Darstellung.

»Hier ist die Hinterseite des Schlosses. Terrasse und Gartenparterre. Gleich angrenzend seht ihr die Lichtung, auf der die Festgäste den Kreis bildeten.« Der Lichtpunkt des Pointers wanderte auf dem Plan nach unten. »Hier, im südlichen Teil der Anlage, befindet sich der Tatort. Wenn man sich vom Schloss durch den Park bis hierher begibt, braucht man etwa zwei bis drei Minuten. Gemeint ist im Spaziertempo. Hat man es sehr eilig und läuft, dann schafft man die Strecke in einer halben Minute. Elena Hauk hatte es gewiss sehr eilig. Schließlich war sie auf die grässlich zugerichtete tote Kollegin gestoßen. Sie wollte also so schnell wie möglich zurück zu den anderen. Durch die Kameraaufnahme wissen wir: Eintreffen von Hauk auf der Lichtung um exakt 21 Uhr, 35 Minuten und elf Sekunden.

Zeitpunkt, zu dem Elena Hauk die tote Leona Trill fand, sagen wir, ein bis zwei Minuten vorher.«

»Welchen Weg wählte Frau Hauk, als sie zurückrannte?« Wieder war es Siegfried Ternatz, der fragend die Hand hob. »Ich gehe davon aus, dass der Plan maßstabsgetreu ist. Man erkennt, der Park ist ziemlich breit. Da gibt es mehrere Möglichkeiten.«

»Elena Hauk rannte durch die Lindenallee«, antwortete Brunner. Der Lichtpunkt des Pointers markierte die Stelle.

»Und warum wusste die Fernsehassistentin, wo sie in diesem großen Gelände ihre Kollegin suchen sollte? Oder entdeckte sie die Leiche der Moderatorin per Zufall?«

»Durch welche Schneise kam denn das Feuer?«, rief Merana. Alle im Raum blickten erstaunt zu ihm. Er erhob sich vom Stuhl, deutete eine Verbeugung an. »Ich ziehe immer ganz tief meinen Hut vor den Kollegen vom Ermittlungsbereich Brand. Egal, wie groß die Verwüstung ist. Es heißt, ins Gelände zu blicken und die richtigen Fragen zu stellen. Darauf kommt es an.« Er verbeugte sich nochmals. »Danke, Kollege Ternatz. Was Sie an dieser Stelle fragen, ist naheliegend. Wusste Frau Hauk, wo sie suchen sollte? Ich hätte es herausfinden können. Aber die Zeugin Hauk war gestern kaum ansprechbar. Ich hatte ohnehin vor, mir die Fernsehleute ein weiteres Mal vorzuknöpfen. Da werde ich ihr genau diese Frage stellen. Sie sind der Erste, Kollege Ternatz, den ich verständige, sobald ich die Antwort habe.«

Geheule kam auf. Einige protestierten. Und das bewusst in gespielter Manier. Dazu passten die aufgesetzten erbosten Mienen.

»He! Was soll das, Herr Kommissar!«, rief einer der jüngeren Kollegen. »Immer die vom Brand! Keine Bevorzugung bitte. Wir vom Raub sind auch cool!«

»Jaja«, stieg Ternatz in das Geplänkel ein. »Cool ist toll. Kaltschnäuzig sein ist auch toll. Aber noch besser ist brennen. Für die richtigen Fragen. Darauf kommt es an. Der Kommissar sagte es.« Einige lachten. Andere protestierten gespielt aufgebracht weiter. Merana ließ die Runde gewähren. Sie hatten ein schweres Verbrechen aufzuklären. Das war jedem hier im Raum schmerzlich bewusst. Ein menschliches Wesen war auf brutalste Weise aus dem Leben geschmettert worden. Jeder kannte die Bilder der Leiche, trug sie im Kopf, im Empfinden. Und sie würden sich alle mit der größten Ernsthaftigkeit in die Ermittlung stürzen. Auch aus Respekt vor der Toten. Aber den Druck, den jeder dabei spürte, wenigstens für einen kurzen Moment durch entlastendes Geblödel abzumildern, tat einfach gut. Merana wusste das. Solche Momente konnte man nicht herbeiführen. Sie passierten. Fast bei jeder Ermittlung. Und das war gut. Er trat vor an die Wand, stellte sich neben den großen Monitor.

»Wir haben zwei Punkte im Gelände. A, das Schloss und das bespielte Areal ringsum. B, der Tatort am Weiherufer. Wir wissen nicht, zu welcher Uhrzeit es geschah. Aber irgendwann zwischen 20.30 und 21.30 Uhr muss sich Leona Trill von A nach B begeben haben. Und hier am Tatort wurde sie getötet.«

Brunner tippte einige Male auf sein Tablet. Die Tatortposition am Weiher wurde gelb unterlegt und rot umrandet.

»Wir wollen bei der Ermittlung alle Überlegungen in Betracht ziehen. Wir suchen wie immer nach allen Seiten.« Merana trat näher, wies auf die umrandete Stelle.

»Möglichkeit Eins. Jemand kam von außen aufs Areal. Vielleicht schon vorher. Vielleicht erst, als Leona Trill ankam. Jedenfalls trifft dieser Jemand auf Leona Trill und tötet sie. Motiv: unbekannt. Identität: unbekannt.« Merana wartete, ließ das Gesagte wirken. Dann trat er einen Schritt zur Seite. Jetzt wies sein Finger zum oberen Bereich des abgebildeten Plans.

»Möglichkeit Zwei. Es kam niemand von außen. Der Täter oder die Täterin kam von hier, aus dem Bereich des Schlosses. Also jemand aus der großen Gruppe der Beteiligten an der Veranstaltung tötete Leona Trill. Diese Person muss sich im fraglichen Zeitraum von A nach B begeben haben. Motiv für die Tat: bislang unbekannt. Identität: nicht eindeutig zu benennen. Aber dieses Individuum ist für uns keineswegs namenlos. Denn er oder sie ist also eine Person aus 163. Und von diesen 163 wissen wir Namen und Anschrift. Von jeder einzelnen Person.«

Er wartete ein wenig, dann nahm er Platz. Er bat Brunner, die Bilder vom Tatort zu zeigen und gleichzeitig anzumerken, was seine Leute bisher herausgefunden hatten. »Wir haben alle größeren Steine in der Nähe des Tatortes sichergestellt. Keiner war dabei, der auf den ersten Blick als Tatwaffe infrage käme. Sie werden dennoch alle auf DNA-Spuren untersucht. Heute suchen zwei meiner Leute mit Taucherausrüstung den Boden des Weihers ab. Vielleicht wurde der Stein nach der Tat ins Wasser geworfen. Wir haben bisher keine Anzeichen, dass jemand von außen eingedrungen wäre.« Dann kam die Chefinspektorin an die Reihe. Carola Salman fasste zusammen, was die Befragungen ans Licht gebracht hatten. Das Ergebnis war ebenfalls dünn. Dass irgendjemand im fraglichen Zeitraum sich in Richtung Tatort aufgemacht hätte, war durch keine der Äußerungen deutlich belegbar. Es gab ein paar vage Andeutungen. Die gälte es genauer zu überprüfen.

»Habt ihr es geschafft, das sichergestellte Bildmaterial des TV-Teams durchzusehen, Thomas?«

»Ja, aber bis jetzt haben wir nichts Aufschlussreiches entdeckt. Ich lasse meine Leute alles nochmals durchchecken.«

»Es gibt sicher noch anderes Material an Bildern und Videos. Aufgenommen von Privatpersonen, von den Besuchern.«

»Da bin ich dahinter, Martin«, meldete sich die Chefinspektorin. »Einige wenige der bisher Befragten gaben uns freiwillig ihre privaten Handyaufnahmen zum Auswerten. Wir müssen aber unbedingt an alle Aufnahmen der Handys und Kameras herankommen. Ich habe mittags mit der Staatsanwältin telefoniert. Gudrun Taubner kümmert sich um die richterliche Genehmigung. Doch das kann dauern, wie uns allen aus leidvoller Erfahrung bekannt ist.«

»Oh ja«, stöhnte der junge Kollege vom EB2, vom Ermittlungsbereich Raub. Einige andere stimmten bestätigend zu.

»Ich gehe davon aus, Thomas, deine Leute haben das Hotelzimmer der Moderatorin durchsucht.« Thomas Brunner tippte auf sein Tablet. Auf dem Monitor an der Wand erschienen nacheinander einige Bilder. Ausschnitte von einem Zimmer waren zu sehen. Ein geöffneter Kasten, Schuhe und Kleidungsstücke, ein Koffer, drei Handtaschen.

»Das wird bereits alles untersucht. Wir stellten das Handy und das Notebook der Toten sicher.« Beide Gegenstände waren nun zu sehen. »Wir sind dabei, die Zugangscodes zu knacken. Das ist dieses Mal gar nicht so einfach, sagen mir meine Experten. Die Journalistin hat sich bestens abgesichert. Aber wir kriegen das schon hin.«

Davon war Merana überzeugt. Er konnte sich an keinen Fall erinnern, wo es Brunners Technikern nicht gelungen war, die verschlüsselten Daten elektronischer Geräte aufzudecken. Manchmal hatte es lange gedauert. Aber die Spezialisten der Tatortgruppe hatten es schlussendlich jedes Mal geschafft. Sie legten fest, wie sie weiterhin vorgehen wollten. Merana besprach zusammen mit dem Team die Aufgabenverteilung. Dann war das Meeting beendet.

13

Er musste raus. Er brauchte Bewegung. Nicht einfach nur gehen. Er musste laufen. Jetzt gleich. Er öffnete den Schrank, nahm sich T-Shirt und Trainingshose, griff nach den Laufschuhen. Zwei Minuten später verließ er das Gebäude. Gleich zu Beginn seiner Laufstrecke zeigte sich auf der linken Seite das futuristisch anmutende Gebäude des *PSV Sportzentrums*. Obwohl er seit vielen Jahren unterstützendes Mitglied des Polizeisportvereins war und fleißig seinen Beitrag entrichtete, war er noch nie in dieser Halle gewesen. Von der rechten Seite war Kindergekreische zu vernehmen. Es kam vom großen Spielplatz in der Parkanlage. Wie eine ausgehöhlte Schlange wand sich ein silberfarbenes Metallgebilde von einer Geländeerhöhung nach unten. Das war eine große Röhre, durch die Kinder rutschen konnten. Von dort erreichte ihn das lauteste Geschrei. Fröhlich gelärmt wurde auch an anderen Stellen der Spielanlage. Er richtete seinen Blick nach vorne, hielt auf das große historische Gebäude mit gelber Fassade und rotem Dach zu. Das war die Frohnburg. Sie beherbergte Teile der Universität *Mozarteum*. Schloss Frohnburg war ja einer der Schauplätze für die Verfilmung von *Sound of Music*, fiel ihm ein. Genauso wie Leopoldskron. Dort war allerdings weitaus mehr gedreht worden. In der Frohnburg gab es einen großen Konzertsaal für Veranstaltungen. In diesem barocken Gebäude war Merana schon öfter gewesen, hatte sich eindrucksvolle Abende mit hervorragenden Konzerten gegönnt. Er nahm Tempo auf, hatte die Schlossanlage bald erreicht. Er stoppte kurz ab. Sollte er sich nach links Richtung Wasserturm wenden, das Orff-Institut umrunden und in weiterer Folge den Weg nach Hellbrunn einschlagen? Wie er es meistens tat. Nein. Heute war ihm nicht danach. Also nach rechts. Gleich würde er die Hellbrunner Allee erreichen und durch diese stadteinwärts laufen. Er war bei Weitem nicht alleine unterwegs. Ihm begegneten viele andere Läufer und Läuferinnen. Einige überholte er. Der Süden der Stadt Salzburg war ein beliebtes Areal für Spaziergänger, Läufer und Radfahrer. Merana entschloss sich, zumindest bis zum ehemaligen *Petersbrunnhof* im Nonntal zu laufen. Er schaffte die Strecke gut, fühlte sich aber ausgepumpt. Den Rückweg ging er gemächlicher an. Zurück im Präsidium stellte er sich im Fitnessbereich im Keller unter die Dusche. Dann kehrte er ins Büro zurück. Nach ein paar Minuten klopfte es. »Ja, bitte.« Die Tür ging auf. Die Chefinspektorin trat ein. Sie hatte eine Tasche umgehängt. In der Hand hielt sie eine durchsichtige Kanne mit brauner Flüssigkeit.

»Laufen ist sicher eine geeignete Methode, den Denkapparat zu durchlüften und in Schwung zu bringen. Aber wenn man dem Kräuterpfarrer im Fernsehen glauben darf, dann sind Rosmarin und Johanniskraut besonders gut fürs Hirn. Sie regen zum Denken an, fördern die Konzentration.« Sie stellte die Kanne auf den kleinen Besprechungstisch und nahm Platz. »Ich habe uns einen Tee aus beiden Kräutern zusammengemixt. Glücklicherweise hatte ich noch ein paar Teebeutel im Kasten. Ich glaube, die hat mir Otmar vermacht.«

Merana war überrascht, sie zu sehen. »Ich wusste gar nicht, dass du noch im Präsidium bist, Carola. Es ist schon knapp vor 21 Uhr. Wirst du nicht längst zu Hause erwartet?«

»Dann habe ich in meinem Schreibtisch noch eine Schachtel mit Kräuterkeksen entdeckt.« Sie griff in die Tasche. »Ob Oregano auch das Denken fördert, weiß ich nicht. Außerdem sind die Kekse schon so alt, dass man den Oregano ohnehin kaum spürt.« Sie blickte ihn an. Lächelte. »Nein, ich muss nicht heim. Hedwig darf heute bei Ria übernachten. Darauf hat sie sich schon seit zwei Tagen gefreut.« Ria war eine Studentin in Carolas Nachbarschaft. Sie passte gelegentlich auf Hedwig auf. »Ria hat einen kleinen Hund. Johnny heißt er. Der ist Hedwig besonders zugetan. Und sie ihm.« Er stand auf, holte zwei Keramiktassen aus dem Regal. Er setzte sich seiner Stellvertreterin gegenüber, ließ sich dampfenden Tee einschenken. Nicht nur die Schale fühlte sich warm an. Auch in sich spürte Merana Wärme aufsteigen. Wie so oft wurde ihm gerade jetzt bewusst, wie sehr er Carola schätzte. Wie tadellos sie ihren Job als Polizistin bewältigte. Die Arbeit war oft anstrengend, ging an die Substanz. Und dazu schaffte sie noch die vielen fordernden Aufgaben in der Familie auf bewundernswerte Weise. Die Ehe mit Friedrich. Im Grunde ein sympathischer Kerl. Aber seine Alkoholkrankheit lastete schwer über ihnen. Entwöhnungskuren, Therapieaufenthalte. Es zeigten sich Phasen, wo es sich zu bessern schien. Dann gab es wieder herbe Rückschläge. Und Carola stand immer zu ihrem Mann. Auch mit Sohn Harald war es lange Zeit sehr schwer gewesen. Inzwischen war Harald erwachsen und ausgezogen. Und dann war da Hedwig. Ihre Tochter liebte Carola über alles. Sie war Mamas Sonnenschein. Hedwig war beeinträchtigt. Im Körper einer Elfjährigen steckte das Wesen einer Vierjährigen. Das verlangte Carola viel ab. Auch sie hatte sich vor Jahren um die Kommissariatsleitung beworben. So wie Merana. Er war ihr vorgezogen worden. Bis heute war das nie Thema zwischen ihnen gewesen. »Ich hätte nie einen anderen akzeptiert, Martin.« Ihr Verhältnis zueinander war von Anfang an von großem gegenseitigem Respekt geprägt. Im Lauf der Jahre war daraus sogar Freundschaft und tiefe Verbundenheit geworden.

»Nun, Herr Kommissar, wie schmeckt Ihnen der Tee?« Auch das Aufleuchten des Schalks in Carolas Augen tat ihm gut. »Spüren Sie schon, wie der Geist zum Galopp ansetzt?«

Er hob die Tasse. »Sehr wohl, Frau Stellvertreterin. Wir sollten uns rasch auf die galoppierenden Gedankengäule schwingen, ehe sie davonpreschen und uns abwerfen.«

Sie ließen schwungvoll die Keramikschalen aneinander stoßen. Sie lachten. Es klirrte, als genössen sie französischen Champagner und nicht einheimischen Kräutertee. Sie tranken beide aus, stellten die leeren Tassen ab. Carola zog ihr Tablet aus der Tasche, schaltete es ein.

»Der Todeszeitpunkt gestern war zwischen 20.30 und 21.30 Uhr. Jetzt ist es 21 Uhr. Es ist gerade einmal einen Tag her, dass die bedauernswerte Leona zu Tode kam. Wir waren gut eine Stunde später am Tatort. Das heißt, wir ermitteln noch nicht einmal 24 Stunden.« Sie blickte ihn an. Kein Schalk mehr in den Augen. »Also mir kommt es länger vor. Wie geht es dir, Martin?«

Ihm erging es ähnlich.

»Du hast im Team-Meeting unterstrichen, dass wir in alle Richtungen ermitteln. So wie immer. Und du hast klar die beiden Hauptpunkte präzisiert. Möglichkeit Eins: Es ist jemand von außen. Möglichkeit Zwei: Es ist jemand von innen. Was sagt dein Gefühl?«

Sie blickte ihn an. Er zögerte nicht mit der Antwort. »Mein Gefühl sagt mir dasselbe, was dir deine Einschätzung sagt.«

Sie nickte, griff zur Schachtel. »Egal, ob Oregano das Denken beflügelt. Ich nehme jetzt einen Keks. Wir sind uns also einig. Ja, auch ich habe ganz stark den Eindruck: Der Täter, die Täterin kommt aus dem inneren Bereich.« Sie biss vom Keks ab, kaute. Dann schob sie sich den Rest in den Mund. Sie hielt Merana die Schachtel hin. Der hob die Hand. »Nein danke.« Sie legte die Packung beiseite.

»Ich weiß gar nicht, ob wir schon einmal einen ähnlichen Fall hatten. Mir kommt es vor, als steckten wir mitten in einem Agatha-Christie-Roman. Dort wird meist schnell klar: Es kann niemand von außen sein. Der Mörder ist unter uns.«

Merana musste schmunzeln. »Ja, so kann man es durchaus sehen, Frau Chefinspektorin. Wir haben zwar kein abgeschlossenes Zimmer, kein verbarrikadiertes Haus, kein einsames Schiff, keinen eingeschneiten Orientexpress mit einer klar überschaubaren Anzahl an Verdächtigen. Dennoch haben auch wir einen abgeschlossenen Schauplatz und sagen: Der Mörder kam nicht von außen.

Er ist einer von denen, die innerhalb unserer Abgrenzung sind.«

»Ich weiß nicht mehr genau, wie viele Verdächtige es in der *Mausefalle* oder in ähnlichen Werken von Agatha Christie sind. Vielleicht sechs oder sieben, von mir aus auch zwölf. In jedem Fall sind es weitaus weniger als in unserem Fall.«

»Und wäre Hercule Poirot an unserer Stelle, hätte er wohl auch größte Mühe angesichts der riesigen Anzahl.«

»163 Verdächtige, das hätte Agatha Christie wohl für keine gute Idee gehalten. Eine viel zu unübersichtliche Ausgangslage für eine plausible Krimihandlung.«

»Aber wir haben sie. Damit müssen wir uns abfinden. Was tun?«

»Hercule Merana. Let's rely on our little grey cells.« Sie wischte über das Tablet, öffnete verschiedene Ordner. Merana grinste. Den kleinen grauen Zellen zu vertrauen, wie Poirot sich auszudrücken pflegte, klang plausibel für jeden gewissenhaften Ermittler.

»Also dann, Analyse«, begann er.

»Können wir zum derzeitigen Stand der Ermittlung irgendjemanden definitiv ausschließen?«

»Nein.«

»Dann sind es 163 Personen. Die sind wie folgt aufgeteilt.« Sie tippte auf den Bildschirm. »Beginnen wir mit jenen, die eine Aufgabe, eine bestimmte Funktion ausüben. Ich notiere: TV-Team, sechs Personen. Orchester, 13 Personen. Catering vier und Security drei, macht sieben Personen. *Salzburg Global*: die Franklins und drei weitere, macht sechs Personen. Drei Personen aus der Schlossverwaltung: Wolfgang Blatt, Kerstin Kleist und die junge Mitarbeiterin Frauke Hemmel. Camilla Mitterberg und vier weitere Personen bilden die Leitung von *HERA*. Das ergibt fünf Personen. Dazu kommen Kinder, Jugendliche und Begleitpersonen, organisiert von *HERA*, das sind 18 Personen. Nicht zu vergessen, die fünf Medienvertreter …«

Darunter auch Jutta Ploch, fiel Merana mit Schrecken ein. Er musste die Journalistin noch anrufen. Und das möglichst bald.

»Das sind insgesamt 63 Personen. Bleibt noch die größte Gruppe. Die von *HERA* geladenen Besucher. Die haben keine bestimmte Funktion innerhalb der Veranstaltung, ihre Rolle ist ausschließlich darauf beschränkt, Festgäste zu sein. Das sind genau 100 Personen.«

Sie drehte Merana das Tablet zu. »Immer vorausgesetzt, es war niemand von außen, dann haben wir alle Personen, die für den Mord als mögliche Täter infrage kommen. Einige der Leute scheinen allerdings ein Alibi zu haben. Wie sich aus den bisherigen Befragungen ergab, haben wir bis jetzt 58 Personen, denen mindestens von einer anderen Person bestätigt wird, dass sie während der knapp zweistündigen Pause immer hinter dem Schloss anwesend waren. Bleiben 105 Personen.«

»Das sind immer noch sehr viele. Es ist zum Haareraufen …«

»Ungeduld ist ein Hemd aus Brennnesseln.«

Er grinste. »Klingt nach einer Lebensweisheit aus der Sprüchesammlung von Abteilungsinspektor Braunberger.«

»Nein. So sagt man in Polen, habe ich irgendwo gelesen.«
Sie atmete tief durch. »Auch wenn es uns beiden viel länger vorkommt, Martin, wir haben erst angefangen. Es werden durch die nächsten Befragungen weitere Personen wegfallen.«

»Irgendwie erscheint das alles befremdlich, Carola.« Er wies mit der Hand zur Aufstellung auf dem Tablet. »Was haben wir? Ein pompöses Ereignis. TV-Sendung. Ein glanzvolles Fest, besetzt mit Promis, mit finanzkräftigen Kapazundern aus der Wirtschaft genauso wie mit einfachen Leuten. Eine Benefizveranstaltung für all die Projekte, die Menschen helfen sollen, in den aktuellen Krisenzeiten besser zurechtzukommen. Alle machen mit. Alle beteiligen sich mit großem Eifer. Eine riesige Schar von Idealisten. Wohin man auch blickt, überall nur Gutmenschen.«

Die Chefinspektorin atmete deutlich vernehmbar aus.

»Und dennoch befindet sich unter diesen Gutmenschen zumindest eine Person, die zu einem Mord fähig ist.«

Ein Handysignalton war zu hören. Die Chefinspektorin griff in die Tasche, zog ihr Telefon hervor. Sie nahm den Anruf an, hörte eine Weile zu.

»Danke. Schickt es mir auch schriftlich.« Sie beugte sich vor. Langsam, als denke sie zugleich über etwas nach. Sie legte das Handy auf die Tischplatte.

»Das war Kollegin Resinger«, erklärte sie. »Eine interessante Meldung, die ich eben bekam. Zwei aus der Gruppe der Festgäste haben unabhängig voneinander beobachtet, dass Leona Trill mit jemandem einen kurzen, aber heftigen Disput führte.«

»Wissen wir, mit wem Trill diese Kontroverse führte?«

»Ja, bei einer der Aussagen wurde ein Name genannt, sagte mir Kollegin Resinger. Leona Trill hatte diese Auseinandersetzung mit einem Mann namens Olivier Belk.«

Die Chefinspektorin wischte über das Tablet, tippte auf den Schirm. »Olivier Belk«, las sie vor, »47 Jahre, wohnhaft in Paris, Brüssel, Wien und Seekirchen am Wallersee. Sehr viel habe ich fürs Erste nicht gefunden. Aber ich habe ein Foto.« Sie drehte ihm das Tablet zu. Das Porträt zeigte einen Mann mit länglichem Gesicht, welligen Haaren und randloser Brille. Plötzlich stutzte Merana.

»Mach bitte das Gesicht größer, Carola …« Ihre Finger berührten den Screen, zogen das Bild auseinander.

»Was ist das auf der linken Wange?«

Ihr Kopf beugte sich näher zum Bildschirm.

»Ich weiß nicht, das schaut aus wie ein großer Leberfleck …«

»Es könnte auch etwas anderes sein.«

»Was meinst du?«

Er blickte sie groß an. »Ein Muttermal.«

14

Mist! Jetzt waren schon wieder einige Haare gerissen. Julia unterbrach ihre Übung, griff nach der kleinen Schere, schnitt die Fäden am Frosch ab. Es lag wohl eher an ihrem ungestümen Spiel. Die Luftfeuchtigkeit im Raum passte. Genauso wie die Feuchtigkeit im Violakasten. Darauf achtete sie immer. War die Luft zu trocken, rissen die Bogenhaare leichter. Vielleicht hätte sie fürs Einspielen etwas Einfacheres wählen sollen. Telemann wäre wohl gut gegangen, möglicherweise sogar Bach. Aber sie hatte sich für die schwere französische Etüde entschieden. Wie auch immer. Sie legte die Schere weg, direkt neben das Stück Kolophonium, mit dem sie den Bogen vor Übungsbeginn achtsam bestrichen hatte.

Max Bruch war schon über 70 Jahre alt gewesen, als er die Romanze geschrieben hatte. Sie hatte sich inzwischen mehr mit Bruchs Leben und Schaffen vertraut gemacht. Im Internet. Ein exaktes Datum hatte sie nicht finden können. Die Romanze entstand wohl um das Jahr 1911. In Bruchs letzter Schaffensphase, in Berlin, neun Jahre vor seinem Tod. Und noch etwas hatte sie im Internet entdeckt. Eher zufällig. Das hatte sie amüsiert. Den Eintrag eines deutschen Komponisten, Dirigenten und Viola-Virtuosen, der sich ebenso ernsthaft wie charmant der Aufgabe stellte: Wenn man sieben Bratschenkonzerte für die einsame Insel mitnimmt. Welche sollten das bloß sein? Von einem befreundeten Bratscherkollegen bekam er dafür die Empfehlung: Unbedingt die wunderbare Romanze für Bratsche und Orchester von Max Bruch mitnehmen. Das würde sie unterscheiben. Mit vier Ausrufezeichen. Ihr hatte das Stück schon auf Anhieb gefallen, als Professor Tankrath ihr vor drei Wochen die Noten vorgelegt hatte. Und nun, da sie es tatsächlich vor Publikum aufführen sollte, war ihre Begeisterung noch gewachsen. Sie warf einen Blick auf ihr Handy. Jetzt müssten wohl alle relevanten News-Sendungen bereits im Netz sein. Sie holte ihr Notebook. Sie surfte durch die entsprechenden Programme. Bei zwei Stationen war der Mord an Leona Trill an der Spitze in den Schlagzeilen. Bei den anderen kam die Meldung etwas später, aber ebenso an prominenter Stelle. Bei zwei Sendern entdeckte sie Interviews mit dem zuständigen Kriminalpolizisten. Sie sah sich beide an. Auch über den Bildschirm kam dieser Kommissar Merana sympathisch herüber, fand sie. Wesentlich Neues erfuhr sie nicht. Auch die Hinweise bei den anderen News-Programmen waren sehr vage gewesen. Offenbar hatte die Polizei noch immer keine Spur, hatte nichts Konkretes in der Hand. Oder verfolgte die Polizei ein bestimmtes Ziel und hielt sich derzeit bedeckt, um den Lauf der Ermittlungen nicht zu gefährden?

Wie ein Flügel. Die Brosche hatte die Form einer geschwungenen Feder. Wieder zuckte das Bild in ihrem Kopf auf. »Genug«, rief sie. Sie nahm das Etüde-Stück vom Ständer, platzierte darauf die Noten von Max Bruchs Romanze. Sie fasste nach ihrem Instrument. Sie hatte zu üben. Üben, üben und sich nicht ablenken lassen. F-Dur. Also los. Der Anfang gelang ihr gut. »Was empfinden Sie dabei, Frau Reinhard?«, hatte Professor Tankrath sie in der Stunde gefragt. »Ich finde, technisch ist der Beginn nicht allzu schwierig, Herr Professor. Da komme ich gut zurecht.« Er hatte die Hand gehoben, ihr Spiel abgebrochen. Hatte sie doch einen Fehler gemacht? Sie spürte den Schrecken, mit dem sie auf das Einhalten reagiert hatte. Sie hatte die Begebenheit vor sich, als geschähe sie jetzt. »Was Ihre Finger empfinden, Frau Reinhard, das lässt sich Ihrem durchaus sauberen Spiel gut entnehmen. Aber was empfindet Ihr Herz? Das interessiert mich viel mehr.« Wieder spürte sie ihre Verwirrung von heute Mittag. Das Herz?, hatte sie gedacht. War sie zu langsam gewesen, hätte sie das Tempo gleich anziehen sollen. Sie hatte gezögert, nicht gewusst, was sie antworten sollte. Was will er von mir hören?, hatte sie fieberhaft überlegt. Werde ich das Richtige sagen? Und dann hatte sie es einfach probiert. Sie hatte nicht abgeschätzt, was der weit über ihr stehende Universitätsprofessor und Musikkenner womöglich hören wollte, sondern einfach gesagt, was sie empfand, wenn die Melodie durch ihr Spiel aufblühte.

»Es hört sich für mich an, als schwebe eine Erzählung auf mich zu. Aus einem unbekannten Gestern, aus einer mir fremden Welt. Und genau in dem Augenblick, da sie mich erreicht, wird sie zu einem Teil von mir. Die Erzählung wird mit Leben erfüllt. Die Melodie nimmt mich an der Hand, führt mich, beschenkt mich mit Erlebnissen und Eindrücken. Eine Blumenwiese, ein See, ein Boot, das übers Wasser gleitet. Ein Mann fragt, eine Frau antwortet. Eindrücke aus einer vergangenen Zeit, die lebendig werden. Im Jetzt und Hier.«

War das zu viel? Hatte sie geklungen wie in einem kitschigen Film? Sie hatte den Atem angehalten und gewartet, was der Herr Professor wohl sagen würde. Er hatte sie mit freundlichen Augen angeblickt.

»Danke, dass Sie mich an Ihren Empfindungen teilhaben lassen. Zumindest durch Ihre Worte. Und jetzt beginnen Sie bitte nochmals. Es wäre ein schönes Geschenk für mich, wenn Sie mich durch Ihr Spiel mit eintauchen lassen in die für Sie spürbare Erzählung aus alter Zeit, die genau in dieser Sekunde lebendig wird.«

Ihr Herz hatte heftig zu pochen begonnen. Sie spürte es jetzt noch. Doch dann hatte sie die Augen geschlossen und nochmals angefangen. Sie bekam es gut hin. Werde ich das bei der Aufführung zusammen mit dem Orchester schaffen?

»Was glauben Sie, Frau Kollegin, wie oft ich in meinem Werdegang schon Angst hatte? Unzählige Male. Selbst heute bekomme ich gelegentlich starkes Herzklopfen.«

Hatte sie sich verhört? Nein, Herr Professor Tankrath hatte tatsächlich »Frau Kollegin« zu ihr gesagt. »Angst gehört in unserem Job dazu. Angst, zu versagen. Den Vorstellungen des Komponisten nicht gerecht zu werden. Auf der Bühne plötzlich nicht mehr weiterzuwissen. Ein Publikum zu enttäuschen. Man muss lernen, damit umzugehen. Angst kann beflügeln. Denn was wollen wir? Wir wollen durch unser Spiel, unsere Musik etwas vermitteln. Aber um das zu können, muss man heraustreten. Und Sie wollen das, Julia. Heraustreten, sich hinstellen, zeigen, was Sie zu sagen, zu vermitteln haben. Sie wollen es, Julia. Stehen Sie dazu.«

Genauso hatte es Professor Tankrath gesagt. Stehen Sie dazu. Aber das mit dem Heraustreten fand sie befremdlich. Darf man sich das einfach herausnehmen? Sich in den Mittelpunkt stellen? Hintreten und sich wichtigmachen?

Wieder blitzte das Bild der Brosche in ihr auf. Sie fegte es unwirsch zur Seite. Sie hatte zu üben. Die Romanze von Bruch. Von der ersten bis zur letzten Note.

15

Es war schon nach 23 Uhr. Merana hatte vor einer Stunde mit Jutta telefoniert. Sie hatten vereinbart, sich morgen Mittag zu sehen.

»Sagen wir 11.30 Uhr, Martin. Bei Sandro. Ich suche den Wein aus. Du bezahlst.«

Das passte ihm gut. Vor der Begegnung mit der Journalistin würde er das TV-Team vernehmen.

»Alle?«

»Ja, ich wünsche alle anzutreffen, Herr Retzer.«

»Dann schlage ich vor, Herr Kommissar, wir sehen uns direkt in der Stadt. Wir haben ohnehin dort einiges zu drehen. Ich rufe Sie morgen an, wo Sie uns finden können.«

Nach den Telefonaten hatte Merana seinen PC eingeschaltet. Er hatte sich ins Polizeinetzwerk eingeklinkt. Über Olivier Belk war wenig zu finden, kaum mehr als die spärlichen Angaben, die sie schon hatten. Er war Wissenschaftler. Chemiker. Das hatte er immerhin dazu erfahren. Merana hatte die Polizeidatenbanken bald wieder verlassen. Auch auf der Internetseite von *HERA* tauchte der Name auf. Belk war einer der vielen Unterstützer. Davon gab es inzwischen an die 3.000. Er hatte weitergesucht, sich durch viele Seiten geklickt. Dabei war er immerhin auf einige Fotos gestoßen. Auf zweien war Olivier Belk zusammen mit anderen Leuten auszumachen. Dass Belk die meisten der Umstehenden um Haupteslänge überragte, hatte Merana nicht verwundert. »Der Turm zeigt sein Muttermal.« Er machte sich dann im Internet über die Franklins schlau. Wie hatte Kalea Franklin sich ausgedrückt? »Unser Sohn bevorzugt, sich bisweilen ausschließlich in Schachbegriffen auszudrücken. Er ist ein sehr guter Turnierspieler.« Das war leicht untertrieben. Mattis war nicht nur ein guter, er war ein hervorragender Turnierspieler. Mattis war seit einer Woche 14 Jahre alt und hatte den Thron des U14-Weltmeisters inne, und das nicht zum ersten Mal. Begonnen hatte er als Kind in der Altersklasse U8. Doch der Vierzehnjährige hatte bei einigen namhaften Turnieren gewonnen, an denen Erwachsene teilnahmen. Zwei der Turniere hatte die Firma seines Vaters gesponsert. Flynn Franklin war Akademiker. Er hatte Biologie studiert, dazu eine Ausbildung in Betriebswirtschaft absolviert. Die Familie wohnte in Düsseldorf. Dort führte Franklin ein Unternehmen namens *Respuesta*, das sich mit

Zukunftsfragen und der Schulung von Führungskräften beschäftigte. Kalea Franklin, geborene Petersen, war Österreicherin. Ebenso wir ihr Mann hatte sie Biologie studiert. Dazu kam ein Doktorat in Chemie. Kalea Franklin war in ihrer Jugend ebenfalls eine sehr gute Schachspielerin gewesen. »Der Turm zeigt sein Muttermal.« Dass Mattis Olivier Belk damit gemeint hatte, schien für Merana klar. Hatte Mattis den Disput zwischen Belk und Trill beobachtet? Oder hatte er etwas anderes gesehen, auf das er Merana stoßen wollte. Und dabei hatte sich der Vierzehnjährige nicht direkt ausgedrückt, sondern auf die überdrehte, verklausulierte Art eines Schachfreaks. Merana blickte lange auf den Bildschirm. Ein junges Gesicht strahlte ihn an. Eine Aufnahme von Mattis, als er U8-Jugend-Schachweltmeister wurde. Die Freude eines aufgeweckten Buben war zu sehen. Keine Spur von Unsicherheit, die er bisweilen in der Miene des Vierzehnjährigen beim Gespräch heute Nachmittag zu bemerken glaubte. Dann kam Merana seine zweite Bemerkung in den Sinn. »London. 1912. Edward Lasker versus George Alan Thomas.« Was konnte das bedeuten? Er tippte die Namen in die Suchmaschine. Dazu fand sich eine Reihe an Hinweisen. Edward Lasker, Jahrgang 1885, war ein deutsch-amerikanischer Mathematiker und Maschinenbauingenieur und Schachspieler. Einen der großen Titel konnte er nie erringen, las Merana. Lasker ging dennoch in die Schachgeschichte ein. Eben durch das Match gegen den britischen Schachspieler George Alan Thomas im Jahr 1912. Lasker spielte in dieser Partie einen Zug, den viele Experten unter die zehn besten Schachzüge aller Zeiten einreihen. Lasker hatte Weiß. Die Partie begann ausgeglichen. Doch im elften Zug kam die Überraschung. Lasker zog seine Dame von h5 nach h7. Er platzierte sie direkt vor den König, bot Schach. Warum macht er das?, staunten alle, die zuschauten. Jetzt ist die Dame gleich weg. So war es auch. Der schwarze König schlug die weiße Dame. Was aber keiner vorausgesehen hatte, vor allem nicht George Alan Thomas, passierte gleich. Schwarz ging durch diesen Spielzug von Weiß matt. Und zwar schon sieben Züge später. Merana fand viele Berichte zu dieser Partie. Das ist das genialste Damenopfer aller Zeiten, jubelte einer der Kommentatoren in der Gegenwart. Merana nahm die Hände von der Tastatur, lehnte sich zurück. Die Augen hielt er auf den Bildschirm gerichtet. Warum hatte Mattis ausgerechnet diese Partie zitiert? Er versuchte, sich an den genauen Ablauf des Gesprächs zu erinnern. Er hatte die Franklins gefragt, ob jemand von ihnen eine Erklärung hätte, was mit Leona Trill passierte. Die Eltern wussten nichts zu entgegnen. Doch dann sprach der Junge. Er zitierte diese Partie. »Das ist das genialste Damenopfer aller Zeiten.« Hatte Mattis genau das gemeint? Das genialste Damenopfer? Merana stand auf, steuerte auf die Bar zu. Ein Grappa täte ihm gut. Er stoppte ab. Nein, keinen Alkohol. Er musste noch fahren. Lieber in die Küche, sich einen weiteren Espresso genehmigen. Mit der Tasse in der Hand kehrte er zurück, ließ sich wieder vor dem PC nieder. Ich muss wissen, worauf Mattis anspielte. Wie komme ich nur besser an den Jungen heran? Gar nicht, wenn die Mutter weiterhin darauf bestand, dass der Kommissar ihren Sohn in Ruhe lassen sollte. Vielleicht hatte

Carola mehr Chancen als er. Vielleicht schaffte sie es, dass die Mutter des Schachgenies einer Befragung durch die Chefinspektorin zustimmte. Er blickte auf die Uhr. Zehn Minuten nach Mitternacht. Jetzt wollte er seine Stellvertreterin nicht mehr anrufen. Die Angelegenheit mit den Franklins würde er gleich in der Früh mit Carola besprechen. Er ließ den PC herunterfahren. Dann trank er den Espresso aus. Zwei Minuten später verließ er die Wohnung. Es war wenig Verkehr in der Stadt, er kam zügig voran. Er wollte zu dieser späten Stunde mit dem Auto nicht direkt vor das Schloss fahren. Er parkte an der Straße. Das große Eisentor war verschlossen, die kleine Seitentür ebenfalls. Doch er hatte sich am Nachmittag von Kerstin Kleist einen Schlüssel geben lassen. Er schloss die Tür auf, bemühte sich, keinen Lärm zu machen. Das Schloss und der Meierhof waren beleuchtet. Die Seepferdchen an der Bootsanlegestelle waren gut auszumachen. Zwei schweigende Wächter in der Dunkelheit. Er ging langsam an ihnen vorbei. Dann schlug er den Weg durch die Lindenallee ein. Waren Schwäne nachtaktiv? Er spähte durch das dichte Buschwerk. Zogen da zwei Gestalten über das Wasser? Vielleicht hatte er sich getäuscht. Er setzte seinen Weg fort. Immer wieder machte er Halt. Er ließ die Umgebung auf sich wirken. Er blickte durch die Dunkelheit hinter sich zum Schloss, dann empor zum Himmel. Schließlich erreichte er die Stelle am Weiherufer. Ringsum war es ruhig. Die Stille tat ihm weh. Er hatte längst aufgehört zu zählen, wie oft er das schon ausgeführt hatte. Sich nachts an Plätzen einzufinden, wo zuvor der Tod auf brutale Weise einen Menschen aus dem Leben gerissen hatte. Viel zu oft.

Totenwache. So hatte es einmal jemand aus seinem Umkreis genannt. Die Bezeichnung war geblieben. Die Kollegen kannten dieses Verhalten des Kommissars. Niemand stieß sich daran. Im Gegenteil. Seine Mitarbeiter akzeptierten es respektvoll. Als junger Kripobeamter war Merana dazugekommen. Bei seinem allerersten Fall. Sie waren damals auf den zerschundenen Körper eines kleinen Mädchens gestoßen. Das Kind war erdrosselt worden. Vergewaltigt. In einer Rollsplitttonne hatte man den kleinen Körper entsorgt. Auf einem grindigen Hinterhof. Weggeworfen wie ein Stück Abfall. Er war damals noch in der ersten Nacht an den Tatort zurückgekehrt. Er kam nicht, weil der Polizist in ihm etwas finden wollte. Damals nicht. Heute nicht. Irgendwelche Spuren zu suchen, die sie vielleicht übersehen hatten, darum ging es nicht. Er stand einfach da. Er hatte weder damals noch in den Jahren danach erwartet, irgendetwas Besonderes zu erspüren. Ihm war das ohnehin nicht gegeben. Im Gegensatz zu seiner Großmutter. Die nahm oft Dinge wahr, von denen andere keine Ahnung hatten. Gerade im Zusammenhang mit Toten. Die alte Frau redete nicht gerne darüber. Aber es war so. Sie hatte die Gabe, manches auf besondere Weise zu erfühlen. Er nicht. Er war damals einfach stehen geblieben. An jenem Ort, wo sie die Leiche des Mädchens gefunden hatten, in dem Tage davor noch Leben war. Da hatte dieser kleine Mensch geatmet, gelacht, sich des Lebens erfreut. Er hatte damals nicht gefragt, warum er das machte. Er fragte auch heute nicht. Er tat es einfach. An den unterschiedlichsten Plätzen hatte er sich schon eingefunden. In Fabrikhallen, Wohnungen, am Salzachufer, auf einer Waldlichtung, im

Theater, einmal sogar im Schlachthof. Und nun kam ein weiterer Platz hinzu. Hier war Leona Anastasia Trill gelegen. Erschlagen. Mit zertrümmertem Hinterkopf. Im Park von Schloss Leopoldskron. Am Weiherufer. Mit Baumstrünken, die wie Drachen aussahen. Und dem Bild des Untersbergs im Wasser. Vielleicht war das Meranas Art, den Toten Respekt zu bezeugen. Das Warum war nicht wichtig. Wichtig war einzig und allein, da zu sein. Nach einer Weile ließ er sich in die Hocke nieder. Er tauchte kurz die Hand ins Nass. Er stand auf, blickte noch einmal über das Ufer, darauf zum Untersberg. Dann ging er.

DRITTER TAG: DONNERSTAG

16

Er war um 6 Uhr aufgestanden. Für den Morgenlauf hatte er dieses Mal eine kürzere Strecke gewählt. Richtung Norden. Die Runde ließ sich in einer halben Stunde schaffen. Auf dem Rückweg kam er am Bildungshaus Sankt Virgil vorbei. Gleich nach dem Duschen hatte er Carola angerufen. Die Chefinspektorin hatte zugesagt, sich um ein Gespräch mit Mattis Franklin zu bemühen. Dann hatte er mit Magnus Retzer telefoniert.

»Wir drehen ab 9 Uhr in der Salzburger Altstadt, bevorzugt im Festspielbezirk.«

»Im Festspielbezirk?«, hatte er erstaunt nachgefragt.

»Was können Sie von dort für Ihre gesellschaftliche Aufdecker-Sendung gebrauchen?«

»Aktueller Schwerpunkt unseres Magazins sind Krisen. Klimakrise. Energiekrise. Schwindende Ressourcen. Explodierende Preise. Krieg in der Ukraine. Und einiges mehr. Wir zeigen in unserer Sendung immer auf, was versucht wird, gegen bestimmte Vorgänge zu unternehmen. Wir demaskieren Projekte, die zu nichts führen, außer zur Bereicherung bestimmter Betreiber. Wir richten den

Fokus auf Initiativen, die gerade bei schwierigen Voraussetzungen Gutes bewirken. Auch die Salzburger Festspiele sind in einer Zeit der Krise entstanden. Unmittelbar nach dem Ersten Weltkrieg. Eine mutige Kulturinitiative von Menschen, die das Vertrauen aufbrachten, an das Gute zu glauben. Die Idee, die Festspiele für die Zusatzberichterstattung aus Salzburg mit einzubeziehen, stammt von Leona. Daran wollen wir uns halten. Schon ihr zu Ehren. Ich gebe Ihnen rechtzeitig Bescheid, wo Sie uns finden können.«

Vor 20 Minuten hatte Retzer ihn verständigt. Deshalb war Merana in die Innenstadt unterwegs. Er fand einen geeigneten Parkplatz. Er musste nicht an einer für privates Parken verbotenen Stelle Halt machen und das Schild »Polizei« anbringen. Er passierte das Gstättentor. Das *Afro-Café* war gerade dabei zu öffnen. Tische wurden nach draußen gebracht. Einige Besucher warteten schon, nahmen Platz. Auch Merana fand sich bisweilen in diesem Café ein. Dann genoss er Fairtrade-Kaffee aus Afrika, saß im Freien und erfreute sich daran, das belebte Treiben auf dem Bürgerspitalplatz zu beobachten. Man servierte sogar veganes Essen und glutenfreie Speisen. Das hatte er noch nie ausprobiert, obwohl ihn die Bedienung schon mehrmals freundlich darauf aufmerksam gemacht hatte. Vielleicht beim nächsten Mal. Er blieb kurz stehen, blickte auf der rechten Seite an der Blasiuskirche nach oben. Das machte er fast immer, wenn er hier vorbeikam. Die ehemalige Bürgerspitalkirche war nahe an die Mönchsbergwand herangebaut. Was Merana besonders gefiel, war das schmale Glockentürmchen. Es war über der Stirnwand als Giebelreiter auf dem steilen Satteldach angebracht. Die augenfällige Schlichtheit der gotischen Kirche insgesamt beeindruckte Merana immer. Er löste den Blick vom Türmchen und ging rasch weiter, an der Kirche vorbei. Schon von Weitem waren zwei Personen des Fernsehteams auszumachen. Kameramann Kai Semmering zusammen mit Elena Hauk standen hinter dem Spielzeugmuseum am nördlichen Ende der Pferdeschwemme. Er ging auf die beiden zu.

»Guten Morgen, Herr Kommissar«, begrüßten sie ihn. Jetzt bemerkte Merana die übrigen aus dem Team. Sie befanden sich auf der anderen Seite der Pferdeschwemme, nahe an der Schmalseite des Großen Festspielhauses.

»Frida macht dort einige Aufsager«, erklärte ihm Semmering. »Ich überlasse Elaine die Aufnahmen. Ich kümmere mich inzwischen um die stolzen Rösser.« Er wies auf die Pferdefresken an der Rückwand.

»Wird das lange dauern?«, fragte Merana.

»Wenn Frida nicht patzt, dann sicher nicht mehr als ein paar Minuten.«

»Frida patzt nicht«, mischte sich Elena Hauk ein. Sie bedachte Semmering mit einem strafenden Blick. »Sie schafft das sehr gut.«

Der Kameramann grinste. »Na, dann drück mir die Daumen, liebe Elena, dass auch ich es schaffe, diese hübschen Pferdchen gut abzubilden.« Die Kamera war schon auf dem Stativ angebracht. Er stellte sich dahinter.

»Für alles, das wir aus Salzburg zu berichten haben, übernimmt Frida die Moderation«, erklärte ihm Hauk im eifrigen Tonfall. Sie war die direkte Assistentin von

Retzer, half mit bei der Aufnahmeleitung, wenn Merana sich richtig entsann.

»Frida wird das sehr gut machen. Sie hat Magnus an ihrer Seite. Er ist ein einfühlsamer Regisseur. Das wird wunderbar.« Elena Hauk war ins Schwärmen gekommen. Ihre Augen leuchteten.

»Es geht Ihnen wieder besser, Frau Hauk. Das freut mich.«

Ihre Augen begannen zu glänzen. »Ich möchte mich nochmals entschuldigen, dass ich gestern in schlechter Verfassung war. Es hatte mich alles sehr mitgenommen.«

»Das ist mehr als verständlich, Frau Hauk. Was Sie vorgestern Abend durch das Auffinden Ihrer toten Kollegin durchstehen mussten, das hätte jeden mitgenommen.«

Sie kniff die Augen zusammen. Hoffentlich beginnt sie nicht wieder zu heulen, hoffte Merana. »Ich muss Sie leider durch meine Fragen nochmals in die unangenehme Situation hineinführen.« Sie nickte, schniefte ein wenig.

»Wie entdeckten Sie Frau Trill? War es Zufall, dass Sie Ihre Kollegin fanden, oder wussten Sie, wo Sie nachschauen sollten?« Sie schniefte nochmals. In ihrer Hand hielt sie ein Taschentuch bereit.

»Wissen ist zu viel gesagt, Herr Kommissar. Es war eher eine Ahnung.« Sie hob kurz die Hand, wischte sich mit dem Taschentuch über die Augen. »Leona erzählte mir am Nachmittag von Max Reinhardts ehemaligem Theater. Sie wolle das in ihre Reportagen mit hineinnehmen, erklärte sie mir. Sie deutete an, wo der Platz lag. Dort würden wir am nächsten Tag drehen. Ich sollte mir zwecks Anforderungen für das Prozedere der Aufnahmeleitung das

Gelände vorher anschauen. Ich schaffte es aber am Dienstag nicht mehr. Es gab viel vorzubereiten, und wir probten sehr intensiv. Magnus besteht immer darauf, dass alles perfekt funktioniert. Jeder Kameraschwenk wird solange geprobt, bis Magnus endgültig zufrieden ist. Wir sind alle glücklich, von so einem umsichtigen Regisseur und Aufnahmeleiter geführt zu werden. Dabei hat er es oft nicht einfach. Wenn ich da etwa an gestern denke. Als wir das Interview mit Flynn Franklin in Leopoldskron kurzfristig einschoben. Magnus war wie immer ideal vorbereitet. Aber dieser Franklin hat sich geziert. Sperrig, unkonzentriert, überheblich.«

»Elena!« Es war Magnus Retzer, der von der anderen Seite herüberrief.

»Ja, Magnus. Ich bin hier.« Ihre Stimme rutschte in die Höhe. Ihr ganzer Körper nahm eine straffe Haltung an. Wie ein Zinnsoldat, kam es Merana vor. Gibt es die weibliche Form? Zinnsoldatin? Der Regisseur winkte energisch mit dem Arm.

Die Assistentin startete los. Merana schaute zu Semmering. Der Kameramann blickte seiner Kollegin leicht kopfschüttelnd hinterher.

»Wenn ich Ihre Miene deuten müsste, Herr Semmering, wäre ich geneigt anzunehmen, dass Sie nicht mit allem einverstanden sind, was Ihre Kollegin mir mitteilte.«

Der Kameramann drehte sich ihm ernst zu. »Hat man ständig Schmetterlinge im Bauch wie unsere gute Elena, fällt einem gar nicht auf, dass die Brille, durch die man blickt, meist in sattem Rosarot gefärbt ist.«

»Ihre Brille ist offenbar scharfsichtig.«

Der Anflug eines Lächelns zeigte sich auf seinem Gesicht. Es hielt nicht lange. Gleich wurde er wieder ernst.

»Ich bin lange genug im Unternehmen. In drei Monaten gehe ich in Pension. Ich kann also sagen, was ich will, ohne Konsequenzen zu befürchten. Aber das habe ich ja immer schon gemacht.«

»Was sieht man durch die scharfsichtige Brille anders?«

Der Kameramann überlegte. Dann deutete er zur Mitte der Schwemme. Dort war eine Skulpturengruppe auf einem Sockel zu erkennen.

»Wer gefällt Ihnen besser? Das stolze Pferd, das sich mit all seiner tierischen Kraft aufbäumt? Oder der Mann, der versucht, es zu beherrschen, zu lenken?«

Merana blickte hinüber. Er hatte schon oft vor diesem barocken Prunkstück verweilt. Hier wurden die Pferde gebadet, die gleich gegenüber untergebracht waren. Erzbischof Wolf Dietrich hatte Ende des 16., Anfang des 17. Jahrhunderts an der Felswand des Mönchsberges eine Reitschule und große Stallungen errichten lassen – die Hofstallungen, auch Hofmarstall genannt. Heute befanden sich genau an dieser Stelle die Festspielhäuser. Die Schwemme kam erst später dazu, nach Wolf Dietrichs Tod. Die Anlage trug den Namen Hofmarstallschwemme, wurde aber nur Pferdeschwemme genannt. All das war Merana bekannt. Aber er hatte sich noch nie näher mit der Skulptur des Rossbändigers befasst.

»Da ich mich selbst nie gerne einschränken lasse«, entgegnete er dem Kameramann, »bin ich wohl eher auf der Seite des Pferdes.« Semmering lächelte. »Ich bin auf der

Seite des Bändigers. Es braucht klare Verhaltensweisen und Strukturen, wenn man in seiner Aufführung etwas erreichen will, doch hat man diese Lenkung professionell und sensibel auszuführen. Es ist halt immer eine Frage der Betrachtungsweise. In diesem Sinne darf ich Elenas Aussage aus meiner Sicht korrigieren, Herr Kommissar. Der Amerikaner war gestern gar nicht so übel. Zugegeben, er gab sich distanziert. Aber er war sehr ergiebig in seiner Aussage und zeigte ein äußerst professionelles Verhalten. Bisweilen ist es nämlich unser selbst ernannter Oberbändiger Magnus, mit dem es nicht ganz leicht ist. Sensible Haltung von anderen würde er nie berücksichtigen. Doch das vermag die gute Elena nicht zu bemerken. Neben Magnus schwebt sie immer auf Wolke sieben. Das verklärt die Sicht.«

»Wie kam der selbst ernannte Oberbändiger Magnus denn mit seiner Moderatorin zurecht? Wie ich es einzuschätzen vermag, war Leona Trill die unangefochtene Nummer Eins im Team.«

»Ja, das war Leona zweifellos.« Er klang mit einem Mal ernst. Eine Spur von Traurigkeit war an ihm auszumachen. »Leonas Qualitäten prägten die Sendung. Das machte den Erfolg aus. Das kam uns allen zugute.«

»Wie konnten die beiden miteinander?« Der Mann fuhr sich mit der Zunge über die spröden Lippen.

»Über Tote sagt man bekanntlich nur Gutes. Also will ich es so formulieren. Als Leona ihm noch erlaubte, zu ihr ins Bett zu schlüpfen, war alles gut. Zumindest für Magnus.«

»Seit wann durfte er nicht mehr schlüpfen?«

Seine Miene wurde noch ernster. »Ich glaube, ich habe genug gesagt, Herr Kommissar. Ich widme mich wieder den Rössern an der Wand.« Er drehte sich um, wandte sich der Kamera zu.

17

Die Ziffern auf dem Handy ließen keinen Zweifel zu. Es war 24 Minuten nach 9 Uhr. Julia riss die Decke zur Seite. Schon so spät? Schnell schob sie die Beine über den Couchrand, stemmte sich in die Höhe. Sie hatte gestern lange geübt. Erst weit nach Mitternacht war sie todmüde ins Bett gefallen. Sie zwängte sich in die schmale Duschkabine, ließ kaltes Wasser auf sich niederprasseln. Abtrocknen, rasche Morgentoilette vor dem Spiegel, Zähneputzen, anziehen. Dann hinüber zur Kochnische ihrer kleinen Garconniere. Sie befüllte die Kanne des Wasserkochers, betätigte die On-Taste und ließ sich auf den Küchenhocker sinken. Die erfrischend kalte Dusche hatte ihr zwar gut getan, aber sie fühlte sich immer noch erschöpft, ein wenig energielos. Kräutertee, Darjeeling oder doch einen starken Kaffee?

Während sie darüber grübelte, schlug die Glocke an. Jemand war an der Haustür. Vermutlich der Briefträger. Oder ein Bote von irgendeinem Paketdienst. Der Kocher surrte. Das Wasser war heiß. Erneut war von unten der Glockenton zu hören. Sie lauschte. Nichts. Warum machte ihr Vermieter die Tür nicht auf? Ach, herrje. Jetzt fiel es ihr ein. Herr Gruber war ja gar nicht da. Der wanderte irgendwo in Kärnten fröhlich durch die Gegend. Wie sie ihn einschätzte, auch schon jetzt, am frühen Vormittag. Das Läuten wurde ungestümer. Na gut. Dann würde halt sie das Paket für ihren Vermieter entgegennehmen. »Ich komme schon«, rief sie, eilte die Treppe nach unten. Sie schob beide Riegel zurück, öffnete die Tür. Draußen stand weder ein Paketbote noch der Briefträger.

»Aaron?«, rief sie überrascht.

»Bonjour, Madame! Petit-déjeuner merveilleux?« Er stellte den rechten Fuß hinter den linken, verbeugte sich, vollführte übertrieben elegant einen Hofknicks. Gleichzeitig hielt er eine wohlgefüllte Papiertasche in die Höhe. Sie musste lachen. »Was machst du hier? Woher weißt du, wo ich wohne?«

Er persiflierte ein breites Grinsen. »Wahre Chevaliers folgen einfach der Stimme des Herzens und finden immer ans Ziel.« Auf ihren Wangen begann es zu kribbeln. Dieses erwärmende Gefühl verspürte sie immer, wenn sie in Aarons Nähe war. »Voilà, Chevalier«, entgegnete sie und versuchte, ihrer Stimme einen festen Klang zu verleihen. »Was willst du von mir?«

»Das, Madame, eröffne ich Ihnen lieber innerhalb der schon ein wenig antiken Mauern Ihrer Behausung.« Er hielt ihr die Papiertasche hin. »Das ist meine Morgengabe. Wenn Ihr imstande seid, uns dazu einen Kaffee zu reichen, dann wäre alles magnifique.«

Sie zögerte, hoffte, dass die auf den Wangen spürbare Röte nachließ. Dann nahm sie den kleinen Papierbeutel entgegen.

»D'accord«, sagte sie, wandte sich um und ging voraus. Oben nahm sie zwei Teller aus dem Regal, stellte sie zusammen mit dem Papiersack auf den Tisch. Sie griff nach der French Press, gab Kaffeepulver hinein und goss heißes Wasser darauf.

»Formidable«, schwärmte Aaron, während er sich umblickte. »Deine Wohnung ist wirklich spitze.« Die Papiertasche enthielt mehrere Leckerbissen. Eine Reihe von Tramezzini und zwei Schnitten Apfelstrudel. Julia goss den Kaffee ein, wählte für sich ein Tramezzino mit Mozzarella und Tomaten.

»Wie bist du zu dieser ultracoolen Garconniere gekommen?«

»Ganz einfach. Durch eine Anzeige. Meine Mutter entdeckte das Inserat auf der Internetseite einer Salzburger Zeitung. Wir riefen an. Die Wohnung war noch frei.«

»Ich wohne in einer WG«, entgegnete er, griff gleichzeitig nach Kaffeetasse und Thunfisch-Tramezzino. Dann legte er los. Anfangs habe er es in verschiedenen Studentenheimen versucht. Was schwierig war. »Wenig Platz zum Proben!« Er kicherte. »Und ich spiele nicht Piccoloflöte, sondern große Bassgeige.« Dann begann er, ihr ausführlich die Zustände in jedem einzelnen Heim zu schildern. Dazwischen schob er sich Stücke der Tramezzini hinein.

Das hinderte ihn nicht daran, auch mit vollem Mund weiterzuquasseln. Julia gab sich Mühe, seinem Gerede zu folgen. Als er schließlich bei seiner derzeitigen WG angelangt war und sich ausgiebig über jeden Einzelnen seiner Mitbewohner beschwerte, hörte sie immer weniger zu. Die Tramezzini waren inzwischen weg. Ein halbes Stück Apfelstrudel konnte sie für sich retten. Sie goss sich Kaffee ein, vermochte nur mehr schwerfällig hinzuhören.

»Unfähiges Pack. Die haben immer noch keine Spur.«

Seine Mitbewohner? Keine Spur? Wovon redete er da?

»Ich habe diesen Kommissar im Fernsehen gesehen.«

Allmählich begriff sie. Irgendwann in seinem Gequassel musste Aaron von der Schilderung seiner WG-Bewohner zum Verbrechen und der Polizeiarbeit geschwenkt sein. Sie hatte es nicht mitbekommen.

»Er war gleich auf mehreren Kanälen zu sehen. Auch in *ZDF* und *ARD*. Aber zu hören war überall derselbe Unsinn. Es gebe noch keine Erkenntnisse. Man könne aus ermittlungstechnischen Gründen nicht mehr sagen.«

Seine Hand tastete nach unten. Aber das letzte halbe Stück Apfelstrudel war weg. Er starrte verblüfft auf den leeren Karton. Dann redete er weiter. »Die wollen uns alle für doof verkaufen. Aber nicht mit uns. Die Polizei hat doch sofort begonnen, herumzuschnüffeln und uns alle auszuquetschen. Ich sage dir, Julia. Die haben nicht nur längst eine Spur. Die wissen wahrscheinlich auch, wer es war.«

Sie schaute ihn direkt an. »Bist du deswegen hergekommen, Aaron? Um mit mir über das schreckliche Verbrechen zu reden? Und über die Ermittlungsarbeit der

Salzburger Polizei?« Das Kribbeln auf ihren Wangen war verschwunden. Er schüttelte den Kopf.

»Nein, aber wenn du willst, können wir uns gerne darüber austauschen.« Sie hob schnell abwehrend beide Hände.

»Gut«, sagte er und schlug einen fröhlichen Ton an. Er griff nach der Serviette, wischte sich den Mund ab. Dann erhob er sich vom Stuhl, tat, als vollführe er einen Knicks.

»Voilà, Madame. Ich bin gekommen, um Ihnen zu unterbreiten une proposition.«

Einen Vorschlag? Aaron beugte sich vor. Dann nahm er Julias rechte Hand, umschloss sie mit seinen Händen. Sofort überkam sie der Drang, die Hand schnell zurückzuziehen. Dass sie es nicht tat, verwunderte sie. Zugleich spürte sie, wie sich ihr ganzer Körper versteifte.

»Also, Julia, meine Inspiration ist genial. Und ich gehe davon aus, sie wird dich ebenso begeistern wie mich. Hier ist mein Angebot: Wir gründen ein Quartett. Sagen wir, du und ich sind die Initiatoren. Das bedeutet, wir geben die Richtung vor. Eine Cellistin habe ich auch schon. Gina hat mir bereits zugesagt. Und eine Geige werden wir ganz schnell finden.« Ein Streichquartett? Ja, darüber hatte sie schon einmal ernsthaft nachgedacht. Noch in ihrer Zeit in Göttingen.

»Jetzt verrate ich dir noch etwas, ma chérie.« Er begann, langsam mit einer Hand über Julias Handrücken zu streicheln. »Ich habe etwas läuten gehört. Es soll offenbar eine Überraschung werden. In etwa vier Wochen wird ein Konzert stattfinden, sagt man. In der Altstadt. Große Aula, gegenüber dem Festspielhaus. An dieser Unternehmung soll unsere Uni beteiligt sein. Ich sage nur: perfekte Gelegenheit. Was Besseres können wir uns gar nicht wünschen. Dass die unser neu gegründetes Quartett für diese Aufführung mit ins Programm nehmen, das wird denen schon einer klarmachen, der sich drauf versteht.« Er reckte das Kinn zu einer herrischen Geste. »Nämlich ich!«

Dann grinste er sie an. »Vorausgesetzt, dass es das Konzert tatsächlich gibt. Sonst finden wir leicht etwas anderes.«

Jetzt empfand Julia doch wieder ein Kribbeln. Nicht auf den Wangen. Auf der Stirn. Und es fühlte sich anders an als vorhin. Ein wenig ärgerlich.

»Also …«, begann sie, suchte nach den geeigneten Worten. Es kratzte in ihrer Kehle. Sie verspürte den Drang zu hüsteln. »Nicht räuspern, Julia!«, hatte ihre erste Musiklehrerin immer gesagt. Sie war Geigerin und auch ausgebildete Sängerin. »Räuspern schadet sehr der Stimme. Wenn es sich kratzig anfühlt im Hals, dann besser summen. Ein genüssliches ›Mmmh‹. Das befreit auch.« Daran musste sie jetzt denken. Sie klopfte sich leicht gegen den Brustkorb. »Also …«, setzte sie ein zweites Mal an. Ihre Stimme wurde fester. »Dieses Konzert, das du erwähnst, das gibt es tatsächlich.«

Er blickte erstaunt. »Hast du auch davon gehört? Von wem?«

»Von meinem Violaprofessor.«

»Vom Tankrath? Hat er damit zu tun?« Er klopfte ihr auf den Handrücken. »Na bestens, ma chérie. Dann erzähl ihm, dass ich … ich meine, dass wir ein ausgezeichnetes Quartett haben, das ideal ins Programm passt.«

Sie wartete und holte tief Luft. Dann sagte sie mit klarer Stimme.

»Ich bin dort schon auf der Bühne.«

»Was?« Er schaute sie groß an. Verdutzt. »Wie meinst du das?«

»Ich werde bei diesem Konzert ein Stück spielen, begleitet vom Universitätsorchester. Die Romanze für Bratsche und Orchester von Max Bruch.« Sie setzte an, ihm zu erzählen, wie es dazu gekommen war. Bereits nach wenigen Worten entließ er ihre Hand aus den seinen. Dann verschränkte er die Arme, drückte den Rücken gegen die Stuhllehne. Als sie mit der Erklärung zu Ende war, sagte er nichts. Er hielt das Gesicht nach oben, schaute zur Zimmerdecke. Nach einer Weile senkte er den Kopf wieder. Er richtete den Blick auf sie, länger als eine Minute. Dann sprach er.

»Das hört sich ja toll an, Julia. Da kann man nur gratulieren.« Dass er sich Mühe gab, freundlich zu klingen, war nicht zu überhören. Sie beugte sich vor.

»Kann ich dir etwas anbieten, Aaron. Magst du noch einen Kaffee?«

Er löste schnell die Arme, stand rasch auf. »Nein danke, Julia. Alles bestens. Ich muss auch gehen. Dringender Termin.« Zur Verabschiedung reichte er ihr die Hand. Er quälte sich zu einem Lächeln. Der charmante Schmelz des Chevaliers war aus seinem Gehabe verschwunden. Julia blickte lange zur Tür. Dann räumte sie das Geschirr ab.

Eigenartig, dachte sie. Jetzt fühle ich mich gar nicht mehr so erschöpft wie vor einer Stunde. Sie checkte ihren Laptop. »Hi, Schwesterherz.« Freude kam auf. Eine Nachricht von Cedric war eingegangen. Erst vor wenigen Minuten. »Ich habe mir deine Zeichnung angeschaut«, las sie.

»Die Collage mit den Pferden. Ausführung: gut. So wie man es von dir gewohnt ist. Aber ich muss auch hier hinzufügen, was ich dir schon öfter sagte. Nette Zeichnung. Erwartungsgemäß brav gestaltet. Aber noch besser wäre es, wenn du nicht immer auf Nummer sicher gehst. Wenn du etwas riskierst. Du brauchst nicht ständig einen Sicherheitsgurt. Leg ihn hin und wieder ab. Du wirst überrascht sein, was dabei herauskommt.«

18

Es hatte kaum etwas gebracht. Er hatte auch die anderen Mitglieder des Fernsehteams vernommen. Dabei hatte sich nur wenig ergeben. Dass Frida Glatt die Moderation anstelle von Leona Trill übernahm, war klar herausgekommen. Sie sollte künftig generell deren Position übernehmen. Immerhin wusste Merana nun, warum Elena Hauk die tote Kollegin so schnell gefunden hatte. Sie hatte den Platz aufgesucht, wo noch gedreht werden sollte. Das ehemalige Gartentheater befand sich unmittelbar neben dem Tatort. Merana nahm sein Handy. Er fasste die Erklärung zusammen und schickte die Nachricht an Siegfried Ternatz, weil er angekündigt hatte, den Kollegen vom Brand als Ersten zu informieren. Daran wollte er sich halten. Er steckte das Handy weg. In einer knappen halben Stunde würde er sich mit Jutta treffen. Die Getreidegasse war heute noch dichter gefüllt, als er es zu dieser Jahreszeit gewohnt war. »Zur Miete. For Lease«, las er hinter einem der Schaufenster. Geschrieben in dicker Schrift. Die Mailadresse und die Telefonnummer waren kleiner, trotzdem sehr präsent. Das Geschäft hatte vor einiger Zeit geschlossen. Die Getreidegasse war vielleicht Salzburgs berühmtester Abschnitt der Stadt. Absolute Touristenattraktion mit Mozarts Geburtshaus. Highlight jeder Sightseeingtour. Tagtäglich war die Gasse überfüllt, nicht nur zu sommerlichen Festspielzeiten. Selbst im Winter tummelten sich hier Abertausende von Besuchern und Einheimischen auf der knapp 400 Meter langen Strecke. Und diese weltberühmte Gasse kämpfte in letzter Zeit dennoch mit Schwierigkeiten, Verkaufsflächen zu vermieten. Das war schwer vorstellbar, doch es entsprach der Realität. Nur mehr die wenigsten wollten einen Quadratmeterpreis von 130 Euro bezahlen. Für einen nicht ganz 50 Quadratmeter großen Verkaufsraum in der Nähe des Alten Rathauses wolle ein Vermieter sogar an die 14.000 Euro haben, hatte Merana kürzlich gelesen. Das entsprach knapp 280 Euro für den Quadratmeter. Die Zeiten, in denen sich mit dem Vermieten von Geschäftslokalen schnell horrendes Geld verdienen ließ, waren offenbar vorbei. Junge Unternehmer, die interessante Angebote hatten, zog es in gefragte Nebenlagen, wo sich viel tat. Ein Verlust an kreativem Potenzial für die Innenstadt, fand Merana. Er blickte die Gasse entlang. Auch wenn die eine oder andere Stelle geschlossen war, gab es noch genug exquisite Geschäfte und Lokale. Was ihm immer gefiel, waren die vielen oft sehr kunstvoll gestalteten Zunftzeichen über den Geschäftslokalen. Jedes Unternehmen war verpflichtet, ein solches anzubringen. Selbst eine amerikanische Fastfoodkette hatte sich etwas einfallen lassen müssen. Manche dieser Zeichen an den schmiedeeisernen Trägern waren sehr originell gestaltet. Er blickte in die Höhe, schmunzelte über das eine oder andere Gebilde. Etliche waren ihm sehr vertraut, andere weniger. Beim nächsten Durchhaus bog er ab. Es gab einige solcher Passagen in der Getreidegasse. Sie führten unter den Bürgerhäusern, die Wand an Wand lagen, durch. Man kam einerseits zum Universitätsplatz, auf der anderen Seite zur Griesgasse.

Das *Da Sandro* lag in einem Durchgang zum Universitätsplatz. Er war früher dran als ausgemacht. Er betrat das Lokal.

»Bedda Matri! Wie lange wir nicht haben gesehen?« Sandro breitete die Arme aus. »Piú di un mese? Ein Monat oder länger? Ist wie Ewigkeit.« Dann schlang er die Arme um Meranas Oberkörper, drückte ihn an sich. *Bedda Matri.* Den Ausruf hatte Merana lange nicht mehr aus Sandros Mund gehört. In Sizilien war das ein beliebter Ausdruck des Erstaunens, so wie Wow!

Der kleine Sizilianer ließ ihn wieder aus. »Jutta angerufen hat. Sie wird verspäten un pò.« Sandro geleitete ihn zum Tisch. Er beschenkte ihn mit einem freudigen Lächeln.

»Una novitá! Ich bringe dir gleich.« Dann sauste er hinter die Theke. Gleich darauf kam er mit einem Glas Weißwein zurück.« »Asagi, signor commissario.« Merana nahm den Wein entgegen, führte das Glas zur Nase, roch daran. Sommerwiese, kam ihm in den Sinn. Die Blumen sind noch von einer Brise frischen Regens feucht. Er nahm einen Schluck, spürte mit Zunge und Gaumen. Großartiges Aroma. Er wartete ein wenig, ehe er den Wein durch die Kehle gleiten ließ. Er nahm eine zweite Kostprobe. Dann hielt er das Glas höher, musterte den samtgoldenen Glanz.

»Und …« Sandro sah ihn prüfend an.

»Erstens. Der Wein schmeckt ausgezeichnet. Zweitens. Wie immer muss ich raten. Denn drittens, der Weinkenner bist du, amico Sandro, ich bin nur Weingenießer.«

»Und viertens …« Das erwartungsvolle Leuchten in Sandros Augen schwoll an.

»Und viertens sage ich: Pinot Grigio würde ich eher ausschließen. Das könnte ein Sauvignon blanc sein, kein allzu schwerer. Oder ein Chardonnay.« Der Lokalbesitzer klatschte zweimal in die Hände.

»Bravissimo. Das ist meine neue Chardonnay.« Erneut verschwand er hinter der Theke, kehrte zurück mit einer Flasche, zeigte Merana das Etikett. »Diesen vino ich habe aus Abruzzo. Von einer kleinen azienda in Chieti. Diese azienda wird geleitet von junge Leute. Die versuchen zu machen alles biologico.« Er goss wenig vom Wein in Meranas Glas. Dann brachte er die Flasche zurück, kümmerte sich um die anderen Gäste. Das Lokal war schwach besucht. Aber alle Tische waren reserviert. »Una donna bellissima. Die schönste Frau von die ganze Weltkugel.« So hatte Sandro es bei einer ihrer ersten Begegnungen ausgedrückt. Damals hatte Merana das kleine Lokal entdeckt und sich auf Anhieb mit dem Besitzer angefreundet. Wegen dieser »donna bellissima« hatte Sandro vor rund 20 Jahren seine sizilianische Heimat verlassen und war der angebeteten Frau nach Salzburg gefolgt. Doch die donna bellissima hatte sich bald einen Zahnarzt aus München angelacht und sich in die bayerische Landeshauptstadt verdrückt. Drei Tage lang hatte Sandro versucht, die Wunde in seinem Herzen mit reichlich Grappa zu schließen. Den vierten Tag verbrachte er damit, sich gründlich auszuschlafen. Und am fünften Tag fällte er eine Entscheidung. »Ho deciso di restare.« Dass Sandro sich entschlossen hatte, in Salzburg zu bleiben, freute Merana. Und mit ihm sehr viele andere. Binnen kürzester Zeit hatte Sandro es geschafft, das kleine Lokal zu einem begehrten Treffpunkt zu gestalten. Hier kehrten Menschen ein, die sich in angenehmer Umgebung an hervorragend zubereiteten italienischen Gerichten und herrlichen Weinen erfreuen wollten. Die Gäste kamen nicht nur aus der Stadt Salzburg. Viele reisten von weither an, um sich von Alessandro Calvino kulinarisch verwöhnen zu lassen.

»Calvino«, hatte er sich Merana bei der ersten Begegnung vorgestellt. »Come il poeta famoso. Wie der berühmte Dichter Italo Calvino. Leider nicht verwandt. Aber wir haben beide wenigstens *vino* im Namen.« Die Lokaltür wurde schwungvoll geöffnet, Jutta rauschte herein.

»Entschuldige, Martin. Pressekonferenz mit dem Kulturlandesrat.« Sie küsste ihn auf die Wange. »Das Ganze hat viel später angefangen als angekündigt.« Sie begrüßte

Sandro, atmete tief durch, nahm Merana gegenüber Platz. Der Italiener fragte, was er ihr bringen dürfte. »Was trinkst du da?« Sie wies auf Meranas Glas.

»Einen neuen Wein aus dem Sortiment unseres Patrons.« Er reichte ihr das Glas, ließ sie daran riechen. »Das ist ein ausgezeichneter Chardonnay aus den Abruzzen. Biologisch angebaut.« Sie nickte. »Ja, Sandro, den nehme ich auch.« Nochmals schnaufte sie tief durch, ließ sich gegen die Stuhllehne sinken. Ihre Schultern hingen müde herab. Sie machte einen schlaffen Eindruck. Merana war überrascht. So kannte er die Journalistin gar nicht. Auf dem Stuhl zu lümmeln, die Arme herabhängen zu lassen, hätte die gestrenge Jutta bei anderen nie geduldet.

»Il vino …« Sandro stellte ihr das Glas auf den Tisch. Sie richtete sich auf, ihr Oberkörper straffte sich ein wenig.

»Grazie.« Sie hob das Glas, prostete Merana zu, nahm einen Schluck. »Ja, der ist nicht übel.«

Was war los? Das war nicht seine Freundin Jutta, wie er sie kannte. Die wortgewandte Journalistin, die keine Gelegenheit ausließ, eine spöttisch witzige Bemerkung anzubringen. Die es liebte, ihr Gegenüber aufzuziehen mit einem Anflug von Arroganz in ihrem Wesen und zugleich mit einem Ausdruck von Schalkhaftigkeit in den Augen. Na, vielleicht würde das noch kommen.

»Hattest du einen anstrengenden Tag? War der immer in elendslangen Leitartikeln schwadronierende Landesrat mühsam?«

Sie schüttelte den Kopf. »Es ging schon. Wir wissen ja, wie er ist.« Sie griff nach dem Glas, trank die Hälfte des Inhalts. Sandro erschien, fragte, womit er ihnen eine Freude machen könne.

»Für mich eine kleine Auswahl deiner hervorragenden Antipasti«, bestellte die Journalistin. »Mehr schaffe ich heute nicht.«

»Ich nehme den Couscous di pesce«, entschied Merana. Sandro verwendete manchmal Hirse statt Hartweizen für den Grieß. In der sizilianischen Küche gab es viele Gerichte mit Couscous. Das schätzte Merana. Das war nur eines der Beispiele, wo man den nordafrikanischen Einfluss in der Kultur Siziliens spürte.

»Grazie, amici. Ich eile schon in die cucina.« Merana blickte seinem Freund hinterher, dann wandte er sich der Journalistin zu. Jutta Ploch gab sich einen Ruck, drückte sich von der Stuhllehne ab, beugte sich nach vorne. Sie blickte dem Kommissar direkt in die Augen.

»Mir ist es schon gestern den ganzen Tag über nicht so gut gegangen. Zu meinem Erstaunen musste ich feststellen, dass mir der Vorfall mehr zusetzte, als ich dachte.«

»Der gewaltsame Tod deiner Medienkollegin?«

Sie nickte. Ihr Blick war müde. Keine Spur des Schalks, der meist aus diesen Augen blitzte.

»Wie gut kanntest du sie?«

»Ich kann sagen, ziemlich gut. Auch wenn wir einander nicht sehr oft getroffen hatten.«

Sie nippte am Weinglas. »Wie gut kennen wir beide uns, Martin? Es sind schon ein paar Jährchen vergangen, seit wir uns das erste Mal trafen. Was hieltst du damals von mir? Was dachtest du im Gegenzug, wie ich dich einschätze?« Merana konnte sich gut an die erste Begegnung erinnern. Als sei das erst eine Woche her und nicht schon viele Jahre. Er sah sie an, sagte nichts, lächelte ihr nur zu. Sie verstand, was dieses Lächeln ausdrücken sollte. Sie erwiderte schmunzelnd seinen Blick. »Eben«, sagte sie. »Mir ging es genauso. Es gibt Leute, die sieht man das erste Mal in seinem Leben und es macht ...« Sie schnippte mit den Fingern. »Zum ersten Mal sehen, doch man hat das Gefühl, diesen Menschen kenne ich schon sehr lange. Der tickt ähnlich wie ich, der ist mir vertraut. Auf den kann ich mich verlassen und er sich auf mich. Und genauso erging es mir mit Leona. Was ihren Namen, ihre Arbeit, ihre mediale Präsenz anbelangt, war sie mir natürlich lange vorher ein Begriff. Wahrgenommen hatte ich die Journalistenkollegin weit vor ihrer Zeit mit *Veritas! Now!*. Persönlich begegnet sind wir uns allerdings erst vor drei Jahren. Das war in Brüssel. Es gab ein EU-Projekt, und dazu wurden einige Treffen für Medienleute zum Thema ›Schreibende Künstliche Intelligenz‹ organisiert.«

»Du meinst Algorithmen, die selbst dichten können? Chat GPT?«, fragte Merana.

Sie deutete ein Händeklatschen an. »Sehr gut, KI-Experte Merana. Genau darum ging es. *Chatbot News and Poetry* war der Titel. Mich interessierte vor allem ein Meeting mit der Schwerpunktfrage, ob Textgeneratoren die Arbeit von Journalisten bald völlig zu ersetzen imstande sind. An dieser Konferenz nahm auch Leona teil. Zum Tagungsprogramm gehörte ein gemeinsames Mittagessen, wo Leona und ich zufällig nebeneinandersaßen. Wir fingen an zu plaudern, und es machte eben ...« Erneut schnippte sie mit den Fingern. Das Lächeln war schwächer geworden, erlosch nun ganz. Jutta hob das Glas, begann es zu drehen. Sie sagte nichts. Ihre Augen verfolgten den langsam im Glas kreisenden goldschimmernden Wein. Auch Merana blieb still.

»Ich konnte sie gut leiden.« Ihre Stimme war leise. Den Blick hielt sie auf den Wein gerichtet. »Von der ersten Sekunde an mochte ich sie.« Sie schwenkte weiterhin die goldfarbene Flüssigkeit. Dann kam mit einem Ruck ihre Hand zum Stillstand. Sie stellte das Glas ab, hob den Kopf. »Mit ihr umzugehen, war nicht ganz einfach.« Nun klang die Stimme nicht mehr leise. »Ich erinnere mich genau, wie die gute Leona damals in Brüssel mit einem Kollegen umsprang, als gälte es, ihn gleich hinzurichten. Der Kollege war ein Widerling, das stand außer Frage. Alle, die dabei waren, sahen das genauso. Aber mit welcher Vehemenz und in welchem Tempo Leona den Mann niedermetzelte, war abenteuerlich. Andere hätten dabei wohl ein paar Gänge zurückgeschaltet. Nicht so Leona. Sie fühlte sich generell sehr schnell verletzt. Es brauchte nicht viel, dass sie sich zutiefst gekränkt fühlte. Das hat wohl mit ihrer Kindheit zu tun. Sie war die Jüngste in der Familie, hatte vier Brüder. Da passierte es sehr schnell, dass die Kleine sich gedemütigt fühlte. Ob zu Recht oder zu Unrecht, war nicht das Entscheidende. Entscheidend waren der Schmerz und die Wut, die sie dabei empfand. Von einer Sekunde auf die andere. Ich konnte das gut nachempfinden. Ich hatte als Kind zwar keine älteren Brüder. Doch du kennst mich, Martin. Ich raste auch oft aus, weil ich mich hintergangen und gekränkt fühle.

Und meine Reaktion steht meist in weit übertriebenem Verhältnis zur Ursache, die oft lächerlich ist. Vielleicht mochte ich Leona deshalb von Anfang an, weil ich diese besondere Sensibilität kenne. Bei manchen Gelegenheiten ist diese Haltung störend, weil sie weit über das Ziel hinausschießt. In vielen Fällen ist diese Sensibilität aber auch hilfreich. Besonders, wenn man als wissbegierige Journalistin hellwach sein muss und dem eigenen Gespür vertraut, wo es gilt nachzuhaken. Deshalb imponierte mir stets Leonas journalistische Leistung. Ich kenne einige investigative Journalisten und Journalistinnen persönlich. Die sind alle sehr gut. Aber Leona ist noch besser.« Sie hielt inne, als wäre sie vor etwas erschrocken. »War besser, muss es bedauerlicherweise heißen.« Sie griff zum Glas, hob es. Dann machte sie eine Geste, als proste sie jemandem zu, der gar nicht im Raum war. Sie nahm einen tiefen Schluck, trank den Wein aus. Im nächsten Moment entfuhr ihr eine Art Glucksen. Für Merana kam es unerwartet. »Da fällt mir etwas ein, Martin, das beschreibt Leonas journalistische Einstellung als Aufdeckerin ganz gut. Nach Brüssel sahen wir uns erst zehn Monate später in Hamburg bei einem Meeting. Es ging bei diesem Treffen unter anderem um das Problem antisemitischer Strömungen in unserer Gesellschaft. Wir diskutierten dabei über nicht zu leugnende Anzeichen für diese unerfreuliche Tendenz im internationalen Kulturgeschehen. Ich regte mit meinen Fragen zur tiefgründigen Auseinandersetzung an. Was bedeutet das für Theaterbetriebe?, fragte ich. Für Festivalinitiativen, für das Zusammenwirken von Künstlern generell, für die Ausrichtung von Kulturprogrammen? Die meisten anderen fragten sich das auch. Uns ging es um das Durchleuchten von sichtbaren Ansatzpunkten. Für Leona nicht. Sie fragte: ›Wer profitiert davon?‹ Sie wollte sofort aufdecken, wer hinter dem Initiieren von solchen Strömungen steckt. ›Wer verdient damit Geld?‹, fragte sie. Das war immer ihr Ansatz. Zu welchen unsichtbaren Machern führen im ablenkungsreichen Dickicht tatsächlich die Spuren? Und gerade ihre Sensibilität leitete sie an, die richtigen Schritte zu setzen, um dafür Antworten zu finden. ›Mich juckt es in der Nase‹, pflegte sie zu sagen, wenn sie an etwas Großem dran war.«

Jutta bemerkte Sandro hinter der Theke. Sie gab ihm ein Zeichen mit dem leeren Glas. »Vengo subito!«

»Wie oft seid ihr euch begegnet?«, fragte Merana.

»Leider nicht sehr oft. Insgesamt nur viermal. Aber wir telefonierten einige Male miteinander.«

»Das letzte Mal persönlich saht ihr euch in Salzburg, nehme ich an.«

Sie schüttelte langsam den Kopf. »Nein, das wäre dann das fünfte Mal gewesen. Ich sah sie nur bei der Show, beim Live-Einstieg. Es ergab sich keine Gelegenheit, mit ihr zu reden. Ich bemühte mich auch nicht darum. Wir wollten uns ohnehin am nächsten Tag persönlich treffen. Doch dazu kam es leider nicht mehr.«

»Leona Trill war einige Tage früher in Salzburg als ihr TV-Team. Das kam erst Montagabend an.«

»Ich weiß. Wir haben nach Leonas Ankunft zweimal miteinander telefoniert. Aber getroffen haben wir uns nicht. Das war erst für den Tag nach der TV-Show geplant.«

Der Patron kam heran. Er servierte Jutta einen Teller mit Antipasti. »Couscous di pesce«, sagte er dann frohlockend und stellte das Gericht vor Merana hin. »Wie man das zubereitet, hat mir meine Nonna beigebracht. Und sie wiederum hat es von ihrer Madre gelernt.« Er grinste. »Meine Nonna kann es leider nicht mehr hören. Aber sie würde mir zustimmen und auch sagen: So wunderbar zu kochen wird keine intelligenza artificiale jemals schaffen. Mai! Da können die esperti so viele algoritmi hineinstopfen, wie sie wollen. Das wird nie reichen.«

Merana lachte. Offenbar hatte Sandro vorhin einen Teil ihrer Unterhaltung über Künstliche Intelligenz mitbekommen. Auch Jutta lächelte dem Patron zu. Der schenkte ihr Wein nach.

»Buon appetito«, schmunzelte er.

Sie begannen zu essen. Während sie Sandros Spezialitäten genossen, sprachen sie nichts. Erst als der Patron das Geschirr abräumte, setzte Merana die Unterhaltung fort. »Es ist interessant, was du über Leona Trills Kindheit sagtest, dass sie vier Brüder hatte, gegen die sie sich durchsetzen musste. Vielleicht wären wir darauf gestoßen. Aber wir sind erst am Anfang unserer Bemühung, möglichst viel über die Moderatorin zu erfahren. Da hilft es sehr, dass du sie gut kanntest.« Er griff zum Glas, prostete ihr zu, trank. »Was weißt du noch über Trills Privatleben? Verheiratet war sie nicht. Lebte sie in einer fixen Beziehung? Weißt du etwas über Liebhaber?«

Jutta, die ebenfalls das Glas gehoben hatte, hielt im Trinken inne. »Hört! Hört!« In ihren Augen funkelte es. Gott sei Dank, überkam es Merana. Eine Spur von

Schalk war wieder da. Ein wenig zumindest. »Was willst du von mir hören, Merana? Bettgeschichten?«

»Wenn du ein paar spektakuläre auf Lager hast, jederzeit gern«, grinste er zurück. »Ich traf vorhin das Fernsehteam. Dabei offenbarte mir der Chefkameramann, dass Leona Trill mit Magnus Retzer ein Verhältnis hatte. Wir werden dem nachgehen, ob das tatsächlich stimmt. Ich gehe vorerst davon aus, dass mir Kai Semmering nichts vorflunkerte. Als die Moderatorin Retzer noch erlaubte, in ihr Bett zu schlüpfen, meinte Semmering, war alles gut. Zumindest für ihn. Seit wann Magnus Retzer nicht mehr schlüpfen durfte, wollte er mir dann nicht mehr sagen.«

Eine Spur des schalkhaften Blitzens schimmerte in den Augen der Journalistin.

»Also, Merana, dann lausche mir aufmerksam. Ja, die Aussage des Chefkameramannes stimmt. Ins Bett schlüpfen, um bei diesem Bild zu bleiben, durfte Retzer seit drei Monaten nicht mehr. Sie hat es beendet, wie ich aus einer ihrer Bemerkungen mir gegenüber von einem unserer Telefonate weiß. Ob Retzer tatsächlich kapierte, dass Schluss war, weiß ich allerdings nicht.«

»Andere Beziehungen? Gab es in jüngster Zeit ein Verhältnis?«

Sie zögerte mit der Antwort. Sandro näherte sich. »Amici, womit kann ich euch noch machen Freude? Formaggio? Dolce?«

»Danke, Sandro, für mich weder Käse noch Nachspeise. Aber ich nehme gerne einen großen Espresso.« Jutta schloss sich Meranas Bestellung an.

»Ich bin mir sicher, es gab jemanden in jüngster Zeit. Vermutlich schon länger. Nicht nur als Bettgeschichte. Da war viel mehr dran. Zumindest glaube ich das.«

»Hast du einen Namen?«

»Ja, den habe ich«, sie schaute ihn keck an. »Was wäre, Merana, wenn du einmal selber dein Denktriebwerk zündest?«

Er glotzte sie an. Er hatte keine Ahnung, worauf sie anspielte.

»Franklin«, sagte sie.

»Flynn Franklin«, rief er erstaunt. »Der Vorsitzende des aktuellen Projekts von *Salzburg Global*?«

»Ja. Leona hat es mir gegenüber nicht ausdrücklich ausgesprochen. Aber ich glaubte, es der einen oder anderen Bemerkung zu entnehmen. Ich vermute stark, Franklin war der eigentliche Grund, warum sie viel früher anreiste.«

Merana rief sich die gestrige Begegnung mit den Franklins in Erinnerung. Abgesehen von den spleenigen Bemerkungen des Sohnes, hatten die Eltern nicht wie ein Ehepaar im harmonischen Einklang gewirkt. Besonders der eigenartige Blick, mit dem Kalea Franklin ihren Mann musterte, fiel ihm ein. Wachsam. Verärgert. Konnte das damit zu tun haben, was Jutta angedeutet hatte? Gab es ein Verhältnis zwischen Flynn Franklin und Leona Trill?

»Auch dieser Frage werden wir nachgehen.«

»Cari amici.« Sandro war aufgetaucht. Er stellte ihnen den Kaffee hin. Und dazu zwei kleine, halb gefüllte bauchige Gläser.

»Alora, due espressi per voi. Und müsst ihr probieren zumindest ein wenig von diese Zabaione. Ich habe genommen dafür einen wunderbaren Vino Marsala aus meiner sizilianischen Heimat. Aus Trapani. Buon appetito.«

Diese ebenso herzliche wie überschwängliche Einladung konnten sie nicht ablehnen.

»Danke, Sandro.«

Sie griffen zu. Sandro hatte ihnen wohlweislich nur wenig in die Gläser gefüllt. Sie genossen es. Die warme, schaumige Nachspeise schmeckte köstlich.

»Hat dir Leona Trill etwas über ihr TV-Team gesagt?«, fragte Merana, nachdem sie die Zabaione gegessen hatten. »Außer der Bettgeschichte mit dem Regisseur. Etwas zum Chefkameramann?«

Sie wog den Kopf hin und her. »Über die anderen weiß ich nur wenig. Mit Kai Semmering verstand sie sich gut, das habe ich bei einem unserer Telefonate mitbekommen.«

»Elena Hauk?«

»Die hat sie nie erwähnt.«

»Elaine Mara, die zweite Kamerafrau.«

»Nie erwähnt.«

»Frida Glatt.«

»Von der hielt sie nicht allzu viel, soviel ich mitbekam. Die recherchierte ihr nicht gut genug. Hätte mich nicht gewundert, wenn sie die nach Leopoldskron gekündigt hätte.«

»Deutete sie das an?«

»Nein. Ist nur eine Vermutung von mir.«

»Pavel Kinski?«

»Ein großer Kindskopf. Aber sehr gut in seinem Bereich. Professionell und verlässlich.«

»Ja, so erschien er mir auch.«

»Mir fällt ein, dass Leona bei einem unserer Gespräche etwas erwähnte. ›Ich bin an etwas dran‹, sagte sie. Das könnte nach Skandal riechen. Wenn sich herausstellte, dass sie recht habe, könnte mich das interessieren, meinte sie. Sie jucke es in der Nase. Nachdem sie nur eine vage Andeutung machte, hätte ich es schon beinahe vergessen. Bei unserem geplanten Treffen wollte sie mir mehr erzählen. Aber leider ...«

Sie schaute Merana an. Er wusste, was sie dachte. Ihm kam dieselbe Frage auf. War die Moderatorin und Aufdeckerjournalistin deshalb getötet worden? Weil ihr ihre Nase juckte? Weil sie möglicherweise hinter etwas her war, das nach Skandal roch?

»Wir kriegen das raus.«

»Vielleicht steckt gar nichts dahinter. Aber es gilt, in Erfahrung zu bringen, was Leona damit gemeint haben könnte. Ich bleibe jedenfalls dran, Merana. Darauf kannst du dich verlassen.«

19

Zurück im Präsidium nahm er sich eine knappe Stunde Zeit, um das Dringendste aufzuarbeiten, das niemand anderer als der Leiter der Salzburger Kriminalpolizei erledigen konnte. Für 15 Uhr hatten sie eine kurze Besprechung vereinbart. Die Chefinspektorin und Thomas Brunner kamen in sein Büro.

»Möchtest du etwas aus der Kantine, Martin?«

»Nein, danke. In mir sprühen noch die Aromen aus Sandros Zauberküche.«

Die Chefinspektorin hatte einen Krug mitgebracht. Er enthielt Wasser mit Limettenscheiben, einem Stück Apfel und zwei Rosmarinzweigen. Merana stellte drei Gläser auf den Tisch.

»Rosmarin soll ja besonders gut fürs Hirn sein«, führte er an. »Vielleicht koste ich von diesem fruchtigen Zaubertrank.« Carola grinste.

»Wie war das Treffen mit Jutta?«

»Aufschlussreich. Ich berichte euch gleich davon. Doch zuvor möchte ich erfahren, wie deine Begegnung mit den Franklins war, Carola.«

»Nicht unproblematisch, aber dennoch einfacher als erwartet nach allem, was du mir erzähltest.« Die Chefinspektorin goss die Gläser voll. Dann nahm sie eines und trank.

»Vielleicht half, dass ich Kalea Franklin von Hedwig erzählte. Sie stimmte jedenfalls bald zu, dass ich mit Mattis reden konnte. Am Anfang war sie dabei, doch nach kurzer Zeit ließ sie mich mit dem Jungen sogar allein.«

»Wie wirkte er auf dich?«

»Von Anfang an bemühte er sich, totale Überlegenheit auszustrahlen. Was glaubt diese simpel gestrickte Polizistenfrau schon, gegen einen mehrfachen Schach-Junioren-Weltmeister auszurichten? Er ließ rasch die eine oder andere Bemerkung fallen, die an bestimmte Spielzüge erinnern sollten. Ich kenne mich mit Schach nicht gut aus. Aber je mehr er sich bei seinem Überlegenheitsgetue abstrampelte, desto mehr kam für mich zum Vorschein, was tatsächlich hinter dieser Fassade zu stecken schien. Ein scheues Wesen. Kein souveräner 14-jähriger Schachstratege. Da offenbarte sich mir immer mehr ein verängstigter junger Mann, eher ein Kind, das nach Zuneigung gierte. Das Mama und Papa brauchte. Und die eine oder andere liebevolle Bemerkung dankbar annahm, die ihm die Polizistentussi im Verlauf des Gesprächs anbot.«

»Ging sich dabei aus, mit ihm nochmals über den Turm mit dem Muttermal zu sprechen?«

»Ja, das habe ich. Er wich allerdings all meinen Fragen aus, indem er seine Schachstandardsätze auspackte. Erst als ich ihm die Fotos von Belk zeigte, auch den vergrößerten Ausschnitt von dem Mal auf der Wange, zeigte er eine Reaktion. Genau den hatte er gemeint. Er wollte es sich nicht anmerken lassen, aber ich sah es an seiner Haltung. Mehr zu entlocken war ihm allerdings nicht. Ich versuchte, mit ihm über seinen Hinweis auf die Schachpartie mit dem Damenopfer zu reden. Da gab es überhaupt keine Resonanz von ihm. Einmal hielt er sich sogar die Ohren zu. Wieder mehr verunsichertes Kind als souveräner Schachmeister.«

»Hast du Flynn Franklin getroffen?«

»Nein. Er war sehr beschäftigt in der Session. Ich drängte nicht darauf. Ich zeigte Kalea Franklin die Fotos. Sie meinte, sie könne sich nicht daran erinnern, dass ihr dieser Mann während des Festes aufgefallen sei. Sie ersuchte mich, ob sie ihrem Ehemann die Bilder zeigen könnte. Dann müsste man ihn nicht aus der Versammlung holen. Ich willigte ein. Als sie zurückkam, bestätigte sie, dass Flynn nichts über diesen Mann wusste. Und beide konnten sich keinen Reim darauf machen, was Mattis damit gemeint haben könnte. Kalea versprach mir, später nochmals in Ruhe mit Mattis zu reden. ›Er wird es mir schon mitteilen, warum er diese Bemerkung machte‹, sagte sie. Aber das würde erst dann geschehen, wenn ihm danach war. ›Mein Sohn hat bisweilen seinen eigenen Zugang zur Welt, Frau Chefinspektor‹, erklärte sie. Und dann meinte sie, ich könnte das vermutlich gut nachvollziehen, bei allem, was ich ihr über Hedwig erzählte.«

»Schade, dass du Flynn Franklin nicht gesprochen hast. Mich hätte sehr interessiert, welchen Eindruck er auf dich macht, vor allem als Mann.«

Die Bemerkung irritierte sie.

»Ich verstehe nicht, was du damit meinst, Martin.«

Jetzt wollte er doch etwas von dem gesunden Drink mit den Rosmarinzweigen haben. Er goss sich ein. Dann erzählte er ihnen einige Details aus seiner Unterredung mit

Jutta. Dass die Journalistin vermutete, zwischen Franklin und Leona Trill sei mehr gewesen als bloß berufliches Interesse. Und das seit einiger Zeit.

»Das sollten wir auf mehreren Ebenen nachprüfen. Vielleicht bekommen wir dazu einiges über das letzte halbe Jahr heraus.«

Die Chefinspektorin nickte.

»Ich werde Kollegin Kelinic darauf ansetzen.«

Inspektorin Tamara Kelinic hatte vor einiger Zeit ein Praktikum in der Kriminalabteilung absolviert. Inzwischen gehörte sie zumindest lose zu Meranas engerem Team.

»Das ist eine gute Idee, Carola. Bitte instruiere sie. Und ich werde Flynn Franklin damit konfrontieren. Wenn möglich heute noch.« Er wandte sich an Brunner. »Thomas, wie ist die Situation bei euren Untersuchungen?«

Der Tatortgruppenchef tippte auf sein Tablet.

»Ich überprüfe eben den aktuellen Stand. Beim Handy hat sich zumindest etwas ergeben. Den Zugangscode wissen wir zwar immer noch nicht, aber Staatsanwältin Taubner hat tatsächlich erwirkt, dass die *Telekom* uns eine Aufstellung der Anrufe von Trills Handy übergibt. Die Liste mit den Nummern ist vor einer halben Stunde eingelangt. Beim Notebook waren wir erfolgreicher. Den Zugangscode haben meine Techniker geknackt. Den größten Teil der Dateien können wir problemlos öffnen und lesen. Allerdings gibt es eine ganze Reihe von Files, die eine eigene spezielle Verschlüsselung aufweisen. Die Bezeichnungen der beiden Ordner, denen diese Files zugeordnet sind, weisen keine Verschlüsselung auf. Sie sind klar leserlich. Allerdings sagen uns die Namen nichts. Wir haben bisher nichts entdeckt, was uns weiterhilft. Vielleicht könnt ihr mit den Namen etwas anfangen?«

Er drehte den beiden anderen sein Tablet zu. *COPOB* war der Name für den ersten der beiden Ordner. Der andere hatte die Bezeichnung *RECOB*. Merana blickte zur Chefinspektorin. Die schüttelte den Kopf. Auch Merana konnte mit diesen Ausdrücken nichts verbinden.

»Wir müssen herausfinden, was diese Bezeichnungen bedeuten. Und vor allem sollten wir wissen, was die Files in diesen Ordnern aussagen. Und das so rasch wie möglich. Es wird gewiss einen triftigen Grund haben, warum die Journalistin ausgerechnet diese Daten verschlüsselte. Es wird Zeit, dass wir schneller weiterkommen. Es geht alles viel zu langsam.«

Ein feines Lächeln war im Gesicht der Chefinspektorin zu erkennen.

»Ich weiß, was du sagen willst, Carola«, bemerkte Merana. »Ungeduld ist ein Hemd aus Brennnesseln.«

Sie tippte auf ihre Lippen, hauchte ihm einen Kuss zu.

»Hört sich an wie ein erhaben weiser Spruch von Otmar«, bemerkte Brunner.

»Nein«, konterte Merana. »Das ist eine kluge Redewendung aus Polen. Wie ich von der erhabenen, weisen Frau Chefinspektorin lernte.«

»Wie geht es Otmar? Habt ihr von ihm etwas gehört?«

»Ja, habe ich«, antwortete Carola. »Er hat mich heute früh angerufen. Er wollte auf der Stelle ins Auto steigen und zurückkommen. Er hat natürlich herausgefunden, dass wir uns mit einem sehr schwierigen Fall herumschlagen müssen. Er hat gestern Abend eines deiner Interviews im Fernsehen gesehen, Martin.«

»Und er wollte heute früh zusammenpacken und nach Salzburg kommen?«, fragte Brunner.

»Ja, es war ihm sehr ernst. Es dauerte einige Zeit, bis ich ihn überreden konnte, bei Hannelore und den Mädchen in Kroatien zu bleiben. Ich musste ihm allerdings versprechen, dass ich ihn auf der Stelle anrufe, wenn wir ihn brauchen.«

Die beiden Männer schmunzelten. Das war Otmar Braunberger. Carola und Martin hatten Otmar bearbeitet, in diesem Jahr endlich die Einladung seiner Nichte Hannelore anzunehmen und für eine, noch besser für zwei Wochen nach Kroatien zu kommen. Hannelore und ihr Mann Valentin hatten dort ein Ferienhaus gemietet. Die beiden Töchter Amelie und Mara hatten schon im Vorjahr gebettelt, »Lieblingsonkel Otmar« möge zu ihnen ans Meer kommen. Da hatte Braunberger sich noch geweigert. Heuer hatte er dann endlich zugesagt. Nach wochenlanger Überzeugungsarbeit vor allem durch Carola. Es würde Otmar gut tun. Davon waren alle überzeugt.

»Dann müssen wir uns schon deshalb dringend beeilen, den Fall zu lösen, damit Otmar den Urlaub mit Hannelore und den Mädchen genießen kann«, betonte Brunner. »Andernfalls steht er morgen vor unserer Tür, spätestens in drei Tagen.«

Die beiden anderen lachten. Das konnte gut möglich sein.

»Also dann, Frau Chefinspektorin, Herr Tatortgruppenleiter, Tempo, Tempo. Hurtig. Hurtig.« Merana klatschte in die Hände.

»Jawohl, Chef. Befehlen Sie.« Dann wurden die drei wieder ernst.

»Hat sich bei den Handyauswertungen der Festgäste und aller anderen Beteiligten etwas ergeben, Thomas?«

»Nein, wir haben Zugriff erst auf einen kleinen Teil der Handys.«

»Die richterliche Genehmigung wurde dank Gudrun zwar erteilt«, fügte die Chefinspektorin hinzu. »Aber es zieht sich hin, bis wir an alle Telefone kommen.«

Sie besprachen kurz, wer sich worum im Besonderen kümmern sollte. Dann beendeten sie die Besprechung.

»Ich lasse dir gerne den Rest des Zaubertranks da, Martin, wenn du magst.«

»Ich bitte darum.« Die Chefinspektorin und Thomas Brunner verließen das Büro.

Merana schenkte sich den Rest aus der Flasche ein und trank. Erfrischend säuerlich. Jetzt vermeinte er, eine Spur mehr vom Rosmarinaroma wahrzunehmen. Aber vielleicht bildete er sich das nur ein.

Es war gut, dass er Carola gebeten hatte, mit den Franklins Verbindung aufzunehmen. Sie hatte zwar nichts Entscheidendes aus dem Jungen herausgebracht, aber zumindest Kontakt zur Mutter hergestellt. Merana war überzeugt, dass dem Jungen etwas Besonderes aufgefallen war. Den Turm mit dem Muttermal zu erwähnen, quasi ins Spiel zu bringen, dahinter steckte zweifelsohne mehr als nur der kauzige Spleen eines Schacheiferers. Er griff zum Telefon, tippte auf die Nummer von Jutta Ploch. Schon nach dem zweiten Freizeichen meldete sie sich.

»Hi, Merana. Sehnsucht nach mir? Willst du einfach plaudern oder liegt dir etwas im Magen? Sandros Couscous di pesce kann es jedenfalls nicht sein.«

»Frage an die Journalistin, die alles und jeden kennt. Wer hat eine Wohnung in Paris, ein Haus in Seekirchen am Wallersee und ein Muttermal auf der linken Wange?«

Er hörte sie schnauben. »He, wir sind hier nicht im Fernsehen bei Kai Pflaume und seinen verrückten Ratespielen. Du redest mit mir. Ich sitze in der Redaktion mit einem Mount Everest an Arbeit. Drück dich klar aus. Und zwar schnell.«

Er berichtete ihr in knappen Worten von Mattis Einwurf und nannte ihr den Namen. Wieder schnaubte sie.

»Über Olivier Belk weiß ich wenig. Soweit ich mich erinnere, sah ich ihn einmal bei einem Societytreffen. Da war auch der Landeshauptmann mit dabei. Mit Kultur hat er jedenfalls nichts am Hut. Dann würde ich ihn besser kennen. Er hat irgendeinen Job bei der EU, glaube ich. Ich kann mich umhören, wenn du willst.«

»Wir haben zwei Zeugenaussagen, dass Belk eine Art Disput mit Leona Trill hatte.«

»Das muss nichts heißen. Die gute Leona war schnell aufgebracht. Auch über Kleinigkeiten, wie ich dir erzählte.«

»Ja, ich weiß. Dennoch wäre es gut, wenn du mehr über Belk herausfindest.«

»Mache ich. Das kostet dich natürlich wieder ein Essen. Aber nicht nur einen Antipastiteller bei Sandro. Du wirst das große Sparschwein schlachten müssen, Merana. Mindestens Vier-Hauben-Lokal. Sechsgängiges Menü. Erlesene Weine. Capito?«

Er lachte. Das war die Jutta, die ihm vertraut war. Zweifellos hatte sie der brutale Mord an Leona Trill mitgenommen. Das war ihr heute Mittag deutlich anzumerken.

Dass sie es wieder schaffte, mit ihm zu blödeln, bedeutete nicht, dass sie über den Verlust ihrer Kollegin hinweg war. Jutta versuchte nur, besser damit umzugehen, eine gehöriges Maß an Normalität zu zeigen.

Das tat ihr gut. Und ihm auch.

»Va bene, amica mia. Genauso machen wir es.«

20

Kurz hatte Merana überlegt, ob er auch heute wieder zu Laufdress und Schuhen greifen sollte. Doch dann ließ er es. Dennoch überkam ihn das Verlangen, er müsse raus aus dem Büro. Gehen. Einfach drauflosgehen. Wenn das Wirrwarr an Gedankengeflechten in seinem Kopf dringend Durchlüftung brauchte, begab er sich manchmal auf einen der Stadtberge. Über den Dingen stehen half oft als Einstieg in gedankliche Klärungsprozesse. Erst kürzlich war er auf den Kapuzinerberg geeilt, wo der eindrucksvolle

Blick über die Dächerlandschaft der Stadt ihm geholfen hatte, sich zu entspannen und dabei einen klaren Kopf zu bekommen. Nein, für den Kapuzinerberg würde es heute nicht reichen. Dafür war die Zeit zu knapp. Aber Luft schnappen, das wollte er sich gönnen. Er verließ das Büro und überquerte die Alpenstraße, bog in die Billrothstraße ein. Auf der kam er an die Salzach. Gleich nach den zwei Autohäusern reihte sich auf der linken Seite eine Unmenge an großen Plakatwänden aneinander. Er hastete daran vorbei.

Vor einem der Mega-Plakate hielt er kurz an. Ein Wort hatte ihn stoppen lassen.

Klimaschutz. Der Begriff war ihm auch in den vergangenen Tagen bei den Seminaren, Unterredungen, wissenschaftlichen Warnungen in Leopoldskron oft untergekommen. Auf diesem Plakat ging es um Essen. »Wir schauen aufs Ganze«, stand da. »Die Biobäuerinnen & Biobauern.« Er eilte weiter. Auf Höhe des großen roten Gebäudes wechselte er auf die andere Straßenseite. »Salzburger Studentenwerk. Internationales Kolleg« las er an dem Haus. Er hatte sich gar nicht mehr daran erinnert, dass diese Einrichtung in der Billrothstraße lag. Er strebte weiterhin dem Salzachufer zu. Ungewöhnliche Situationen hatte er in seiner langen Karriere als Kriminalermittler einige erlebt. Aber der aktuelle Fall hob sich von allen bisherigen auf nahezu surreale Weise ab.

So viele Beteiligte und Zeugen wie sonst nie. Sie nehmen an einem großen Fest teil. In der Pause schlendern sie herum. Alleine, in größeren und kleineren Gruppen. Sie unterhalten sich. Ein fröhliches, festliches, alle Sinne beanspruchendes buntes Treiben. Man möchte meinen, die Aufmerksamkeit all dieser festlichen Menschen umfasse jedes Detail. Und dennoch hat keiner mitbekommen, dass die Moderatorin Leona Trill sich aus dieser festlichen Gesellschaft absonderte. Genauso wenig, wie jemand bemerkte, dass irgendwann eine weitere Person in dieselbe Richtung verschwand. Vor oder nach oder gar zusammen mit der Moderatorin. Oder kam der Mörder, die Mörderin von Leona Trill doch von außen? Hätte der oder die auch mit entfesselter Brutalität auf den Schädel der Frau eingehämmert? Um eine lästige Zeugin zum Schweigen zu bringen, hätten weniger Schläge mit dem schweren Stein auch genügt. Wer zehn- oder gar zwölfmal zudrosch, den leitete wohl anderes. Den trieb etwas sehr Persönliches. Verzweiflung. Wut. Verletztheit. Hass. Sein Handy summte. Die Nummer kam ihm vertraut vor. Er konnte sie nur nicht gleich zuordnen.

»Merana ...«

»Grüß Gott, Herr Kommissar. Berkal hier.« Der Journalist. »Entschuldigen Sie die Störung. Ich wollte nur fragen, ob Sie überprüft haben, was ich Ihnen auf den USB-Stick kopierte.«

»Nein, Herr Berkal. Dazu war keine Zeit. Ich stecke mitten in einem aufwendigen Fall.«

»Ich weiß, Herr Merana. Ich habe Ihr Interview im Fernsehen mitverfolgt. Ich will Sie auch gar nicht lange aufhalten. Was ich Ihnen zu sagen habe, ist mir eher peinlich. Durch einen unverzeihlichen Irrtum meinerseits habe ich Ihnen ein alte, nicht mehr aktuelle Zusammenfassung auf den Stick kopiert. Sorry für das Versehen. Ich lasse

Ihnen umgehend einen Stick mit der aktuellen Ausgabe zukommen.«

»Danke. Ich hoffe, ich finde irgendwann Zeit, mir das anzuschauen.«

»Und dann darf ich Ihnen mitteilen, dass es mit der Entscheidung bezüglich Alpinpolizei schneller ging als gedacht. Leutnant Viktor Zadral hat für unseren Auftritt beim *Bergfilmfestival* zugesagt. Es geht sich aus.«

Merana bedankte sich für den Anruf, dann steckte er das Handy weg. Er war inzwischen am Salzachufer angekommen und konnte den Gaisberg gut sehen. War der Salzburger Hausberg jemals Thema beim *Bergfilmfestival* gewesen? Merana hatte keine Ahnung. Es gäbe viel zu zeigen. Der Gaisberg war ein beliebter Ausflugsberg, nicht nur für die Bewohner der Landeshauptstadt. Er lag zwischen der Stadt Salzburg und Koppl. Auf seiner Spitze befand sich der Sender Gaisberg. Der 100 Meter hohe Sendemast war aus weiter Entfernung gut auszumachen. War der Gaisberg jemals Tatort? Er musste nachforschen. Es interessierte ihn. Doch jetzt hatte er anderes zu überlegen. Er spazierte an der Salzach entlang Richtung Süden.

Eine Stunde später saß er im Dienstwagen und fuhr nach Leopoldskron.

Wolfgang Blatt hatte er nicht erreicht. Der hatte einen Auswärtstermin. Aber Kerstin Kleist erwartete ihn am großen Eingangstor.

»Ich begrüße Sie, Herr Kommissar.« Ihr Händedruck war fest. Ihre Miene strahlte Freundlichkeit aus. Ihre Erscheinung war ihm sympathisch. So wie bei ihrer ersten Begegnung. Heute trug sie keine helle Jacke über den dunklen Jeans, sondern einen rötlichen Leinenblazer. »Danke, dass Sie sich Zeit für mein Anliegen nehmen, Frau Kleist.«

»Für Sie immer gern. Ich habe Flynn Franklin verständigt. Wir haben vereinbart, dass ich ihn hole, sobald Sie eingetroffen sind. Passt es Ihnen, wenn Sie die Besprechung in der Großen Halle durchführen?«

»Danke, das passt sehr gut.«

»Dann gehen Sie bitte hinüber. Ich hole ihn.« Sie entfernte sich. Merana wandte sich zur Frontseite des Schlosses, hielt auf den Eingang zu. Noch ehe er die große Tür öffnen konnte, wurde sie mit Schwung aufgerissen. Eine Gestalt stürmte heraus, prallte gegen ihn.

»Aber hallo!« Merana taumelte zwei Schritte zurück, konnte einen Sturz gerade noch verhindern. Ein Mann hätte ihn fast umgerannt. Groß. Mit braunem Vollbart. Jetzt erkannte Merana die naturwissenschaftliche Koryphäe.

»Sie haben es aber eilig, Herr Professor Ullmann.« Der Wissenschaftler starrte ihn entgeistert an, dann ging ihm ein Licht auf. »Sie sind doch dieser Polizeibeamte. Ich bitte um Pardon für mein ungestümes Verhalten.«

»Ihre Eile wird sicher einen Grund haben, Herr Professor.«

»Und ob. Am liebsten würde ich alle niederrennen, die mit Blindheit geschlagen sind. Was heißt Blindheit? Die meisten wissen genau, was sie da anstellen. Sie führen uns offenen Auges ins Verderben.« Er klopfte auf den Bildschirm seines Handys. »Sie haben es sicher erfahren.

Zuerst die Amerikaner. Und jetzt auch die EU. Alle gehen sie in die Knie.«

Merana mutmaßte, worauf der erzürnte Naturwissenschaftler sich bezog. Die Amerikaner waren dabei, die groß angekündigten Gesetze zur Reduktion des Verkehrs, zur Eindämmung von CO_2, zum Einbremsen der größten Klimaschädlinge in der Industrie aufzuweichen. Die Republikaner waren ohnehin strikt gegen diesen Kurs. Gestern waren vier Abgeordnete der Demokratischen Partei vom Vorhaben abgesprungen, weil die Umfragewerte sanken. Und jetzt zog auch die EU zurück?

»Verstehen Sie, was da passiert? Verunsicherung wird global geschürt! Was wird die fossile Industrie machen? Sie wird wie schon oft die Verunsicherung nützen und weiterhin Pipelinenetze und passende Infrastrukturen ausbauen. Die grün angehauchten Optimismus-Propheten werden weiterhin predigen, dass das alles nicht so schlimm sei. Man müsse halt die schmutzigen Industrieanlagen gegen grüne austauschen – und schon können wir weitermachen wie bisher. Wir Wissenschaftler schreien auf. Seit Jahren. Weltweit. Wir können die dringend zum Überleben nötige Reduzierung der Emissionen nicht erreichen, wenn wir dabei bleiben, Wirtschaftswachstum und Ressourcenverbrauch zu betreiben, wie wir es gewohnt sind. Wir wissen das. Die meisten Politiker wissen es auch, handeln aber anders.

Im Pariser Klimaabkommen hat sich die Welt auf 1,5 Grad Begrenzung der Erderwärmung geeinigt. Bei den derzeit lächerlichen Maßnahmen steuern wir offenen Auges auf ein Plus von mindestens 2,5 Grad zu. Hitze,

Dürre, Fluten, Krankheiten, Wassermangel, Nahrungsknappheit, das steht uns bevor. Wir Wissenschaftler geben nicht auf. Wir werden weiterhin durch Forschung aufzeigen, belegen, mahnen, animieren. Das ist unsere Pflicht!« Er rammte das Smartphone in die Tasche und stürmte weiter. Merana schaute ihm kurz hinterher, dann begab er sich in den großen Raum hinter dem Schlosseingang. Keine zwei Minuten später tauchte Kerstin Kleist auf, begleitet vom Ehepaar Franklin. Kleist verabschiedete sich. Die beiden Franklins nahmen Merana gegenüber Platz.

»Ich will Ihre Zeit nicht unnötig beanspruchen, Frau Franklin. Es genügt, wenn Ihr Mann hier ist.«

»Wir wussten nicht, was Sie fragen wollen, Herr Merana.« Die Antwort kam von ihm.

»Über die Arbeit in unserer Session weiß auch meine Frau gut Bescheid.«

Er musterte sie. »Es geht eher um etwas Persönliches.« Beide blickten ihn abwartend an. »Wir möchten uns ein klares Bild über das persönliche Umfeld des Opfers verschaffen.« In den Augen der Frau vermeinte Merana eine Spur von Argwohn zu entdecken. »Deshalb will ich Sie eingehend über Ihr persönliches Verhältnis zu Leona Trill befragen, Herr Franklin.« Nun flackerte Missmut bei ihr auf. Sie drückte sich vom Stuhl hoch.

»Ich bin Ihnen verbunden, dass Sie meine Zeit nicht unnötig beanspruchen, Herr Kommissar.« Sie wandte sich um.

»Was hatten Sie für ein Verhältnis zu Leona Trill, Frau Franklin?«, rief er ihr hinterher.

Sie war schon am Ausgang. »Das kann ich Ihnen genau sagen: Sie war mir egal.«

Sie wandte sich jäh um, eilte davon. Was war das für ein Ausdruck im Antlitz des Mannes? Betroffenheit? Misstrauen?

»Bei unserer ersten Unterredung bestätigten Sie, dass Sie mit Leona Trill vor rund einem halben Jahr erstmals in Kontakt kamen.«

»So ist es, Herr Merana.«

»Es ging dabei um zwei Projekte, erklärten Sie, die für Ihre Firma von Interesse waren.«

Sein Gegenüber lehnte sich zurück, ließ den Abstand zwischen ihnen größer werden.

»Nach diesen beiden Projekten gab es keine persönlichen Begegnungen mehr, sagten Sie mir. Erst in Salzburg trafen Sie Frau Trill wieder. Bleiben Sie bei diesen Angaben?«

Aus angespannter Konzentration in seiner Miene wurde Wachsamkeit.

»Ich verstehe Ihre Frage nicht, Herr Merana. Warum sollte ich nicht bei meinen Ausführungen bleiben?«

»Was mit Frau Trill passierte, war für alle Beteiligten grauenvoll. Wenn man schockiert ist, kann man zunächst einiges durcheinanderbringen. Das verstehe ich gut. Später, wenn der Kopf klarer wird, stellt sich manches anders dar, als man zuvor angab.«

Er zögerte mit der Antwort. »Da haben Sie gewiss recht. Aber meine ausgeführten Angaben stimmen.« Das freundliche Lächeln, das er aufzusetzen versuchte, geriet etwas schief.

»Wie war Ihr Verhältnis zu Frau Trill? Ging diese Beziehung über das Berufliche hinaus?«

»Erneut vermag ich dem Sinn Ihrer Frage nicht zu folgen, Herr Merana. Frau Trill und ich kamen gut miteinander zurecht, wir kooperierten bestens. Aber das sagte ich bereits.«

»Mehr war da nicht? Nur Kooperation auf beruflicher Ebene?«

»Nein. Mehr war nicht.«

Doch, da war mehr. Merana sah es Franklins angespannter Miene an. Der Mann mochte ein erfolgreicher Unternehmer und Berater sein. Als Pokerspieler käme er sicher nicht weit.

»Sie haben meiner Kollegin, Chefinspektorin Carola Salman, über Ihre Frau ausrichten lassen, Ihnen sei der Mann mit dem Muttermal auf der Wange nicht aufgefallen. Sie wüssten auch nicht, worauf Mattis mit seiner Erwähnung anspielen wollte.«

Franklins Miene entspannte sich. Darüber zu reden, fiel ihm sichtlich leichter. »Nein, dazu fällt mir leider nichts ein. Für Mattis ist auch abseits des Schachbrettes vieles einfach nur Spiel. Man muss seine albernen Bemerkungen nicht allzu ernst nehmen.«

»Ihr Sohn machte eine weitere Anspielung. Tatsache ist: Eine Frau wurde brutal ermordet. Und Mattis zitiert eine Schachpartie, bei der es darum geht, ausgerechnet die Dame zu opfern, um das Ziel zu erreichen. Muss man das als alberne Bemerkung abtun? Oder steckt da mehr dahinter?«

»Herauszufinden, was bei Mattis bisweilen abläuft, dazu

fehlt mir eindeutig die Zeit und vor allem jegliches Verständnis. Bei meiner Frau ist das erfreulicherweise anders. Sie war selbst lange Zeit eine gute Schachspielerin. Die versteht viel besser als ich, was im Kopf unseres Sohnes herumspukt.« Er richtete sich auf, verkürzte den Abstand. Seine Haltung war abwartend. Merana hatte genug. Weiter fortzufahren, würde im Augenblick nichts bringen.

»Ich danke Ihnen, Herr Franklin, dass Sie sich Zeit genommen haben, meine Fragen zu beantworten.« Er stand auf, reichte ihm die Hand und ging. Draußen stieß er auf Kerstin Kleist. Ihr aufmerksames Lächeln konnte er gut hinnehmen, aber ihre Bemerkung überraschte ihn: »Was haben Sie heute Nacht im Park gemacht, Herr Kommissar? Es war weit nach Mitternacht. Sind Sie rund um die Uhr am Ermitteln?«

»Sie haben mitbekommen, dass ich hier war? Sie waren also zu nachtschlafender Zeit auch noch auf.«

»Mir entgeht nichts.« Sie zwinkerte ihm zu. »Auch kein Kommissar, der nachts ermittelnd durch unseren Park schleicht.« Sie blies sich eine Haarsträhne aus dem Gesicht. Ja, maisblond. Die Bezeichnung passte gut. Sie war ihm sympathisch. Seit ihrer ersten Begegnung. Sollte er? Er zögerte kurz. Dann sagte er: »Totenwache.«

Sie schaute ihn überrascht an.

»So nennen es einige meiner Mitarbeiter. Ich habe keine Bezeichnung dafür.«

Er vollführte eine einladende Handbewegung, machte ein paar Schritte in den Park. Sie ging neben ihm, hörte zu. Er begann mit dem kleinen Mädchen, das sie bei seinem allerersten Fall im Hinterhof gefunden hatten. Er zählte ihr einige der Plätze auf, an denen er Totenwache gehalten hatte. Als er fertig war, blieben sie stehen. Sie sagte zunächst nichts, ließ das Gehörte auf sich wirken.

»Sie machen das immer, bei jedem Fall?«

»Ja.«

Wieder schaute sie zum Weiher. Dann zum Schloss. Dann auf ihn.

»Und hier passt es so besonders. Schade, dass Sie Max Reinhardt nicht mehr begegnen können. Ihr hättet euch gut verstanden.« Nun setzte sie sich in Bewegung. Merana folgte, ging neben ihr her. »Was Sie mir eben erzählten, hat mich sehr berührt. Und ich bin sicher, es hätte auch Max Reinhardt berührt. Man muss nicht lange nach Gründen und Erklärungen suchen, warum man manches tut. Das war auch seine Einstellung. Wenn etwas getan werden muss, weil man es so empfindet, dann tut man es.« Sie blieb stehen. »Max Reinhardts Qualität als großartiger Regisseur lag vor allem darin begründet, dass er ein ausgezeichneter Menschenkenner war. Und er war achtsam. Auf alles. Auf Großes und Kleines.« Sie ging weiter, hielt auf das Schloss zu. »Reinhardt achtete auf die Regungen von Menschen. Und zugleich entging ihm nicht, dass eine Türklinke kaputt war und dringend ersetzt werden musste. Er war offen für jedes Detail und erschien es anderen noch so unbedeutend. Ihm war alles wichtig. Nicht lange nach Begründungen forschen. Einfach ausführen, was man spürt.« Sie hatten das Schloss erreicht. »Warten Sie einen Augenblick, Herr Kommissar. Ich möchte Ihnen etwas mitgeben.« Sie verschwand im großen Gebäude. Gleich darauf kam sie zurück, überreichte ihm ein großes Buch. Ein Schwarz-Weiß-Porträt des Künstlers zierte den Einband. Darüber stand der Titel. »Max Reinhardt. Ein Leben als Festspiel.«

21

Die Uhr zeigte 19.22, als Merana im Präsidium eintraf. Er checkte kurz, welche neuen Nachrichten zum Fall eingetroffen waren. Die Ausbeute war spärlich und erbrachte nichts Wesentliches. Er nahm das stattliche Buch von Kerstin Kleist zur Hand. Merana, du hast einen Mordfall aufzuklären. Jetzt ist keine Zeit, in dicken Büchern zu schmökern, ermahnte er sich selbst. Und dennoch gestattete er sich weiterzumachen. Max Reinhardt war mit Leopoldskron verbunden. Und Leopoldskron war der Tatort. Möglichst viel darüber zu wissen, gehörte zu Meranas Verständnis, was für Ermittlungen wichtig war. Also schlug er das Buch auf. Nicht nur das Schloss samt Park und Weiher hatte ihn von Anfang an in Bann genommen. Er überflog das Editorial. »Max Reinhardt hat 18 Jahre in Leopoldskron gelebt«, las er. »Es war seine Vision, seine Inszenierung, seine Lieblingsproduktion.«

Darauf folgte der Ausschnitt aus einem Brief, den Reinhardt am 22. September 1942 geschrieben hatte. Merana griff zur PC-Maus, öffnete das Internet, suchte sich eine ausführliche Zusammenfassung über das Leben des Regisseurs. September 1942, das war etwa ein Jahr vor Reinhardts Tod. Er starb am 31. Oktober 1943 in New York. Reinhardt war im Herbst 1937 in die Vereinigten Staaten gekommen. Merana widmete sich wieder dem Buch, las die Briefstelle aus dem Jahr 1942. Sie bezog sich auf sein Schloss, auf Leopoldskron.

»… ich habe es lebendig gemacht. Ich habe jedes Zimmer, jeden Tisch, jeden Sessel, jedes Licht, jedes Bild gelebt. Ich habe gebaut, gezeichnet, geschmückt, gepflanzt und geträumt davon, wenn ich nicht da war. Ich habe es geliebt im Winter und im Sommer, im Frühjahr und im Herbst, allein und mit vielen. Ich habe es immer feiertäglich geliebt: nie als etwas Alltägliches. Es waren meine schönsten, reichsten und reifsten Jahre – und sie tragen Deinen Namen.«

Der Brief war an Helene Thimig gerichtet. Die berühmte Schauspielerin war seit 1935 Reinhardts zweite Frau. Sonst wusste er nicht viel über Thimig. Über Reinhardt wusste er auch wenig, musste er sich eingestehen. Als Reinhardt diese Liebeserklärung über Leopoldskron an Helene Thimig schrieb, war er bereits seit fünf Jahren in den USA. Nach dem Einmarsch der Nazis in Österreich im März 1938 konnte er nicht mehr in seine Heimat zurück. Auch das war Merana in dieser Deutlichkeit nicht bewusst gewesen. Dass die Nazis ihm Schloss Leopoldskron wegnahmen, ihn entschädigungslos enteigneten, hatte Max Reinhardt im April 1938 aus der Presse erfahren. Was es für ihn bedeuten musste, dass man ihm plötzlich seinen Herzensschatz, seine persönliche Bühne für seine Inszenierungen, für sein Leben entriss, konnte man sich vorstellen. Wenn auch schwer. Ein wenig klang es in der Briefstelle an, wie sehr Reinhardt an Leopoldskron hing, welchen Verlust er erlitt. Merana nahm das schwere Buch auf, trug es hinüber zum Besprechungstisch, ließ sich auf der schmalen Couch nieder. Er las weiter in dem Buch. Sein Diensttelefon auf dem Schreibtisch läutete. Er hob ab. Es war der Empfang.

»Herr Kommissar, hier ist eine junge Dame, die möchte Sie sprechen.«

»Hat die junge Dame einen Namen?«

»Ja, sie heißt Julia Reinhard. Sie sagt, sie habe Ihnen etwas Wichtiges mitzuteilen. Es geht um das Verbrechen in Leopoldskron.«

»Gut, bringen Sie die junge Dame herauf.« Gleich darauf klopfte es.

»Kommen Sie bitte herein.« Die Tür wurde geöffnet. Die uniformierte Beamtin vom Eingangsbereich wies ins Büro. Die junge Frau zögerte. Sie war sichtlich nervös. Die Beamtin musste sie förmlich in den Raum bugsieren. Das Gesicht der Eintretenden kam ihm bekannt vor.

»Guten Abend.« Ihre Stimme klang belegt, sie räusperte sich. Gleich darauf klatschte sie sich gegen die Stirn. »Nicht räuspern«, zischte sie. Dann summte sie kurz. »Entschuldigen Sie, Herr Kommissar.« Nochmals ein kurzes Summen. Dann redete sie weiter. Leise, zitternd. »Vielleicht sollte ich besser ein anderes Mal ...« Er wies zum Besprechungstisch.

»Für mich passt das gut, Frau Reinhard. Nehmen Sie bitte Platz.« Schade, dass von Carolas Zaubertrank nichts mehr übrig ist, dachte er. Normales Wasser musste es auch tun. Er füllte ein Glas voll, stellte es der jungen Dame auf den Tisch.

»Danke, das ist sehr nett von Ihnen.«

Das Orchester! Jetzt wusste er, woher er das Gesicht kannte. Er erinnerte sich an die blöde Bemerkung des jungen Mannes mit dem Wuschelkopf. Der fragte, wie hoch denn die Belohnung wäre. Einige hatten gelacht, die meisten anderen fanden es peinlich. Und besonders diese junge Frau hatte empört reagiert.

»Welches Instrument spielten Sie im Streicherensemble beim Fest in Leopoldskron?«

Die junge Frau wirkte sichtlich überrascht. »Sie erinnern sich an mich?«

»Ja. Ihnen gefiel gar nicht, dass der Wuschelkopf angeben wollte.«

Sie wurde rot. »Ich spiele Viola.«

»Ich nehme an, Sie studieren hier an der Musikuniversität. Von wo kommen Sie?«

»Aus Göttingen.«

»Ich habe zwar manchmal mit Polizeikollegen aus Deutschland zu tun. Aber über Göttingen weiß ich leider gar nichts.«

Sie nahm einen Schluck Wasser. »Wir sind kleiner als Salzburg. Göttingen hat rund 117.000 Einwohner.« Ihre Stimme war fester geworden. Keine Spur von Unsicherheit war ihr mehr anzumerken. Gut, dachte Merana, das Eis ist gebrochen. Noch ein wenig Small Talk. Dann will ich erfahren, was mir die junge Frau zu erzählen hat.

»Wir sind eine bekannte Universitätsstadt. Die Georg-August-Universität ist die älteste Universität in unserem Bundesland. Wir Studenten und Studentinnen machen fast ein Fünftel der Bevölkerung aus. Musikuniversität gibt es leider keine in Göttingen. Aber ich wollte ohnehin den großen Sprung wagen. Und habe mich fürs berühmte *Mozarteum* in Salzburg beworben.«

»Seit wann sind Sie hier?«

»Seit gut fünf Monaten.«

»Fühlen Sie sich wohl in Salzburg?«

Sie nickte. Dann griff sie zum Glas, hielt es ihm hin. »Könnte ich noch etwas Wasser haben?« Er nahm das Glas. »Möchten Sie lieber etwas anderes? Ich kann Ihnen aus der Kantine einen Saft bringen lassen. Einen Tee, einen Kaffee ...«

Sie schüttelte den Kopf. »Nein, danke. Wasser passt sehr gut.« Er erhob sich, schenkte nach. Dann kam er langsam zurück.

»Sie teilten meinen Kolleginnen am Empfang mit, Sie möchten mir etwas Wichtiges mitteilen. Und das habe mit dem Vorfall in Leopoldskron zu tun.« Er stellte das Wasserglas ab, setzte sich. Ihre Souveränität schmolz dahin, wie er bemerkte. Ihre Augen flackerten unruhig.

»Sie wundern sich gewiss, Herr Kommissar, dass ich hier einfach so erscheine ... und dass ich nicht schon früher ... ich, meine ich, war mir, also ich bin mir ...« So würde das nichts. Er blickte sie an.

»Darf ich Ihnen einen Vorschlag machen, Frau Reinhard?« Sie hielt inne, zitterte leicht. »Ja, gerne. Wenn es Ihnen nicht ... ich will sagen ...« Er beugte sich vor. »Wir in unserem Ermittlungsteam halten regelmäßig Besprechungen ab. Dabei tauschen wir uns aus. Wir versuchen, Beobachtungen einzuordnen, Vorkommnisse abzuschätzen, Entdecktes zu beurteilen. Wir werten es nicht, wir geben es einfach wieder. Wir sind uns in den seltensten Fällen von vorneherein sicher, dass das, was wir sagen und meinen, tatsächlich stimmt. Aber wir haben uns angewöhnt, es dennoch anzuführen, auszusprechen.«

Sie nickte heftig mit dem Kopf. »Ja, aber ich möchte nicht, dass durch meine Aussage auf jemanden schlechtes Licht fällt, nur weil ich das …«

»Haben Sie etwas beobachtet?«

»Ja.« Ihre Stimme klang zaghaft.

»Sie ringen schon länger damit.«

Sie nickte.

»Aber jetzt sind Sie hier, Frau Reinhard. Das ist gut so. Zu beurteilen, ob das, was Sie beobachteten, für den Fall wichtig ist oder belanglos, das können Sie getrost mir überlassen.« Er lächelte sie aufmunternd an.

»Während der Pause des Festes …«, begann sie erst zögerlich, sprach dann aber weiter, »… unterhielten sich alle bestens gelaunt, vorwiegend auf der Hinterseite des Gebäudes. Ich fand Gefallen daran, ein wenig herumzustreifen. Auf der anderen Seite, also auf der Vorderseite des Schlosses, bemerkte ich etwas. Zwei Frauen standen abseits. Sie hatten eine Auseinandersetzung. Und das ziemlich heftig. Ich erschrak. Ich wandte mich wieder ab. Also keine Umkreisung des Schlosses, wie geplant, sondern schneller Rückzug.«

»Wer waren die beiden Frauen?«

»Obwohl mir eine der beiden den Rücken zuwandte, erkannte ich sie deutlich. Das war die Moderatorin, also Frau Trill.«

»Wer war die andere Frau?«

»Das weiß ich leider nicht.«

»Erinnern Sie sich, um welche Uhrzeit das war?«

»Bedauerlicherweise kann ich das nur schätzen. So um 21 Uhr. Vielleicht einige Minuten früher oder später.«

»Haben Sie mitbekommen, worum es bei der Auseinandersetzung ging?«

Sie schüttelte den Kopf. »Nicht so richtig. Ich habe mich sofort abgewandt. Ich bekam nur mit, dass Frau Trill etwas laut rief. Das klang wie ›Du fällst mir in den Rücken‹. Und dann hörte ich so etwas wie ›Eine bodenlose Sauerei‹ oder so ähnlich. Mehr hörte ich nicht, ich lief ja schnell weg.« Merana überlegte.

»Würden Sie die andere Frau wiedererkennen?«

»Ich denke schon. Doch wie gesagt, ich möchte nicht, dass meinetwegen jemand zu Unrecht …«

Ein wenig ging Merana das Herumgezicke doch langsam auf die Nerven. Aber er sagte nichts. Er durfte die junge Frau keinesfalls verschrecken. Er öffnete den digitalen Ermittlungsordner. Hier waren die Porträts von allen Beteiligten abgespeichert. Er gab »weiblich« ein. Die Auswahl umfasste 102 Personen. »Bitte, Frau Reinhard, nehmen Sie hier Platz.« Sie setzte sich neben ihn. »Wir klicken uns durch die Porträts. Lassen Sie sich ruhig Zeit.« Er öffnete das erste Bild. Sie schüttelte schnell den Kopf. »Nein.« Bei der zweiten und dritten Aufnahme wartete sie etwas länger, sagte dann aber ebenfalls »Nein.« Sie gingen die weiteren Bilder durch. Aufnahme um Aufnahme. Auch wenn er es erwartet, zumindest gehofft hatte, war er dann doch von ihrer heftigen Reaktion überrascht. »Das ist sie!«, rief Julia Reinhard, sprang auf, deutete auf den Monitor. »Da bin ich ganz sicher. Das ist die Frau, mit der Frau Trill die Auseinandersetzung hatte.« Merana schaute auf den Namen, obwohl er die Frau längst erkannt hatte. Vom Bildschirm blickte ihm Frida Glatt entgegen.

22

Er hatte Julia Reinhard einer Kollegin übergeben, damit die Aussage protokolliert werden konnte. Dann telefonierte er mit Carola, die bereits zu Hause war. Er fasste zusammen, was Julia Reinhard ihm berichtet hatte. »Alles klar, Martin. Ich kontaktiere umgehend unsere Kollegen. Vielleicht hat sich aus den Befragungen etwas ergeben, das diese Beobachtung stützt.«

Thomas Brunner war noch im Präsidium. Auch ihn informierte Merana.

»Wir werden das gesamte Videomaterial dahingehend durchchecken«, erklärte der Chef der Tatortgruppe. »Wir werden alle Stellen herausgreifen, an denen Frida Glatt im Bild ist.«

»Danke, Thomas.« Merana holte sich die Aussagen des TV-Teams auf den Bildschirm. Wer war mit wem innerhalb der fraglichen Zeit in Kontakt? Er verglich die einzelnen Berichte. Er ergänzte sie mit den Aussagen anderer Personen, die sich ebenfalls auf das TV-Team bezogen. Schließlich kam er zu einem Ergebnis. Frida Glatt war allen Aussagen zufolge nicht durchgehend von jemandem gesehen worden. Es ergaben sich einige Lücken. Das bedeutete, Frida Glatt hätte sich durchaus ungesehen aus dem Staub machen können, um Leona Trill auf die andere Seite des Parks ans Weiherufer zu folgen. Er suchte nach der Nummer des Anifer Hotels. Dann rief er an. Die freundliche Stimme einer Frau meldete sich.

»Ja, Herr Kommissar. Die Herrschaften vom Fernsehen sind derzeit anwesend. Herr Retzer und Herr Semmering haben vor etwa zehn Minuten die Hotelbar verlassen und müssten jetzt auf den Zimmern sein. Soll ich Sie mit jemandem verbinden?«

»Danke, nicht nötig. Und es bedarf auch keiner Erwähnung, dass ich angerufen habe.«

Für zwei Sekunden war es still in der Leitung. Dann hörte er wieder die Dame an der Rezeption. »Ich verstehe, Herr Kommissar. Ganz wie Sie möchten. Dann wünsche ich Ihnen einen schönen Abend.«

»Danke, gleichfalls.«

Die Bürotür ging auf. Brunner steckte den Kopf herein. »Brauchst du mich, Martin? Oder jemanden von meinen Leuten?«

Er stand auf. »Nein danke, Thomas. Ich fahre nach Anif. Alleine. Das genügt.«

Es war schon fast 23 Uhr, als er im Hotel eintraf.

»Guten Abend, Herr Kommissar.« Die Dame an der Rezeption wirkte nicht sonderlich überrascht, als er sich vorstellte und den Dienstausweis präsentierte. Sie vermittelte den Eindruck, als hätte sie mit seinem Auftauchen gerechnet.

»Frau Glatt hat Zimmer 205. Ich nehme an, ich soll Sie nicht anmelden.«

»So ist es.« Er wandte sich nach links, ging auf die Treppe zu. Verlass dich auf dein Gefühl, Martin. Er hatte sich drauf verlassen. Als er die Fernsehleute vernommen hatte, war ihm gleich vorgekommen, da wäre noch etwas. Irgendjemand in der Runde hielt bewusst etwas zurück. Er stieg schnell die Treppe hinauf. Gleich darauf stand er vor Nummer 205. Er klopfte.

»Ja bitte«, kam es von innen. Er öffnete die Tür. Sie saß an einem kleinen Tisch an der Wand. Sie hob den Kopf. Und erschrak.

»Herr Kommissar …?« Sie starrte ihn fassungslos an. »Ich dachte, es käme …«

»Entschuldigung bitte«, vernahm Merana hinter sich. Er wich aus, ließ einen jungen Mann im Kellnerdress passieren. »Ich bringe Ihnen den bestellten Abendtee, gnädige Frau.« Der Kellner stellte das Tablett auf den Tisch. »Dann wünsche ich noch einen guten Abend allseits.« Schon war der junge Mann wieder draußen. Sie starrte mit großen Augen auf den Kommissar. War das Angst in ihrem Blick oder nur Verwirrung? »Ich verstehe nicht …«

»Guten Abend, Frau Glatt. Es hat sich eine Frage ergeben ...« Rasch bewegte er sich weiter ins Zimmer. Er zog einen der freien Stühle heran, setzte sich.

»Welche Frage?« Ihre Stimme klang gefestigter. Sie schob das Tablett mit dem Tee zur Seite.

»Der Mord geschah am Abend. Noch in der Nacht vernahm ich das TV-Team. Sie waren mit dabei. Sie erinnern sich?«

Sie beäugte ihn prüfend. Abwartend. Misstrauisch. Dann nickte sie.

»Ich fragte damals, ob jemand von Ihnen in der Pause zwischen erstem und geplantem zweiten Teil näheren Kontakt mit Leona Trill hatte. Daraufhin meldete sich nur Pavel Kinski. Frau Trill habe ihn gebeten, ihr Champagner zu besorgen. Das war alles, was ich zu hören bekam.« Er ließ sie nicht aus den Augen. Die Betroffenheit, die deutlich zu spüren war, als er überraschend auftauchte, hatte sie längst geschickt im Griff. Konzentrierte Wachsamkeit erkannte er in ihrem Blick. Das Kinn erhoben. Die Schultern durchgestreckt. Die coole redaktionelle Mitarbeiterin eines professionell agierenden TV-Teams saß einem neugierigen Polizisten gegenüber.

»Ich möchte wissen ...«, seine Stimme wurde lauter. Er ließ sie nicht aus den Augen. »Und das ist meine Frage jetzt und hier: Warum sagten Sie nicht, dass Sie ebenfalls Kontakt mit Ihrer Kollegin hatten?«

Erstaunte sie seine Frage? Sie ließ sich jedenfalls nichts anmerken. Sie antwortete nicht gleich. Sie zog das Tablett näher, hob die Teetasse, nahm einen Schluck. Wollte sie Zeit gewinnen, um sich eine Erklärung auszudenken?

»Wie kommen Sie darauf?« Sie stellte die Tasse ab. »Es mag sein, dass ich in der Zeit mitten in dem Trubel mit Leona kurz ein paar Worte wechselte. Vielleicht hatte sie mir etwas mitgeteilt bezüglich der Fortsetzung unserer Produktion. Wenn, dann war es garantiert nichts Wichtiges. Eher belanglos. Sonst würde ich mich daran erinnern. Und dann hätte ich Ihnen das auch bei Ihrer Befragung im Schloss gesagt.«

»Blieben Sie immer an der Hinterseite des Schlosses? Dort, wo sich fast alle Gäste und die meisten der Beteiligten am Fest aufhielten?«

»Ich denke schon.«

»Sie denken falsch. Und das wissen Sie.« Er klang scharf, war lauter geworden. »Sie waren auf der anderen Seite des Schlosses. Sie wurden dabei beobachtet, wie Sie mit Frau Trill eine Auseinandersetzung hatten.«

»Wer sagt das?«

»Wir haben eine Zeugenaussage. Jemand hat Sie eindeutig dabei beobachtet.«

Diese Bemerkung setzte ihr zu. Das sah er. Aber sie versuchte, es sich nicht anmerken zu lassen. Die Haltung des Oberkörpers wurde straffer. Doch sie wich seinem Blick nicht aus. Im Gegenteil. Sie sah ihm direkt in die Augen. Hochkonzentriert. Geballte Vorsicht.

»Ach ja, jetzt, wo Sie es sagen, dämmert es mir. Wir trafen tatsächlich auf der Vorderseite des Schlosses zusammen. Eher zufällig, soweit ich mich erinnere. Ich wollte mir wohl kurz die Beine vertreten. Das war mir völlig entfallen.«

»Es gab Streit. Das ist Ihnen entfallen?«

Sie schaute nicht weg. Blieb fokussiert. Versuchte es nun mit einem Lachen. Es klang gekünstelt.

»Streit? Nein. Ganz sicher nicht. Leona hatte die Angewohnheit, schnell in Rage zu geraten. Auch wenn es um Kleinigkeiten ging. Streit war das keiner. Das hat Ihr Zeuge garantiert falsch eingeschätzt.«

»Worum ging es bei diesem, nennen wir es einmal, Wortwechsel?«

Sie griff erneut zur Tasse, versuchte, Zeit zu gewinnen.

»Moment, ich versuche, mich daran zu erinnern. Es ist in der Zwischenzeit so viel Schreckliches passiert. Da geht einem manch anderes durch den Kopf.« Sie trank, behielt die Tasse in der Hand.

»Jetzt bekomme ich es zusammen. Ich glaube, wir sprachen darüber, dass wir eventuell einige Tage in Salzburg anhängen könnten. Leona wollte das Thema ›Richtiges Reagieren in Krisenzeiten‹ ausweiten. Sie wollte Max Reinhardt und die Gründung des Salzburger Festspiele stärker mit einbringen.«

Diese Frau ist verdammt geschickt, dachte Merana. Sie hatte auf alle Fragen eine Antwort parat. Sie konnte sich immer damit herausreden, dass ihr wegen der schrecklichen Umstände das eine oder andere entfallen war. Natürlich hatte sie bewusst verschwiegen, dass sie mit Leona Trill eine heftige Auseinandersetzung hatte. Davon war Merana felsenfest überzeugt. Aber die Tatsache, dass sie bewusst eine Falschaussage machte, war ihr nicht zu beweisen. Er könnte nachhaken. »Du fällst mir in den Rücken«, was hieß das? Doch auch dazu würde ihr wohl schnell eine geschickt erfundene Erklärung einfallen. Er fühlte, wie der

Grimm in ihm hochstieg. Wir müssen Frida Glatt mehr nachweisen. Das war Merana klar. Vielleicht brachte die Durchsicht der Videoaufnahmen etwas. Vielleicht war neben Julia Reinhard ein weiterer Zeuge für die Auseinandersetzung zu finden. Vielleicht konnten sie beweisen, dass Frida Glatt ihrer Kollegin durch den Park gefolgt war.
»Wie lange bleibt Ihr Team in Salzburg?«
»Bis morgen. Wir reisen am Nachmittag ab.«
»Welche Zimmernummer hat Herr Retzer?«
»208.«
»Danke.«
Er stand auf. Dann verließ er das Zimmer.

Während er heimfuhr, dachte er an Retzers verblüffte Reaktion. Auch der war höchst erstaunt gewesen, mit einem Mal den Kommissar vor sich stehen zu sehen. Merana hatte angeführt, es hätten sich unvorhergesehen neue Ermittlungsnotwendigkeiten ergeben. Nähere Erklärung hatte er keine vorgebracht. Er hatte ihm nur mitgeteilt, dass er mit seinen Leuten nicht so schnell aus Salzburg abreisen könnte. Der richterliche Bescheid würde der Truppe morgen Vormittag zugestellt. Falls Gudrun Taubner es überhaupt schaffte, bei der schwachen Ausgangslage den Richter zu einem solchen Schritt zu bewegen. Das hatte er selbstverständlich nicht gesagt, nur flehentlich gedacht. Von Anif bis zu seiner Wohnung in Aigen war es nicht weit.

VIERTER TAG: FREITAG

23

In der Früh rief er die Staatsanwältin an. Er schilderte ihr seine Begegnung mit Frida Glatt. Er erläuterte, in welche Richtung sich der Fall zu entwickeln schien.

»Ich verstehe dein Anliegen, Martin. Aber was du gegen die Frau vorzubringen hast, ist äußerst dünn. Ich gehe mit dir konform, dass Frau Glatt etwas zu verbergen hat. Andernfalls hätte sie wohl von selbst ausgesagt, dass sie eine Auseinandersetzung mit dem Opfer hatte. Du hast nur die Aussage einer einzigen Zeugin. Und die drehte gleich wieder um, bekam kaum etwas mit.«

»Ich weiß, Gudrun. Versuchst du es trotzdem?«

»Dem Richter nahezulegen, dass er dafür sorgen soll, ein deutsches TV-Team von der Abreise abzuhalten, ist bei der Indizienlage ein fast aussichtsloses Unterfangen. Ich fürchte, ich werde wenig ausrichten. Aber versuchen werde ich es trotzdem.«

»Danke, Gudrun.«

Die Besprechung mit dem Ermittlerteam war für 9.30 Uhr vereinbart. Er hätte die Besprechung gerne früher angesetzt. Doch Thomas Brunner war bis 9.30 Uhr verhindert. Den Chef der Tatortgruppe wollte Merana aber unbedingt dabeihaben.

Merana war um 8 Uhr im Präsidium, erledigte dringenden Bürokram. Die Chefinspektorin und Merana trafen schon vor den anderen im großen Sitzungszimmer ein. Die erweiterte Gruppe umfasste inzwischen 15 Personen. Dieses Mal kamen alle zur Sitzung. Carola hatte das organisiert. Merana berichtete kurz das Wesentliche von seiner Unterredung mit Frida Glatt, schilderte seine Begegnung mit der Violaspielerin und deren Beobachtung.

»Wie steht es um die Auswertung der Videoaufnahmen?«, fragte er Thomas Brunner.

»Wir sind mit dem Material, das wir vom Fernsehteam bekommen haben, fast durch. Eindeutig Schlüssiges hat sich bei der erneuten Durchsicht nicht ergeben. Allerdings checkten wir die Aufnahmen dieses Mal unter einer anderen Voraussetzung. Aus diesem neuen Gesichtspunkt sind zumindest zwei Stellen nicht uninteressant.« Brunner aktivierte den großen Monitor an der Wand. »Die Bilder stammen von den Aufnahmen, die Kamerafrau Elaine Mara in der Pause zwischen den beiden Fernsehproduktionsteilen machte. Dabei ging es in erster Linie darum, zu zeigen, wie die Leute dem festlichen Treiben in diesem Ambiente huldigten. Wie sie sich miteinander unterhielten, flanierten, Speisen und Getränke genossen. Zum Glück für uns hat Elaine Mara viel aufgenommen. Weitaus mehr, als für den Nachbericht benötigt wurde. Doch sehr viel mehr aufzunehmen, ist üblich. Kamerafrau Mara hat oft den Standpunkt gewechselt, neue Perspektiven gewählt, versucht, möglichst viel ins Bild zu bekommen.

Deshalb kann ich euch zwei Begebenheiten zeigen, die den Beteiligten im festlichen Treiben vermutlich gar nicht auffielen. Auch der Kamerafrau ging es bei den Aufnahmen um anderes.« Er nahm sein Tablet auf, wischte über den Screen. Auf dem Monitor startete das Video. Eine Figur war in Großaufnahme zu sehen. Aus Stein. Leicht verwittert. Ein gnomartiger Kauz mit Hut. Er trug etwas auf der rechten Schulter. Mit dem rechten Bein kniete er auf einem rundlichen Behälter. Das war offenbar ein kleines Weinfass. Die Kamera zog auf. Dadurch kam ein größerer Ausschnitt der Umgebung ins Bild. Ein Teil der Schlossterrasse war zu erkennen. Auf der obersten Stufe der steinernen Terrassentreppe standen zwei Leute. Eine rothaarige Frau im Sommerkleid. Ein Mann im blauen Anzug. Er hatte den Arm um die Schultern der Rothaarigen gelegt. Beide lachten. Sie prosteten dem steinernen Gnom, der auf dem Weinfass kniete, mit ihren gut gefüllten Gläsern zu. Die Kamera zog weiter auf. Ein größerer Ausschnitt der Terrasse war zu sehen. Jetzt schwenkte die Kamera nach rechts. Das Gartenparterre kam ins Bild. Überall waren Leute, gut gelaunte Festgäste. Die Kamera zog noch mehr auf, schwenkte langsam weiter. Nun war der Weiher im Hintergrund zu sehen. Die Kamera verdichtete. Das Bild wurde enger. Die Kamera hielt auf die beiden steinernen Seepferdchen zu. Dann brach die Aufnahme ab. Brunner blickte zuerst zum Kommissar. Dann zu den anderen.

»Ist jemandem etwas aufgefallen?« Schulterzucken. Gemurmel.

»Ja.« Es war Robert Fülls, der sich meldete. Der Revierinspektor war aus dem EB4, Wirtschaftskriminalität,

Meranas Team zugeteilt worden. »Die Rothaarige hatte eindeutig Fisch auf ihrem Teller. Sardinen, wenn ich mich nicht täusche.« Er grinste. Seine Bemerkung war offensichtlich nicht allzu ernst zu nehmen. »Beim Zuprosten erkennt man den Wein im Glas. Rotwein zu Fisch? Darf man das?«

Einige lachten. »Danke, Kollege Fülls«, übernahm Brunner. »Ist jemandem, abgesehen von diesem potenziellen Regelverstoß gegen etikettierte Esskultur, sonst etwas aufgefallen?« Merana hatte sich voll auf das Gezeigte konzentriert. Aber auch ihm war nichts auffällig erschienen.

»Wenn die Kamera beim Schwenk über das Gartenparterre die Totale erfasst, sind an die 40 Leute im Bild. Viele stehen dicht gedrängt. Da ist es schwer zu sehen. Aber ich wollte, dass alle denselben Eindruck bekommen. Es herrschte fröhliches Treiben bei diesem Fest, gerade in der Pause. Man hat es an der Lautstärke der Unterhaltungen und dem vielen Lachen gehört. Es muss einen nicht wundern, dass bei der Befragung der Beteiligten so wenig herauskam. Man war ringsum mit anderen Dingen beschäftigt, als zu beobachten, was bestimmte Personen möglicherweise unternahmen.« Er wischte über das Tablet. »Ich zeige euch nun erneut einen Teil des Schwenks. Dieses Mal verlangsamt. Zusätzlich haben wir das Material bearbeitet. Der Ausschnitt, den ich meine, wurde vergrößert.« Er tippte auf den Screen. Ein Teil des Gartenparterres war zu sehen. Wesentlich größer als zuvor. Eine Gruppe von Leuten war zu erkennen. Eine Frau bewegte sich durchs Bild. Die Vergrößerung wuchs an. Die Frau war Leona Trill. Man konnte es gut ausmachen. Eine andere Frau berührte sie, wollte sie offenbar aufhalten. Das war Frida Glatt. Doch Trill zuckte unwirsch ablehnend mit dem Kopf, eilte weiter. Dann war sie aus dem Bild. Glatt schaute ihr nach. Dann war auch sie aus dem Bild, denn die Kamera war weitergeschwenkt. »Das ist die eine Stelle, die wir ausmachen konnten. Ihr habt die mitlaufende Zeit gesehen. Es ist 20.34 Uhr.« Brunner tippte wieder aufs Tablet. »Jetzt die zweite Szene. Fast eine halbe Stunde später. Exakt um 21.03 Uhr. Diesen Ausschnitt zeige ich euch gleich in der Bearbeitung.« Alle blickten zum Monitor. Brunner startete die Aufnahme. »Dieses Mal ist es ein Ausschnitt aus einer Totalen. Bei einem Schwenk könnte man vermutlich gar nicht mitbekommen, was hier passiert.« Wieder war Leona Trill zu erkennen. Von hinten. Sie bahnte sich einen Weg durch die Umstehenden. Einige nickten ihr grüßend zu. Die Moderatorin ging weiter, verschwand aus dem Bild. Wenige Sekunden später kam eine weitere Frau von rechts ins Bild. Auch sie ging an den Umstehenden vorbei. Offensichtlich folgte sie Trill. Sie verschwand an derselben Stelle aus dem Bild wie davor die Moderatorin. Auch die Trill nachfolgende Frau war durch die Vergrößerung gut auszumachen. Es handelte sich wieder um Frida Glatt.

»Danke, Thomas.« Merana stand auf, ging nach vorne, stellte sich an die Stirnwand des Raumes. »Hervorragende Arbeit, die du mit deinen Technikern leistest. Lasst uns kurz die beiden Szenen interpretieren. Szene 1. Versuch einer Kontaktaufnahme. Doch die Moderatorin wehrte den Wunsch ziemlich unwirsch ab. Sie ließ Frida Glatt einfach stehen.«

»Das kann bedeuten. Erstens: Es besteht ein grundsätzlich schwieriges Verhältnis zwischen diesen Frauen. Die beiden sind im selben Team. Dennoch schätzt die Moderatorin ihre untergebene Mitarbeiterin nicht sehr. Sonst würde sie wohl stehen bleiben.« Es war Inspektorin Tamara Kelinic, die diese Interpretation vorbrachte. »Oder zweitens: Es gibt darüber hinaus eine problematische Situation. Es ist etwas passiert, das Leona Trill zu dieser Reaktion veranlasste.«

Merana schätzte die präzise Art der jungen Kollegin. Er, Carola und Otmar Braunberger waren schon während des Praktikums von der Einsatzbereitschaft und der Intelligenz der jungen Beamtin sehr angetan gewesen. Sie hatten sich dafür eingesetzt, Tamara Kelinic eine umfangreiche Ausbildung zu ermöglichen.

»Also erstens stimmt ziemlich sicher. Es bestand ein schwieriges Verhältnis. Das weiß ich von Jutta Ploch. Trill schätzte ihre Mitarbeiterin Glatt nicht besonders«, setzte Merana fort. »Dass im Zeitraum davor etwas passiert war, halte ich auch für sehr wahrscheinlich.«

»Martin, hat dir die Violaspielerin eine genaue Zeit angegeben, wann sie die Auseinandersetzung zwischen den beiden Frauen beobachtete?« Die Frage kam von Balthasar Steiner, eigentlich Ermittler in der Abteilung für Betrug.

»Leider wusste sie keinen exakten Zeitpunkt mehr. So um 21 Uhr, meinte sie. Es könnte aber auch Minuten davor oder danach gewesen sein.«

»Kurz nach 21 Uhr geht Frida Glatt der Moderatorin hinterher.«

Brunner wischte über sein Tablet. Der Ausschnitt auf dem Monitor wurde kurz zurückgespielt. 21.03 Uhr war eingeblendet.

»Wenn die Violaspielerin«, sprach Steiner weiter, »also die Zeugin Reinhard, nicht die genaue Uhrzeit ihrer Beobachtung angeben kann, dann könnten wir aus dieser Szene zwei Schlussfolgerungen ziehen. Du verstehst, was ich meine, Martin ...«

»Exakt, Balthasar.« Merana deutete nach oben und wies auf den großen Monitor. »Frida Glatt geht Leona Trill hinterher. Es könnte gleich danach auf der Vorderseite des Schlosses zu der Begegnung kommen, die Julia Reinhard mitbekam. Oder die Auseinandersetzung ist vorbei. Sie geschah wenige Minuten davor. Und wir sehen Leona Trill, die sich auf den Weg zur Weiherstelle auf der anderen Seite des Parks begibt ...«

»Und wir sehen auch, dass Frida Glatt ihr folgt«, setzte Steiner die Schlussfolgerung fort.

»Ja, so könnte man es deuten«, bestätigte Merana.

»Wir wissen viel zu wenig«, warf eine Beamtin aus der Gruppe ein.

»Deshalb heißt es, intensiv weiterermitteln.« Merana kehrte an seinen Platz zurück. »Ich will alles über Frida Glatt wissen. Wie lange ist sie im Unternehmen? Was machte sie davor? Wie war ihr Verhältnis zu Leona Trill? Stand vielleicht tatsächlich eine Kündigung im Raum, wie Jutta gemeint hat? Wir werden die Mitglieder der TV-Gruppe ausführlich in die Mangel nehmen. Es ist auch wichtig, andere Quellen zu finden, außerhalb des Teams. Vielleicht ergeben sich dort Motive. Die exakten Aufgaben verteilen wir später. Darum wird sich die Chefinspektorin kümmern. Jetzt will ich wissen, was sich aus euren Ermittlungen seit dem letzten Meeting ergab.«

»Ich habe Wichtiges herausgefunden.« Tamara Kelinic hob die Hand.

»Bitte, Frau Kollegin«, forderte Merana sie auf. Auch die junge Inspektorin hielt ein Tablet in der Hand. Sie tippte darauf.

»Thomas, ich habe dir eben drei Bilder geschickt. Zeig uns bitte das erste.«

Auf dem Monitor erschien ein Gebäude. Ein großer in die Länge gezogener heller Quader.

»Das ist das *City Center Hotel Duisburg*. In Duisburg fand der Kongress zum Thema ›Energien und Ressourcenschonung‹ statt, organisatorisch betreut von *Respuesta*, dem Beratungsunternehmen von Flynn Franklin. Der Kongress dauerte vier Tage. Flynn Franklin war während der gesamten Veranstaltung Gast in diesem Hotel, so wie die meisten Kongressteilnehmer. Leona Trill interessierte sich für dieses Ereignis. Sie waren ebenfalls Gast im *City Center Hotel*. Für zwei Nächte. Die zweite Nacht verbrachte sie allerdings nicht in ihrem Zimmer, sondern in dem von Flynn Franklin. Das weiß ich deshalb …« Sie gab Brunner ein Zeichen. Auf dem Monitor erschien das nächste Bild. Es zeigte eine lachende junge Frau neben einem bunten Fahrrad.

»… weil ich beim Recherchieren Inka kennenlernte. Uns verbinden einige Hobbys. Radausflüge zum Beispiel. Stofftiere sammeln. Wir mögen dieselben Popbands. Wir verstanden uns von Anfang an sehr gut. Inka hat mich sogar nach Duisburg eingeladen. Sie ist eine aufmerksame Beobachterin. Sie war sehr angetan, dass die berühmte Moderatorin von *Veritas! Now!* in ihrem Hotel zu Gast war. Auch an Flynn Franklin konnte sie sich gut erinnern.« Sie gab Brunner ein Zeichen. Das nächste Bild wurde am Monitor sichtbar. Es zeigte ein Gebäude im Stil eines Fachwerkhauses.

»Das ist das *Romantikhotel Alt Neckar* in Hirschhorn. Dort verbrachte ein Paar gemeinsame drei Tage. Identifiziert als Flynn Franklin und Leona Trill. Das war vor genau drei Monaten und zwölf Tagen.«

Da war also doch mehr zwischen den beiden als nur Kooperation auf beruflicher Ebene. Merana hatte es nicht nur geahnt, er war davon überzeugt gewesen. Nun lieferte Inspektorin Kelinic die Bestätigung.

»Wie hast du das mit dem Hotel in Hirschhorn herausgefunden, Tamara?«, fragte Siegfried Ternitz erstaunt.

»Ganz einfach. Ich dachte, wenn Herr Franklin schon einmal nicht die Wahrheit sagte, dann haben die beiden sich vielleicht noch öfter getroffen. Ich setzte mich mit der TV-Station in Verbindung und stellte mich als ermittelnde Beamtin der Salzburger Kriminalpolizei vor. Dass wir den Mord an ihrer Mitarbeiterin untersuchen, war bekannt. Der leitende Redakteur, mit dem ich sprach, bot an, jede Hilfe zu ermöglichen. Ich brachte vor, wir sollten im Zuge dieser Arbeit über möglichst alle Aktivitäten von Frau Trill aus den vergangenen sechs Monaten Bescheid wissen. Zu den redaktionellen Tätigkeiten hätten wir schon einen guten Überblick. Wir wollten uns aber auch mit ihren vielen Fahrten beschäftigen. Oft ergäben sich wichtige Hinweise aus Bereichen, die man vorher gar nicht einbezogen hatte. Da stimmte er mir zu. Ich sagte, genaue Routen und eine Auflistung der Hotels wären wichtig. Da gäbe es sicher Reiseabrechnungen. Daraufhin sprach der leitende Redakteur mit der Buchhaltung und verband mich. Auch die waren gleich kooperativ. Die Liste war lang. Doch schließlich stieß ich auf das Haus in Hirschhorn. Zu der Zeit hatte Leona Trill recherchierend vor allem in Heidelberg zu tun. *Alt Neckar* war das einzige Romantikhotel in der Aufzählung. Ich schickte ihnen per Mail ein Foto von Franklin. Treffer. Sie waren zu zweit dort. Die Hotelrechnung hat übrigens Trill bezahlt, nicht er.«

»Respekt, Frau Kollegin.« Siegfried Ternitz begann, in die Hände zu klatschen. Einige andere stimmten in den Applaus mit ein. Wusste Franklins Ehefrau, dass ihr Mann sie betrog, fragte sich Merana. Er hatte nicht nur einmal festgestellt, dass Kalea Franklin ihren Mann mit abschätzigen Blicken bedachte.

»Ich schließe mich dem Lob an, Inspektorin Kelinic. Sehr gute Arbeit.« Er warf einen Blick zu Carola. Die lächelte, nickte ihm zu. Immerhin war es ihre Idee gewesen, Tamara Kelinic auf diese Spur anzusetzen.

»Wir konzentrieren uns in erster Linie auf Frida Glatt. Und wir wollen zugleich nicht außer Acht lassen, dass Kalea Franklin ein mögliches Motiv hätte. Eifersucht. Zu klären gilt, inwieweit sie über das Verhältnis ihres Ehemannes zu Leona Trill Bescheid wusste.«

Er fragte, ob noch jemand etwas vorzubringen hätte. Keiner meldete sich. Sie besprachen die nächsten Ermittlungsschritte und verteilten die Aufgaben. Dann war die Sitzung zu Ende.

24

Auf dem Rückweg ins Büro vibrierte sein Handy. Es war Gudrun Taubner.

»Hallo, Martin. Hast du irgendwo eine Wunderlampe herumstehen?«

»Nicht, dass ich wüsste.«

»Manchmal komme ich mir vor wie Aladins Dschinn. Der Herr Kommissar äußert die unmöglichsten Wünsche und siehe da: Wunderlampengeist Dschinn-Taubner kann sie tatsächlich erfüllen. Der zuständige Richter ist Max Neubrühl. Mit dem kann ich gut. Er ist im selben Serviceklub wie mein Mann. Das hilft. Ich mail dir gleich die Anordnung und den Beschluss. Das deutsche TV-Team darf heute nicht abreisen. Der Beschluss gilt für die nächsten 48 Stunden.«

»Danke. Mir war schon immer klar, dass der hilfreiche Geist aus der Wunderlampe falsch dargestellt wird.

Er heißt nicht Dschinn, sondern Gudrun. Und er ist in jedem Fall weiblich.«

Er vernahm ihr Lachen, dann beendete er das Gespräch. Zurück im Büro machte er sich Notizen zum eben beendeten Meeting und hatte mit Carola vereinbart, dass er sich selbst um Flynn Franklin kümmern würde. Was würde der Leiter der Session von *Salzburg Global* vorbringen, wenn er ihn damit konfrontierte, was Tamara Kelinic herausfand? Doch zunächst galt es, an Frida Glatt dranzubleiben.

Jutta Ploch hatte erwähnt, sie habe mitbekommen, dass Leona Trill Frida Glatt nicht gut leiden konnte. Dass sie vorhatte, sich von ihr zu trennen. Nun war Trill tot und Frida Glatt noch im Team. Nicht nur das. Sie hatte sogar Trills Stelle als Moderatorin eingenommen. Sie hatte also durchaus ein Motiv, die lästige Vorgesetzte loszuwerden, um sich beruflich zu verbessern. »Du fällst mir in den Rücken!« Worauf konnte sich das beziehen? Falls wirklich etwas dran war, dass Glatt von Trill nach der Sendung in Leopoldskron abserviert worden wäre, dann müsste doch eher Glatt so etwas sagen, nicht Trill. Doch es war ohnehin nur eine persönliche Vermutung von Jutta. Wie zuverlässig war die Zeugin Julia Reinhard? Hatte sie sich verhört und verwechselt, von wem der Ausspruch kam? Es wurde Zeit, das herauszufinden. Er schaltete den PC aus und holte den Dienstwagen aus der Tiefgarage.

Etwa 20 Minuten später erwarteten ihn die Fernsehleute in einem Seminarraum des Hotels. Er hatte Retzer sein Vorhaben am Telefon angekündigt.

»Alle?«

»Ja, ich will Sie alle vernehmen. Und zwar zusammen.«
Über den richterlichen Beschluss hatte er ihn ebenfalls in Kenntnis gesetzt. Die Stimmung war entsprechend angespannt.

»Was soll das, Herr Kommissar? Wie kommen Sie dazu, uns nicht abreisen zu lassen?«

»Ich stelle die Fragen, Herr Retzer. Von Ihnen erwarte ich präzise Antworten. Von allen. Wahrheitsgetreu.« Retzer wollte protestieren. Doch Meranas energische Handbewegung ließ ihn verstummen. Er musterte die Anwesenden. Fast alle wirkten übel gelaunt. Sie saßen auf Stühlen, angeordnet im Halbkreis. Frida Glatt saß rechts außen. Er wollte sich nicht lange mit Erklärungen aufhalten. Besser war es, schnell auf den Punkt zu kommen.

»Bei meiner ersten Vernehmung fragte ich Sie alle, ob jemand in der Pause zwischen erstem und geplantem zweiten Teil näheren Kontakt mit Leona Trill hatte. Herr Kinski gab an, er sei von Frau Trill gebeten worden, Champagner zu besorgen.«

»Ja, das habe ich.« Der Tonassistent schnappte aufgeregt nach Luft, als er das bestätigte. »Und das stimmt exakt so, wie ich es vortrug.«

»Daran ist nicht zu zweifeln. Außer Herrn Kinski sagte keiner von Ihnen etwas.« Er schaute Frida Glatt nicht direkt an, sondern bemerkte ihre Unruhe auch so. Jetzt hob er die Hand, wies mit dem Finger auf sie, blickte aber weiterhin nur auf die anderen.

»Vor allem sagte Frau Glatt nicht, dass sie im fraglichen Zeitraum eine intensive Begegnung mit der Kollegin hatte. Dafür haben wir die Aussage einer Zeugin. Frau Trill und

Frau Glatt führten eine heftige Auseinandersetzung. Sie hatten Streit.«

»Wie? Frida …?« Die anderen schauten perplex zu ihrer Kollegin. Offensichtlich hatte die Journalistin das Team nicht über den Inhalt der Vernehmung von gestern Abend informiert.

»Das stimmt so nicht«, fauchte Glatt in Richtung Merana. »Das erklärte ich Ihnen schon gestern. Ich hatte es einfach vergessen, weil an diesem Abend so viel passierte. Der Zeugin mochte die Begegnung vielleicht heftig erschienen sein, aber wir hatten keinen Streit.« Sie wandte sich an die anderen. »Bestätigt bitte dem Polizisten, dass Leona schon wegen Kleinigkeiten schnell in Rage kam und der Umgang mit ihr oft heftiger aussah, als er tatsächlich war.«

»Ja«, rief Elena Hauk mit aufgeregter Stimme. Sie saß links außen auf der anderen Seite des Halbkreises. »Leona war so. Sie konnte wegen Nichtigkeiten förmlich explodieren. Und wenn Leona nicht in Magnus einen hervorragenden Regisseur … Ich meine, wenn ihr nicht von Magnus immer wieder … also … was ich sagen will: Wir können das bestätigen.« Merana schaute auf die anderen. Hauk hatte zwar in der Wir-Form gesprochen. Aber er hatte nicht den Eindruck, dass alle darin übereinstimmten. Die Kamerafrau blickte zu Boden. Kai Semmering schüttelte leicht abschätzig den Kopf.

»Ob sehr oder weniger heftig. Lassen wir das vorerst dahingestellt. Für mich stellt sich die Frage, warum Frau Glatt diese Begegnung der Polizei gegenüber nicht zugab.«

»He, was soll das?« Sie klang aufgedreht. Es nervte sie sichtlich, dass Merana nicht direkt mit ihr sprach, obwohl es um sie ging. »Ich sagte Ihnen gestern schon, das war keine Absicht. Ich habe schlicht und einfach nicht daran gedacht. Es ist an dem Abend so viel Furchtbares passiert.«

Heftiges Aufschluchzen kam von links. »Ja, das stimmt.« Elena Hauk kämpfte mit den Tränen. »Es war alles ungeheuerlich.« Merana beachtete sie nicht. Er beschloss, Juttas mögliches Szenario ins Spiel zu bringen. Selbst wenn das nur eine persönliche Einschätzung von Jutta war, für die es keinen Anhaltspunkt gab. Vielleicht lohnte es sich, einen Versuchsballon zu starten. Er war gespannt auf die Reaktionen.

»Wie ich aus gut informierter Quelle weiß«, und ein wenig Übertreibung konnte auch nicht schaden, »beabsichtigte Frau Trill, die Mitarbeiterin Frida Glatt nach der Sendung in Leopoldskron zu kündigen.«

»Wo haben Sie denn das her?«, kam es höhnisch von rechts. »Das höre ich zum ersten Mal.« Merana blickte die Journalistin weiterhin nicht an. Er wandte sich an Retzer, der sich in der Mitte platziert hatte. »Wenn ich es richtig verstanden habe, dann sind Sie Redaktionsleiter, hauptverantwortlicher Regisseur und Produzent für die Sendung *Veritas! Now!*. Hat Frau Trill mit Ihnen darüber gesprochen, dass sie vorhatte, Frau Glatt aus der Sendung zu werfen?«

»Nein, das hatte sie nicht. Zudem hätte Leona zu einer derartigen Vorgangsweise nicht einmal die Berechtigung besessen. Was in der Sendung passiert, wer in Redaktion und Produktionsteam für das Magazin arbeitet, das entscheide einzig und allein ich.«

»Ja, das stimmt«, meldete sich Pavel Kinski. »Leona war Moderatorin, nicht Chefin.«

»Sie spielte sich aber meist so auf«, kam es von links außen. »Dabei hat einzig und allein Magnus das Recht, Entscheidungen ...« Merana beachtete sie weiterhin nicht. Jetzt kam die nächste Frage. Er würde sie an Kinski richten. Der war nicht dafür zuständig, das war ihm bewusst. Doch vielleicht provozierte gerade das bestimmte Reaktionen der anderen.

»Wie ich gestern mitbekam, übernimmt Frau Glatt die Moderation. Ist das im Sinne von Frau Trill?«

»Äh ...« Kinski reagierte verwirrt, wusste nicht, was er sagen sollte. »Ich denke schon. Leona hätte das wohl ...« Schnell fasste er sich. »Und das ist ganz im Sinne des Senders.«

»Entscheidungen treffe ich«, meldete sich Retzer. »Ob etwas im Sinne von Leona ist oder nicht, spielt keine Rolle ...«

»Es reicht!« Endlich ein Zwischenruf. Lautstark. Der Chefkameramann war aufgesprungen. Merana nahm es mit Genugtuung wahr. Er hatte eine aufgebrachte Reaktion erhofft. Dass sie von Semmering kam, wunderte ihn nicht. »Ich lasse es nicht zu, dass ihr hier anfangt, Leonas Bild zu demontieren. Es ist verachtenswerter Unsinn.« Er drehte sich abrupt nach links, wo Hauk saß. »Was soll das heißen, Elena, Leona spielte sich als Chefin auf? Sie war es.« Mit der Hand wehrte er Retzer ab, der etwas einwerfen wollte. »Das weißt du ganz genau, Magnus. Ich schätze dich in deiner Regiearbeit. Auch Leona schätzte dich als Regisseur. Andernfalls wärst du diese Funktion längst los, und sie hätte sich einen neuen gesucht. Aber das war auch schon alles, was dich betrifft. Bestimmender Redaktionsleiter, hauptverantwortlicher Produzent. Vergiss es. Leona war das Zentrum unseres Magazins. Und nur sie. Sie war das Herz, das Hirn, der Motor, die Seele, die Baumeisterin, die einzigartig erfolgreiche Vermittlerin der Sendung. Sie war schlichtweg alles.« Jetzt stach sein Zeigefinger auf Kinski zu. »Du bist gut in deiner Ton- und Lichtarbeit. Deshalb hat sie dich im Team belassen. Ich kann nachvollziehen, Pavel, dass du schon die Nase danach ausrichtest, woher der neue Wind wohl wehen wird. Wir haben deine Äußerungen mitbekommen. Du musst immerhin noch über 30 Jahre deinen Job verteidigen. Ich muss das nicht mehr, sondern haue in drei Monaten in die Pension ab. Ich kann sagen, was ich will.« Er schnellte herum, fixierte Glatt. »Und dir sage ich, Frida, was dir ohnehin bekannt ist. An Leonas Niveau auch nur irgendwie heranzureichen, dazu bist du nicht in der Lage. Sie war von deiner Arbeit nicht sehr angetan. Das war offensichtlich. Zu wenig Engagement. Zu wenig Witterung eines echten journalistischen Spürhundes. Wenn sie vorgehabt hätte, dich aus der Sendung zu werfen, dann hätte sie das alleine entschieden. Und nur sie.« Er wandte sich Retzer zu. »Und dir hätte sie allenfalls das Ergebnis präsentiert, mehr aber nicht. Irgendwelche Planstellen, wer was zu sagen hat, interessierten sie nicht. Sie bestimmte, wo es langging. Und sie bestimmte, wer infrage kam, mit ihr zu arbeiten. Leonas Qualität war einzigartig. Der Sender ließ sie völlig frei gewähren. Denn sie brachte Erfolg. Wir sind alle nur besseres Mittelmaß. Mich eingeschlossen. Nicht schlecht, aber Mittelmaß. Sie war genial. Wir hatten das Glück, mit ihr zu arbeiten, uns von ihr inspirieren zu lassen, besser in unserem Schaffen zu werden. Und ich bin offenbar der Einzige, dem Leona tatsächlich fehlt. Ich trauere um sie. Dass sie nicht mehr da ist, ist ein schrecklicher Verlust.«

Für einen Moment war es still im Raum. Glatt schickte sich an, etwas zu sagen. Merana wollte schneller sein. »Du fällst mir in den Rücken. Eine bodenlose Sauerei.« Zum ersten Mal blickte er Glatt direkt an. »Das warf Ihnen Leona Trill in der Auseinandersetzung vor. Was meinte sie damit?« Sie starrte ihn an. »Wieder so ein Unsinn«, blaffte sie. »Stellen Sie mich Ihrer Zeugin gegenüber. Die möchte ich kennenlernen. Ich weiß nicht, was die sich einbildet, gehört zu haben.«

Er drehte sich zu den übrigen. »Was könnte Leona Trill damit gemeint haben?«

Alle schauten ihn an. Verwirrung. Betroffenheit. Verärgerung. Sein Handy vibrierte. Er zog es halb aus der Sakkotasche. Jutta Ploch versuchte, ihn anzurufen. Vielleicht war Jutta noch etwas zu Leona Trill eingefallen. Das könnte ihm bei der Unterredung hilfreich sein.

»Ich bin in einer Minute zurück.« Er wandte sich um, verließ den Seminarraum.

Draußen am Flur nahm er das Gespräch an.

»Hallo, Martin, ich habe Neuigkeiten für dich.«

»Hoffentlich Neuigkeiten zu Leona Trill. Das könnte ich gut gebrauchen. Ich bin gerade im Clinch mit den Fernsehleuten.«

»Ob dir das im Scharmützel mit den Fernsehleuten hilft, weiß ich nicht. Neuigkeiten zu Leona habe ich. Und du kannst schon den Hammer für das Sparschwein in Griffweite ablegen. Vierhaubenlokal. Sechsgängiges Menü.«

»Ich bin bereit. Was hast du?«

»Du wolltest, dass ich mich über Olivier Belk schlaumache. Belk. Das war nicht leicht. Ich musste einige meiner Quellen anzapfen. Nichts, was ich dir sage, ist offiziell. Aber du weißt: Das Gerücht ist meist so nah an der Wahrheit wie der Duft am Braten.«

»Von dir?«

»Nein, vom deutschen Aphoristiker Erwin Koch.«

»Dann lass es duften.«

»Olivier Belk ist Doppelstaatsbürger. Französische Mutter. Vater aus Österreich. Studierter Chemiker. Er ist EU-Berater und unterrichtet politisch Verantwortliche und Entscheidungsträger unter anderem in der Frage, wann steigen wir aus den fossilen Brennstoffen aus, weshalb er an der jüngsten UN-Klimakonferenz teilnahm. Und jetzt kommt das Gerücht, das meine Quelle als Wahrheit einstuft: Belk hat sich von einigen Erdölleuten schmieren lassen.«

»Was? Ein von der Erdöllobby geschmierter Wissenschaftler berät namhafte Stellen der EU und hängt sich nach außen den Unschuldsmantel um?«

»Warum nicht? Vielleicht dachte er, Vorbilder haben wir genug. Eine Vizepräsidentin des EU-Parlaments lässt sich in aller Heimlichkeit von Katar bestechen. Eva Kalili und ihre Millionen, verstaut in Plastiksäcken, lassen grüßen. Das kann ich in jedem Fall besser.«

»Leona Trill erwähnte in einem eurer Gespräche, sie sei an etwas dran. Das könnte nach Skandal riechen und dich interessieren.«

»Genau das sagte sie. Und ich bin ziemlich sicher, sie meinte das.«

»Wenn ich mit den Fernsehleuten fertig bin, mache ich mich sofort auf ins Präsidium. Wir werden dem nachgehen. Ich muss unbedingt mit Belk reden.«

»Da musst du dich aber beeilen. Belk fliegt morgen von Frankfurt aus nach New York. Er hat vor, zwei bis drei Wochen in den USA zu bleiben. Auch das weiß ich von meiner Quelle.«

»Was?« Merana überlegte. »Und wie kommt er nach Frankfurt?«

»Von Salzburg aus. Heute noch. Die Maschine hebt um 19 Uhr ab.«

»Da ist nicht mehr viel Zeit.« In Meranas Kopf arbeitete es intensiv.

»Sagte ich doch.«

»Danke, Jutta.« Er steckte das Telefon ein. Die Fernsehleute waren morgen und übermorgen auch noch da. Wenn ihm Belk heute entging, dann hätte er keine Chance mehr. Mehrere Wochen in den USA. Da kam er nicht mehr an ihn ran. Er eilte zurück in den Seminarraum.

»Ich muss die Unterredung für heute beenden. Danke, dass Sie sich Zeit genommen haben. Ich verständige Sie, wann es weitergeht.«

Er konnte noch einige verblüffte Gesichter ausmachen, dann war er draußen.

Gleich nach der Abfahrt rief er die Chefinspektorin an.

»Sobald ich ankomme, treffen wir uns in meinem Büro. Bitte verständige auch Thomas. Ich habe euch Interessantes zu berichten, was ich eben von Jutta erfuhr.

Es geht um Olivier Belk. Stell bitte zusammen, was wir zu Belk bisher wissen. Versuch, ihn zu erreichen. Check auch Adresse und Haus in Seekirchen. Setz dich mit Camilla Mitterberg in Verbindung. Belk war über Einladung von *HERA* beim Fest. Frag nach, wie es dazu kam und was Belk mit *HERA* verbindet. Ich bin in einer Viertelstunde da.«

»Mache ich. Ich wollte eben die Aufstellung der Anrufnummern von Leona Trills Handy bearbeiten.«

»Später. Belk geht jetzt vor.«

»Alles klar, Martin.«

»Auch ich bin gerade dabei, jemanden aus seiner falschen Haut zu schälen.« Auch das hatte die Aufdeckerjournalistin gesagt. Zu Kerstin Kleist am Herkulesteich. Nun war klar, wen sie damit meinte. Olivier Belk. Die Ampel!!! Sein Fuß schnellte aufs Bremspedal. Die Reifen quietschten. Die Ampel war auf Rot gesprungen. Er hatte es gerade noch geschafft, vor der Kreuzung stehen zu bleiben. Konzentrier dich auf den Verkehr, Merana, befahl er sich. Er wartete auf Grün, dann fuhr er weiter. Er kam ohne Probleme in der Bundespolizeidirektion an. Er eilte sofort in sein Büro. Carola und Thomas Brunner waren schon da, saßen am Besprechungstisch.

»Olivier Belk fliegt heute um 19 Uhr von Salzburg nach Frankfurt«, begann Merana und setzte sich zu ihnen. »Von dort fliegt er morgen für zwei bis drei Wochen in die USA.« Er wandte sich Carola zu. »Hast du ihn erreicht?«

»Leider nein. Unter der Telefonnummer meldet sich niemand. Ich habe die Kollegen der Polizeiinspektion Seekirchen informiert. Sie überprüfen Belks Haus und melden sich.«

»Was ist mit Camilla Mitterberg?«

»Nicht erreicht, aber ich bleibe dran. Notfalls versuche ich es über jemand anderen aus der *HERA*-Leitungsgruppe.«

»Was ist los mit Belk? Warum drängt es so?«, fragte Brunner.

Noch ehe Merana zur Antwort ansetzte, läutete Carola Salmans Diensthandy.

»Das sind die Kollegen aus Seekirchen.« Sie griff schnell zum Telefon. »Vielen Dank, Kollegen. Ja, macht das bitte.«

Die Chefinspektorin legte das Handy beiseite.

»Belk ist nicht in seinem Haus. Am Anwesen ist alles dichtgemacht, berichten die Kollegen. Es wirkt, als sei alles für längere Zeit abgeschlossen. Die Kollegen werden in einer halben Stunde überprüfen, ob Belk doch inzwischen aufgetaucht ist.«

Merana atmete tief durch. »Das wäre in jedem Fall für uns einfacher. Aber ich halte es für unwahrscheinlich. Dann müssen wir ihn eben am Airport abfangen. Carola, verständige bitte die Flughafenpolizei. Belk darf auf keinen Fall die Maschine besteigen. Noch besser wäre es, ihn gar nicht erst einchecken zu lassen.« Die Chefinspektorin stand auf, um den Anruf zu erledigen.

»Jetzt sag endlich, Martin, was Jutta über Belk zu berichten wusste.«

Merana wartete, bis Carola das Telefonat beendet hatte und sich wieder zu ihnen setzte. »Es ist eine Behauptung, nicht zweifelsfrei erwiesen. Aber Juttas Informant ist davon überzeugt, dass das Gerücht stimmt. Olivier Belk ist unter anderem Berater für die EU in Fragen Klimawandel, Ausstieg aus fossilen Brennstoffen und war bei der letzten UN-Klimakonferenz. Nach außen hin alles tipptopp. Strahlend saubere Expertenweste. Doch in Wahrheit lässt er sich von der Erdöllobby schmieren, sagt Juttas Quelle.«

Die Überraschung war beiden anzusehen.

»Was?«, rief die Chefinspektorin. »Kann es sein, dass die ermordete Journalistin draufgekommen war, dass der Saubermann Dreck am Stecken hatte?«

»Das ist gut möglich. Ich erzählte euch, dass Trill Jutta gegenüber angedeutet hatte, sie wäre etwas Skandalösem auf der Spur.«

»Moment!« Thomas Brunner angelte sein Tablet von Meranas Schreibtisch. Er wischte darüber. »Ich habe hier die Aufstellung aus Trills Notebook.« Er drehte es ihnen zu. »Ihr erinnert euch. Es gibt zwei Ordner mit verschlüsselten Files. Die Bezeichnungen der Ordner sind nicht verschlüsselt, allerdings wirken sie wie Kürzel.« Die beiden begriffen, was der Chef der Tatortgruppe meinte. Brunner wies auf die beiden Ordnernamen. *COPOB* und *RECOB*. »Du sagst, Belk war auf der jüngsten UN-Klimakonferenz.« Worauf Thomas hinauswollte, war Merana dennoch nicht schlüssig. Auch die Chefinspektorin blickte Brunner fragend an. Brunner öffnete das Internet, tippte ein paar Mal auf den Bildschirm. Dann hielt er ihnen das Tablet hin. Brunner hatte eine Seite geöffnet, die sich mit den UN-Klimakonferenzen befasste. Auf einmal kapierte Merana, was Brunner meinte. »Vertragsparteienkonferenz«, las er weiter. »Conference of the Parties.«

»Die gängige Abkürzung für *Conference of the Parties* lautet *COP*. Dieses Kürzel wird ganz offiziell verwendet. *COP27* steht für die 27. Klimakonferenz in Scharm asch-Schaich. *COP26* für jene in Glasgow und so weiter.« Er wischte ein weiteres Mal über das Tablet. Nun war wieder die Aufstellung mit den Ordnern aus dem Notebook zu sehen.

»*COP*«, griff Merana auf. »Damit könnte durchaus die Abkürzung für die UN-Klimakonferenz gemeint sein. Und *OB* könnte Olivier Belk heißen.«

»Dann würden sich die Files in dem Ordner wohl alle auf Olivier Belks Aktivitäten dort beziehen. Daraus könnte man schließen, von wem er sich vermutlich bestechen ließ.«

»Und der andere Ordner?«, fragte Carola. »*RECOB*. *OB* steht höchstwahrscheinlich auch für Olivier Belk. Und die Abkürzung *REC*?«

»Wie wäre es mit *RECHERCHE*?«, brachte sich Merana ein.

»Ich glaube, du hast den Nagel auf den Kopf getroffen«, pflichtete Carola ihm bei. »Dann wäre in diesem Ordner wohl alles, was die rührige Aufdeckerjournalistin bisher selbst als Bestätigung ihres Verdachts zu Olivier Belk herausfand.«

»Jetzt müssen wir nur mehr die Files entschlüsseln«, bemerkte Brunner und schloss die Datei. »Meine Techniker sind eifrig dran. Sie werden gewiss bald zu einem Ergebnis kommen.«

Dann würde ihnen noch mehr vorliegen. Im Augenblick genügte, was sie dank Brunners Eingebung herausgefunden hatten. Sie legten fest, dass Merana sich alleine zum Flughafen aufmachte. Carola und Thomas würden überprüfen, was möglicherweise Zusätzliches über Belk vorlag.

»Wir haben fast alle privaten Handyaufnahmen der Beteiligten am Fest bekommen. Ich werde sie mit meinen Leuten durchackern. Vielleicht entdecken wir Aufschlussreiches zu Belk.«

»Ich nehme mir nochmals die beiden Zeugen vor, die angeblich beobachteten, dass Belk mit Trill eine kurze Auseinandersetzung hatte«, sagte die Chefinspektorin. »Ich kläre mit dem Befragungsteam ab, ob zusätzliche Hinweise zu Belk auftauchten. Wenn Zeit bleibt, checke ich die von der *Telekom* übermittelte Anrufliste von Trills Handy.«

25

Merana war in Eile. Die Uhr zeigte 17.33 Uhr. Die Maschine nach Frankfurt hob um 19 Uhr vom Salzburger Airport ab. Noch war Belk offenbar nicht eingetroffen. Sonst hätten ihn die Kollegen der Flughafenpolizei verständigt, wie Carola sie angewiesen hatte. Um nicht durch den aufkommenden dichten Abendverkehr quer durch die Stadt aufgehalten zu werden, entschied sich Merana für die Variante über die Autobahn. Was für eine unvorhergesehene Beschleunigung, kam es Merana in den Sinn, während er den Wagen Richtung Süden lenkte. Der Fall hatte Fahrt aufgenommen. Zuerst hatten sie wenig bis gar nichts in der Hand. Und jetzt erlebten sie innerhalb kürzester Zeit einen rasanten Aufbruch des Falles. Doch die Entwicklung schlug unerwartet Kapriolen. Durch Julia Reinhards Auftauchen im Präsidium war Frida Glatt ins Zentrum der Ermittlung gerückt. Und nur wenige Stunden später hatten sie mit Belk einen neuen Hauptverdächtigen. Einen seriösen Wissenschaftler, der sich heimlich bestechen ließ. Ja, solche gab es offenbar. Gott sei Dank existierten weitaus mehr vom Kaliber eines Severin Ullmann, dachte Merana. Die mit ehrlicher Betroffenheit und ungemeinem Engagement sich für das Heil dieses Planeten einsetzten, für das Wohl von uns allen. Auf der Autobahn kam er schnell voran und hatte sich somit richtig entschieden. Ob er die ursprüngliche Assistentin für redaktionelle Aufgaben und nunmehrige neue Moderatorin als Täterin endgültig beiseitestellen konnte, würde Merana erst wissen, wenn er Belk befragt hatte. Zehn Minuten vor 18 Uhr kam er auf dem Parkplatz des Flughafens an. Er verließ den Wagen, eilte in die Abflughalle. Er blickte sich um. Turm mit Muttermal. Ein langer Kerl musste auffallen. Doch Belk war nicht zu sehen. Von den Polizeikollegen war offensichtlich niemand in diesem Bereich. Er musste die Dienststelle der Flughafenpolizei anrufen. Er griff nach dem Handy in der Sakkotasche.

»Herr Kommissar Merana.« Die Stimme erklang hinter ihm. Er drehte sich um. Vor ihm stand ein Mann in grauem Anzug. Kurze Haare. Ebenfalls grau. Dunkle Sonnenbrille. Die nahm er ab. Merana hatte sein Gegenüber noch nie gesehen. Er konnte sich zumindest nicht daran erinnern. Doch der Mann kannte offenbar ihn.

»Ja bitte.«

»Ich möchte Sie kurz sprechen.« Die Stimme klang leise, aber gut verständlich. Bemüht um deutliche Aussprache.

»Tut mir leid. Ich habe sehr wenig Zeit. Und ich muss noch einen dringenden Anruf erledigen.«

Er hob das Handy an, stellte sich etwas abseits.

»Es bringt nichts, die Kollegen von der Flughafenpolizei anzurufen.« Merana hielt verblüfft inne. Woher wusste der Mann, was er vorhatte? Wer war dieser Kerl? Rasch drehte er sich wieder um. Der Mann im grauen Anzug hielt ihm einen Ausweis hin. »Bundesministerium für Inneres« war darauf zu lesen. »Direktion Staatsschutz und Nachrichtendienst«, sagte Merana laut. »Ich weiß nicht, was Sie von mir wollen. Was es auch ist, wir müssen es auf später verschieben. Ich stecke mitten in einer Ermittlung und muss mich um einen Verdächtigen kümmern.«

»Warum interessieren Sie sich für Olivier Belk?« Im ersten Moment glaubte Merana, nicht richtig zu hören. Der Mann wusste über seine Ermittlung Bescheid? Warum rückte plötzlich ein Abwehrdienstler an, wenn er hinter Belk her war.

»Ich will Ihnen keine Schwierigkeiten machen, Herr Kommissar Merana. Ich führe eine Anweisung Ihrer vorgesetzten Dienststelle mit mir. Die besagt, dass Sie meinen Anordnungen als Vertreter des Bundesministeriums Folge zu leisten haben. Doch Ihnen die vorzulegen, wird wohl nicht nötig sein. Wir werden auch so klarkommen, denke ich.«

»Was wollen Sie von mir?«

»Unterlassen Sie Ihre Bemühung um Olivier Belk. Er ist für Sie tabu.«

»Was?« Merana machte schnell einen Schritt auf den Mann zu. »Olivier Belk ist Hauptverdächtiger in einem Mordfall. Die kriminalpolizeiliche Ermittlung dazu steht in meiner Verantwortung.«

»Das ist uns bekannt, Herr Merana.« Der Mann sprach immer noch verhalten. »Doch es gibt andere Interessen vonseiten der Republik Österreich, dass Olivier Belk von kriminalpolizeilicher Untersuchung bis auf Weiteres unbehelligt bleibt.«

»Bis auf Weiteres? Ich höre wohl nicht richtig. Olivier Belk ist höchstwahrscheinlich der Mörder der Journalistin Leona Trill.«

»Liegen Ihnen dafür eindeutige, gerichtlich bestätigte Beweise vor?«

»Ich bin kein Richter. Das ist nicht meine Aufgabe. Ich bin Ermittler der Kriminalpolizei. Das wissen Sie. Ein derartiger Beweis existiert nicht. Noch nicht.«

»Dann besteht kein Grund, gegen Herrn Belk weiter vorzugehen.«

»Wenn ich Belk fasse und verhöre, komme ich schon an stichhaltige Beweise.«

»Sie werden Olivier Belk weder fassen noch verhören.«

Der Mann im grauen Anzug war hartnäckig. Merana wurde es heiß im Nacken. Was passierte hier? »Warum interessiert sich überhaupt der Staatsschutz dafür?«

»Sie darüber in Kenntnis zu setzen, ist wiederum nicht meine Aufgabe.« Zum ersten Mal tauchte in der streng gefassten Miene des Grauhaarigen so etwas wie Nachgiebigkeit auf. »Ich möchte dem Leiter der Salzburger Kriminalpolizei zumindest ein wenig entgegenkommen. So viel darf ich sagen: Wir haben großes Interesse an guten internationalen Beziehungen. Das können Sie sich gewiss denken. Gute Beziehungen in einem bestimmten Bereich zu gewährleisten, dafür spielt Olivier Belk eine wichtige Rolle, Herr Merana.«

Merana schluckte, blickte dem Mann ins Gesicht.

»Sie sind im Vorteil. Sie kennen sogar meinen Namen. Darf ich fragen, wie Sie heißen?«

»Nennen Sie mich Wimmer.«

Merana zuckte mit dem Kopf. »Ich hatte einen Schulkollegen im Gymnasium. Der war ein Ekel. Den konnte ich nicht ausstehen. Der hieß auch Wimmer.« Jetzt ließ der Grauhaarige sich sogar zu einem Schmunzeln hinreißen.

»Gut, dann nennen Sie mich Berger. Ganz, wie Sie wollen.«

»Gut, Herr Berger. Dann möchte ich Ihnen auch ein wenig entgegenkommen. Olivier Belk ist mit ziemlicher Sicherheit ein Mörder. Und zudem genießt er ohnehin nicht den allerbesten Ruf. Er ist Berater der EU. Das ist Ihnen natürlich bekannt. Internationale Beziehungen und so. Zugleich lässt Belk sich von der Erdöllobby schmieren. Wissen Sie das auch?«

Der Ausdruck in den Augen des Grauhaarigen war schwer zu deuten. »Hier endet mein Entgegenkommen, das ich für den Leiter der Salzburger Kriminalpolizei einräume. Wenn Sie unwiderruflich eindeutige Beweise für einen Mord haben, kontaktieren Sie Ihre vorgesetzte Dienststelle. Die wird sich an uns wenden. Dann wird seitens des Herrn Innenministers die notwendige gesetzesgemäße Entscheidung fallen. Bis dahin, Herr Kommissar Merana, halten Sie sich von Olivier Belk fern.« Die Anweisung war eindeutig. Merana spürte Zorn aufkommen. Verflucht! Ihm waren die Hände gebunden. Einfach ins Innere des Flughafens zu stürmen, um Belk irgendwo aufzutreiben, brachte nichts. Wenn der Staatsschutz seine Hand über den Mann hielt, würden sie schon dafür sorgen, dass Merana nicht an ihn herankam. Er wandte sich zum Ausgang, verzichtete darauf, sich zu verabschieden. Er stürmte nach draußen. Es hatte inzwischen leicht zu regnen begonnen. Er lief zum Parkplatz. Noch bevor er in den Wagen stieg, rief er seinen Chef an.

»Günther, wie viel weißt du von der Sache?« Kerner brauchte etwas Zeit, ehe er zögerlich antwortete. »Von welcher Sache, Martin? Was faselst du da?« Der Polizeipräsident hatte wohl tatsächlich keine Ahnung. Merana schilderte dem Hofrat, was ihm eben widerfahren war.

»Davon wusste ich nichts, Martin. Ich wurde nicht unterrichtet. Die Anordnung kam wohl direkt von der Sektion II.«

»Dann lass deine Verbindungen zum Innenminister spielen, Günther. Von mir aus schalte den Landeshauptmann ein, wenn du das schaffst. Wir müssen an Belk rankommen. Unbedingt. Für den Flug nach Frankfurt ist es zu spät. Der startet in einer halben Stunde. Aber wir müssen Belk mithilfe der deutschen Polizeikollegen daran hindern, dass er uns morgen in die USA abhaut.«

»Wie sicher bist du, Martin, dass der Mann, der gleich nach Frankfurt fliegt, der Mörder der Journalistin ist?«

»Das kann ich nicht sagen. Die Wahrscheinlichkeit ist sehr hoch.«

»Ich werde schauen, was ich ausrichten kann.«

»Du könntest mir noch etwas abnehmen. Informiere bitte Carola und Thomas Brunner darüber, was ich dir eben berichtete.«

»Aye, aye, Herr Kommissar.«

Merana war wütend. Nicht auf den Kerl im grauen Anzug. Der machte nur seinen Job, folgte seinen Anweisungen. Er war wütend auf sich selbst. Weil er nichts ausrichten konnte. Die eigene Hilflosigkeit war qualvoll. Sektion II. Generaldirektion für öffentliche Sicherheit. Die Geschütze, die hier gegen ihn aufgefahren wurden, waren schwer. Dabei machte er nur seine Arbeit, kam seiner Verantwortung als kriminalpolizeilicher Ermittler nach. Es galt, einen vermutlichen Mörder zu stellen. Doch der ließ sich nicht nur von der Erdöllobby bestechen. Der ließ sich auch als Spitzel für den österreichischen Nachrichtendienst bezahlen. Hatte Leona Trill davon gewusst? War jemand vom Staatsschutz bei ihr aufgetaucht, um ihr nahezulegen, die Finger von Belk zu lassen? Er wusste es nicht. Er konnte sie leider nicht mehr dazu befragen. Aber die Aufdeckerjournalistin hätte sich wohl einen feuchten Dreck darum geschert. Sie war kein Beamter so wie er, der sich an die Anweisungen aus dem Innenministerium zu halten hatte. Sie hätte, wenn sie nicht ermordet worden wäre, gewiss Belks Machenschaften ans Licht der Öffentlichkeit gebracht. Zumindest die Tatsache, dass er sich als EU-Berater von der Erdöllobby bestechen ließ. Und sie hätte wohl in ihrem TV-Magazin genüsslich dargelegt, dass Belk außerdem als Spion für den österreichischen Staatsschutz arbeitete. Das wäre fatal für das Innenministerium gewesen. Vermutlich hatte der Staatsschutz von vornherein Trill gar nicht erst kontaktiert. Oder doch? Oder hatte sie es durch Recherchen selbst herausgefunden? War sie deswegen ermordet worden? Es dröhnte nicht nur außerhalb des Wagens, weil ihn auf der Autobahn drei Motorbiker überholten. Es dröhnte auch in seinem Inneren. Ein Schwarm von Fragezeichen schwirrte ihm durch den Kopf. Bei der Ausfahrt Salzburg Süd verließ er die Autobahn. Es regnete leicht. Aber er fuhr nicht Richtung Anif, um weiter über die Alpenstraße zur Bundespolizeidirektion zu gelangen. Er nahm die Abzweigung nach Grödig. Von dort gelangte er nach Salzburg-Gneis. Wenig später lenkte er sein Auto nach Leopoldskron. Er fuhr nicht direkt zum Schloss, sondern wählte die Route für die gegenüberliegende Seite des Weihers. Nahe beim *Weiherwirt* parkte er. Dann stellte er sich wieder zwischen die hohen Bäume nahe am Weiherufer. Heute war die Festung schwer auszumachen. Es lag nicht am leichten Regen allein. Rund um den Festungsberg war Nebel aufgezogen. Einzig die Sicht über den Weiher zur hinteren Fassade von Schloss Leopoldskron war einigermaßen ungetrübt. Er blieb einfach stehen, blickte hinüber. Dass ihm Regentropfen auf den Kopf fielen, störte ihn nicht. Irgendwer ging an ihm vorbei, grüßte ihn. Er bekam es kaum mit. Er schaute nur über den Weiher, hing seinen Gedanken nach, wartete, bis der Schwarm der schwirrenden Fragezeichen sich beruhigte.

Es war weit nach 20 Uhr, als er von Leopoldskron aufbrach. Er wollte nicht nach Hause fahren. Er würde ins Büro zurückkehren, seine Haare abtrocknen. Vielleicht das nasse Sakko wechseln. Es drängte ihn jedenfalls danach, genau aufzulisten, was sie im Fall der ermordeten Leona Trill bisher erreicht hatten. Inzwischen war es einiges. Es galt, die einzelnen Punkte zu ordnen und zu gewichten. Daran könnten sie sich bei den nächsten Ermittlungsschritten halten. Dass Hofrat Kerner im Innenministerium etwas erreichte, war eher unwahrscheinlich. Aber nicht ausgeschlossen. Auch das galt es zu bewerten und einzuordnen. Er war kaum eine Viertelstunde im Büro, hatte begonnen, auf der großen Tafel an der Wand Namen und Ermittlungspunkte zu notieren, als es klopfte.

»Ja bitte.«

Die Tür wurde geöffnet. Carola kam herein.

»Du bist auch noch hier? Darf Hedwig wieder bei Ria und Johnny übernachten?«

»Nicht umsonst sind Sie der Leiter der Kriminalpolizei, Herr Merana. Sie ziehen immer die richtigen Schlüsse.« Sie drückte ihm einen Kuss auf die Wange, setzte sich.

»Ich hoffe, der Leiter der Kriminalpolizei zieht nicht nur die richtigen Schlüsse bei entzückenden Mädchen und liebenswerten Hunden. Es wäre Zeit, auch im Fall von getöteten Journalistinnen die richtigen Schlüsse zu ziehen«, knurrte Merana.

»Vielleicht kann ich dazu etwas beitragen.« Carola hatte ihr Tablet dabei. Sie blickte darauf. »Ich bin die Liste der Anrufe durchgegangen. Welche Nummern hat Leona Trill selbst angerufen, von welchen Nummern erhielt sie Anrufe. Von dieser Nummer erhielt die Moderatorin am Dienstag einen Anruf um 17.11 Uhr.« Sie zeigte Merana die Nummer auf der Liste. »Dauer des Anrufs. Knapp sieben Minuten.« Merana blickte zur Ermittlungstafel. Dort hatte er die Zeiten für die Ereignisse am Tag des Mordes notiert. »Start der Proben für den Live-Einstieg war am Dienstag um 17.30 Uhr. Leona Trill war davor im Hotel. Sie erschien zur Probe, wie wir wissen, um 17.25 Uhr. Das heißt, sie erhielt den Anruf knapp vorher.«

»Ja. Das ist eine Handynummer aus Deutschland. Vor zwei Stunden versuchte ich es erstmals. Niemand meldete sich. Auch zwei weitere Anrufe blieben ohne Erfolg. Ich hinterließ auf dem AB die Nachricht, ich sei von der Salzburger Kriminalpolizei und bitte um einen Rückruf.

Und den erhielt ich vor zehn Minuten.« Sie zeigte ihm den Screen des Tablets. Darauf war die Porträtaufnahme einer Frau zu sehen. Anfang bis Mitte 30, schätzte Merana.

»Das ist Rieka Steuwers. Sie arbeitet beim Fernsehunternehmen, für das auch Leona Trill tätig war. Rieka und Leona waren seit Jahren gut befreundet.«

»Warum hat Frau Steuwers die Moderatorin Trill am Dienstag angerufen? Harmloser Freundschaftsplausch?«

»Harmlos war es nicht. Aber Frau Steuwers hat sicher aus Motiven der Freundschaft angerufen. Frau Steuwers berichtete mir Folgendes: Andeutungen habe sie schon davor wahrgenommen, aber an diesem Dienstag erfuhr sie, dass es stimmte. Jemand versuchte seit einiger Zeit, Leona Trill anzuschwärzen, sie bei der Führungsetage des Senders in ein schlechtes Licht zu rücken. Beweise für die Behauptungen gab es nicht. Aber die Gerüchte zeigten allmählich Wirkung. Es gibt nicht wenige am Sender, führte Frau Steuwers aus, die Leona Trill wegen ihres Erfolges neidisch gegenüberstehen. Und am Dienstag erfuhr Frau Steuwers, wer für diese Hinterhältigkeit verantwortlich war. Das wollte sie Leona unbedingt wissen lassen. Innerhalb des Senders sei man niemals davor gefeit, dass jemand mithört. Deshalb ging sie nach draußen und rief mit ihrem Privathandy an. Fehlt nur der Name, den Rieka Steuwers Leona Trill nannte. Aber der ist für uns nicht schwer zu erraten.«

»Frida Glatt«, sagte Merana.

»Sehr richtig, Herr Kommissariatsleiter.«

Merana blies langsam Luft aus. Es hörte sich an, als schnaube ein Walross.

»Wir waren schon bei Frida Glatt. Sehr dicht dran. Dann tauchte Juttas Meldung zu Belk auf. Den wir ohnehin schwer erwischen. Aber immerhin, neuer Hauptverdächtiger. Und jetzt – schwups – wieder eine Welle. Zurück zu Frida Glatt.« Er stand auf, notierte den Namen Rieka Steuwers und machte ein Verbindungszeichen zum Bild der Toten. Und er zog einen schwarzen Pfeil zum Foto von Frida Glatt.

»Ich bin gespannt, wann die nächste überraschende Wendung auftaucht. Zuerst hatten wir so gut wie gar nichts. Und jetzt schlingert der Ermittlungspfad von einer Kurve zur nächsten.« Auch Carola erhob sich. An der Tür drehte sie sich um.

»Wir bleiben dran, Martin. Wir sind so gut wie immer zu einer Lösung gekommen. Ich kann mich kaum an Fälle erinnern, die wir nicht aufklären konnten. Ich glaube, es waren nicht einmal fünf. Auch diesen Fall werden wir lösen. Garantiert.«

»Davon bin ich überzeugt, Carola.«

»Gute Nacht, Martin.« Die Chefinspektorin verließ das Büro.

Für eine gute Nacht und eventuell sogar ein paar Stunden Schlaf fehlte ihm die Geduld. Er war unruhig. Aufgebracht. Er stellte sich vor die Tafel, betrachtete das Notierte. Dann öffnete er am PC den Ermittlungsordner, studierte die Details. Daraufhin stellte er sich wieder zur Tafel, brachte weitere Ergänzungen an. Sein Diensttelefon summte. Es war Thomas Brunner.

»Hallo, Martin, ich wollte nur prüfen, ob du noch im Haus bist.«

»Ja, das bin ich. Zumindest für kurze Zeit bin ich noch hier.«

»Es wird vielleicht länger werden. Ich komme zu dir.« Brunners Ankündigung verwunderte Merana. Die nächste Kurve? Wenig später klopfte es, und Brunner trat ein.

»Wir haben einen Großteil der Aufnahmen der Privathandys durchgearbeitet.«

»Habt ihr zu Olivier Belk etwas Brauchbares gefunden? Hilft es uns, dass wir seinen Flug in die USA unterbinden können?«

»Nein, zu Belk war nichts Hilfreiches dabei. Aber ich möchte dir das zeigen.«

Er reichte ihm das Tablet, tippte auf Videostart. Die Aufnahme begann. Wer immer das Handy hielt, befand sich beim Fest mitten im Trubel. Die Aufnahme wanderte unruhig hin und her. Eine Frau kam ins Bild. Sie blickte in eine bestimmte Richtung. Sie schaute zu Leona Trill. Das war klar auszumachen. Was einen beim Betrachten dieser Szene erschreckte, war der Blick der Frau. Er war fürchterlich. Blanker Hass schien im Gesicht der Frau zu kochen. Wer die Frau war, die hasserfüllt auf die Moderatorin starrte, war auch klar zu erkennen. Kalea Franklin.

FÜNFTER TAG: SAMSTAG

26

Es hatte in der Nacht stärker geregnet. Auf Meranas Rückfahrt gegen Mitternacht war zudem Sturm aufgekommen. Heftige Böen hatten die Bäume in Aigen erfasst, an manchen Stellen die Fahrbahn mit Ästen bedeckt und mit nassem Laub übersät. In den frühen Morgenstunden hatten Sturm und Regen nachgelassen. Als Merana um 8 Uhr ins Auto stieg, zeigte sich der Himmel zwar von Wolken verhangen, aber es regnete nicht mehr. Sein Weg führte ihn nicht ins Präsidium. Er hatte gestern spätabends mit Carola telefoniert, sie darüber informiert, was Thomas auf der Handyaufnahme entdeckt hatte. Sie hatten überlegt, wie sie vorgehen sollten. Schließlich waren sie übereingekommen, dass es reichte, wenn sich nur einer in Leopoldskron einfand, um Kalea Franklin mit der Aufnahme zu konfrontieren. Also schlug Merana die Route nach Leopoldskron ein. Wie gestern am Abend fuhr er nicht direkt zum Schloss. Er wollte wieder zuerst zur gegenüberliegenden Seite des Weihers. Warum, wusste er nicht. Er wählte diesen Weg, weil ihm danach war. An diesem Morgen war die Festung weitaus besser auszumachen als gestern Abend. Keine Anzeichen von Nebel, der Wolkenvorhang über der Stadt wurde allmählich lichter. Die Spuren des nächtlichen Unwetters waren allerdings nicht zu übersehen. Im Weiher trieben große Blätter, abgerissene Zweige. Da und dort Büschel von Gras. Geschickt umkurvten zwei Schwäne die größeren Äste im Wasser. Ein friedvolles Bild bot sich Merana dar. Die Fassade des Schlosses zeigte sich wie ein aufgeschlagenes Buch, Kulisse für ein Theaterstück. Am rechten Ausläufer des Parks war die friedvolle Stimmung vor vier Tagen jäh zerrissen worden. Dort war die Leiche von Leona Trill gelegen. Der Anblick der toten Frau mit brutal zertrümmertem Hinterkopf hatte sich tief in Meranas Inneres eingebrannt und würde sich wohl nicht mehr von dem Bild lösen lassen, das er von Leopoldskron gewonnen hatte. Dennoch würde er mit der Großmutter hierherkommen, um mit ihr das Schloss und den Garten aufzusuchen. Hoffentlich bald. Er schloss die Augen, ließ lange das Ensemble rund um das Schloss auf sich wirken. Dann kehrte er zum Auto zurück und fuhr los. Er hatte sein Kommen für 9 Uhr angekündigt. Dieses Mal empfing ihn Wolfgang Blatt.

»Ich habe, wie von Ihnen gewünscht, Frau Franklin aus der Gruppe geholt. Sie wartet in der Bibliothek. Die Große Halle ist leider belegt. Wenn Ihnen ein anderer Ort lieber ist, kann ich umdisponieren.«

»Kein Problem, Herr Blatt. Bibliothek passt gut.«

Er stieg über die Treppe in den ersten Stock. Sie saß in der Mitte des Raumes, nicht wie beim letzten Mal nahe an der großen Standuhr. Sie hatte auf der Ledercouch Platz genommen. Noch immer weiß ich nicht, wie man auf die

Galerie gelangt, fiel ihm ein. Auch das werde ich herausbekommen. Er wollte nicht Wolfgang Blatt fragen, er wollte selbst dahinterkommen.

»Guten Morgen, Frau Franklin.«

»Guten Morgen, Herr Merana.«

Sie bemühte sich, zuvorkommend zu wirken. Aber ihr Blick verriet, dass sie eher ungehalten war. Sie konnte sich wohl schwer erklären, warum er sie schon wieder aus der Session holte, von ihrer Arbeit abhielt.

»Wie kommen Ihre Ermittlungen voran?« Das interessierte sie in Wahrheit nicht sonderlich, dachte er, aber sie trachtete danach, höflich Konversation zu führen.

Er hatte eher erwartet, dass sie ihn fragte, warum er herkam.

»Ich vertraue darauf, die Lösung bald zu erkennen.«

Sie blickte ihn lange an. Dann nickte sie.

»Sie haben ein gutes Gespür für die richtigen Zusammenhänge. Das ist mir schon bei unseren früheren Begegnungen aufgefallen.« Wollte sie ihm schmeicheln? Nein, ihr Blick war offen, ihr Lächeln bemüht freundlich. Nun, das würde sich wohl bald ändern. Er setzte sich ihr gegenüber in einen der Fauteuils.

»Ich möchte Ihnen etwas zeigen.« Er zog das Tablet aus seiner schmalen Aktentasche. Er aktivierte es, drehte es ihr zu. Dann startete er das Video. Sie blickte mit ruhiger Miene auf den Bildschirm. Bald kam die bewusste Stelle. Er musterte sie, achtete darauf, wie sie reagierte. Sie verzog keine Miene. Die Frau verhielt sich abgebrühter, als er angenommen hatte. Sie schaute vom Tablet hoch zu ihm.

»Nun habe ich mir das angeschaut.«

»Was sagen Sie dazu?« Sie zuckte mit den Achseln. »Ich weiß nicht, was Sie von mir hören wollen. Ich bin auch einmal im Bild zu erkennen, falls Sie das meinen.«

Sie blickte ihn unverwandt an. Keine Spur von Erregung. Demonstrative Gelassenheit. Nun gut, entschied er, dann eben direkt. Er hob die Stimme an.

»Ich fragte Sie letztens, was für ein Verhältnis Sie zu Leona Trill hatten. Wissen Sie noch, was Sie mir antworteten?«

»Selbstverständlich weiß ich das.« Ihre Selbstkontrolle funktionierte. »Ich sage heute, was ich vorgestern sagte. Sie war mir egal.«

»Das klingt nach distanzierter Gelassenheit.« Er wies auf das Tablet. »Aber die Frau, die ich hier sehe, ist alles andere als gelassen. Im Blick dieser Frau ist deutlich Hass auszumachen. Lodernder Hass.«

Jetzt schnaubte sie unwirsch. »Was soll dieser Unsinn? Ihre ganz persönliche Sichtweise ist wohl reine Interpretationssache. Soll ich mich dafür rechtfertigen, dass ich während einer elend langen Veranstaltung nicht jede Sekunde peinlichst kontrollierte, ob meine Miene tatsächlich einer rundum erwarteten Heiterkeit entsprach? Dann wird mich dieses blöde Handy halt in einem Moment erwischt haben, wo ich mich nicht zu einem allseits wohltuend fröhlichen Grinsen zwang.«

»Sie können versuchen, das alles ins Lächerliche zu ziehen, so viel Sie wollen, Frau Franklin. Tatsache ist, dass Sie angewidert und voller Hass auf Frau Trill schauen. Tatsache ist auch, dass Ihr Mann ein Verhältnis mit der Moderatorin hatte. Dafür gibt es eindeutige Beweise. Wir haben

Zeugen, die bestätigen, dass Ihr Mann mit Frau Trill im Hotel im selben Bett schlief. Ein mehrtägiges Rendezvous Ihres Mannes mit Leona Trill in einem Hotel in der Nähe von Heidelberg fand erst vor drei Monaten statt. Auch davon wissen wir. Ihr Mann hat mich belogen, hat bewusst Falschaussagen getätigt. Dafür werde ich ihn belangen. Und ich frage Sie, Frau Franklin. Wussten Sie vom Verhältnis Ihres Mannes?«

Bei der letzten Frage war er bewusst lauter geworden. Er hatte sogar die Hand auf den Tisch gewuchtet. Es wurde Zeit, die Frau aus der Reserve zu locken. Sie sagte nichts. Sie schaute ihn nur starr an. Aber die Freundlichkeit im Blick war verflogen.

»Ich frage Sie nochmals. Wussten Sie, dass Ihr Mann mit Leona Trill ein Verhältnis hatte? Und das seit längerer Zeit.«

Sie sagte nichts. Ihr Mund blieb verschlossen. Sie hielt seinem prüfenden Blick stand. Er zog das Tablet heran. »Es gibt eine ganze Reihe von Aufnahmen des Festes, und noch längst sind nicht alle durchgesehen.« Er beugte sich vor, fixierte sie mit den Augen. »Ich bin sicher, Frau Franklin, wir finden eine Aufnahme, die zeigt, wie Sie den Platz verlassen und in die Richtung verschwinden, wo man später die Ermordete fand.« Jetzt reagierte sie. Ihre Augen wichen kurz zur Seite. Dann blickte sie gleich wieder geradeaus. Er sah sie nur an, fügte dem Gesagten nichts hinzu. Hinter der Stirn arbeitete es. Das war ihr anzumerken. Sie schloss die Augen. Er wartete. Eine Minute. Zwei Minuten. Sie senkte den Kopf. Sie stützte die Ellbogen auf die Oberschenkel, ließ den Kopf in die Hände sinken. Was kommt jetzt?, fragte er sich. Es kam lange nichts. Wieder vergingen einige Minuten. Dann strafften sich ihre Schulter. Sie hob den Kopf an. Ihr Blick war klar.

»Sie können sich die Mühe sparen, Herr Kommissar. Sie brauchen keine weiteren Aufnahmen mehr durchzusehen.« Ihre Stimme war fest, ihre Haltung ruhig. »Ich sagte es schon. Sie haben ein gutes Gespür für die richtigen Zusammenhänge.« Sie streckte die Hände nach vorn. »Sie können mir gleich Handschellen anlegen. Ich gebe es zu. Ich war es.« Sie wartete. Er wartete auch. Nachdem er ihrer Aufforderung nicht nachkam, ließ sie ihre Hände sinken. Auch ihr Kopf senkte sich. Eine Mörderin saß ihm gegenüber. Dennoch nötigte ihm die gefasste Haltung dieser Frau einen gewissen Respekt ab. Sie hob den Kopf wieder an. Jetzt war es offenbar vorbei mit der Besonnenheit. Blanker Zorn stand in ihren Augen. »Ja, sie hatte ein Verhältnis mit meinem Mann.« Ihre Stimme flüsterte. Sie bebte wütend. »Sie war dabei, alles zu zerstören. Die Harmonie unserer Familie. Dafür habe ich sie umgebracht. Ich hasste sie.« Sie stand auf. Schnell. Entschlossen. »Ich habe sie getötet.« Sie flüsterte nicht mehr. Ihre Stimme wurde lauter. »Und ich würde es jederzeit wieder tun. Führen Sie mich selbst ab, Herr Kommissar, oder kommen Ihre uniformierten Kollegen?« Er stand auch auf. »Ja, ich werde Sie mitnehmen, Frau Franklin. Aber zunächst lasse ich Ihren Mann holen. Und wenn Sie möchten, auch Ihren Sohn. Ich gebe Ihnen gerne die Gelegenheit, sich zu verabschieden.«

»Nein.« Die Stimme war noch lauter geworden. Sie schüttelte grimmig den Kopf. »Das will ich nicht. Ich will meinen Mann nicht sehen. Die Polizei soll ihn mit den Tatsachen konfrontieren. Aber erst, wenn ich weg bin.«

Er schaute sie erstaunt an. Keine Verabschiedung? Keine Erklärung? Auch nicht dem Sohn gegenüber?

»Wie Sie möchten, Frau Franklin. Dann folgen Sie mir bitte.«

Während der gesamten Fahrt ins Präsidium sprach sie kein Wort. Sie saß neben ihm. Eine verhaftete Person, beschuldigt eines Gewaltverbrechens, allein abzuführen, sie ohne Handschellen während der Fahrt neben sich auf dem Beifahrersitz verweilen zu lassen, entsprach so gar nicht der Dienstvorschrift. Aber darum kümmerte er sich nicht. Sie würde ihm nichts tun. Sie würde ihm nicht ins Lenkrad greifen, nicht die Tür aufreißen, nicht versuchen hinauszuspringen, um zu fliehen. Sie würde schweigend neben ihm sitzen bleiben und weiterhin geradeaus starren. Die Lippen fest aufeinandergepresst. Auch die Finger hielt sie bewegungslos ineinander verschränkt. Mit dieser Handhaltung pflegten viele Menschen zu beten, wie er aus Messbesuchen in seiner Kindheit wusste. Betete diese Frau auch? Nein. Sie presste nur mit heftigem Druck die Hände zusammen, sodass die Fingerknöchel weiß hervortraten.

Im Präsidium angekommen, ließ er sie von einer uniformierten Beamtin in eines der Vernehmungszimmer bringen.

»Die Inspektorin bleibt bei Ihnen im Raum. Sie lässt Ihnen gerne etwas zu trinken und zu essen holen.«

Kalea Franklin setzte sich an den Tisch. Die Lippen hielt sie weiterhin fest aufeinandergepresst. Sie wirkte wie ferngesteuert. »Sie brauchen nur zu sagen, was Sie möchten.« Er wartete. Doch sie schien ihn nicht einmal zu hören. Er war fast wieder draußen, als er sie doch vernahm. »Wasser, bitte.« Ihre Stimme klang gefestigt. Er wandte sich um. »Auch etwas zu essen?« Sie schüttelte nur den Kopf. Er nickte der uniformierten Kollegin zu, dann verließ er den Raum. Er verständigte Carola und Thomas, bat sie, sich in einer Viertelstunde bei ihm einzufinden.

Dann machte er sich auf den Weg zum Büro des Polizeipräsidenten. Kerner war erstaunt, was er von seinem Kommissar zu hören bekam. »Das heißt, Olivier Belk ist somit aus dem Spiel? Zu Unrecht des Mordes verdächtigt?«

»Ja.«

»Herrgott, Merana. Da habe ich mir völlig umsonst den Mund fusselig gequatscht, um für dich im Innenministerium etwas zu erreichen. Ich muss dort gleich anrufen. Das wird dich etwas kosten, Herr Kommissariatsleiter. Und das nicht zu knapp.« Das Grinsen im Gesicht von Günther Kerner passte so gar nicht zum unwirschen Tonfall, mit dem er Merana entließ.

»Sie hat tatsächlich alles zugegeben?«, staunte wenige Minuten später die Chefinspektorin. Merana hatte sie und Brunner über das Geständnis von Kalea Franklin informiert.

»Ja, das hat sie. Zu Beginn demonstrierte sie noch auffällige Gelassenheit. Sie spielte herunter, dass man ihrem Gesichtsausdruck auf der Aufnahme entnehmen konnte, dass sie Leona Trill hasste. Aber schließlich merkte sie, dass es wenig nützte, weiterhin alles abzustreiten. Sie brach ein, legte das Geständnis ab.«

Die Chefinspektorin schüttelte immer noch den Kopf. »Es war vielleicht zu erwarten, nachdem du mir gestern von der Aufnahme berichtetest. Aber ich bin dennoch verwundert. Ich dachte, ich hätte diese Frau zumindest etwas besser kennengelernt, als ich mit ihr über Mattis redete. Hättest du mich damals gefragt, ob ich Kalea Franklin für eine mögliche Mörderin hielt, hätte ich mit Überzeugung Nein gesagt.« Ihr Kopfschütteln hielt an. »Doch so kann man sich täuschen.«

»Anfangs versuchte sie, die Wut in ihrem Gesicht auf dem Video herunterzuspielen, sagtest du«, bemerkte Brunner. »Wie hast du es geschafft, dass sie von dieser Taktik abrückte und doch ein Geständnis ablegte?« Merana blickte ihn an. Dann schaute er zu Carola. Er zuckte mit den Schultern. »Ehrlich gesagt, weiß ich das nicht so genau. Es passierte eben. Sie gab plötzlich auf. Sie hielt es wohl für sinnlos, sich länger querzulegen.«

»Im Grund ist es egal«, meinte Brunner. »Hauptsache, es gibt das Geständnis. Oder fürchtest du, dass sie es sich anders überlegt und das Geständnis zurückzieht?«

»Ich weiß es nicht. Wir werden es sehen.«

»Hast du Gudrun verständigt?«, fragte Carola.

»Nein.«

»Wann willst du Frau Franklin überstellen lassen?«

»Das weiß ich nicht. Zuvor will ich nochmals mit ihr reden.«

»Da wäre ich gerne dabei, wenn es dir recht ist.«

»Darum hätte ich dich ohnehin gebeten.«

»Brauchst du mich noch, Martin?«, fragte Brunner.

»Nein, vorerst nicht, Thomas. Heute ist Samstag. Wie lange bist du noch im Haus?«

»Sicher bis zum Abend. Du kannst mich jederzeit erreichen.« Er stand auf, verließ das Büro.

»Worüber grübelst du nach, Martin? Ich sehe es dir an, dass dich etwas beschäftigt.« Er schaute seine Stellvertreterin lange an. »Keine Ahnung, Carola. Ganz ehrlich. Sagen wir es so. Etwas in mir grübelt. Und ich weiß nicht einmal, was das ist.«

»Lass uns in die Kantine gehen. Ich lade dich auf einen Kaffee ein. Koffein ist bekanntlich ein Stimulans, regt das zentrale Nervensystem an. Vielleicht überzeugt es den Grübler in dir, sich klarer auszudrücken.«

Er lachte, stand auf. »Was täte ich nur ohne dich?«

»Du müsstest den Kaffee selbst bezahlen.«

Sie begaben sich in die Kantine. Der Kaffee war schnell getrunken. Was immer das Koffein beschloss anzuregen, mit Carola einen Kaffee zu genießen, tat ihm in jedem Fall gut. »Gehaltserhöhungen für Beamte sind in absehbarer Zeit nicht zu erwarten, sagt die Gewerkschaft. Kannst du mir einen weiteren Espresso ausgeben oder soll ich ihn lieber selbst bezahlen?« Sie lachte. »Einer wird schon noch drin sein. Außerdem kennt mich meine Bank, ich bin kreditwürdig.« Sie stand auf. »Und ich bringe ihn dir sogar, Herr Kommissar.« Er schaute ihr nach. Er legte die Hände auf den Tisch, fühlte in sich hinein. Der Fall über den brutalen Mord am TV-Star Leona Trill stand knapp vor dem Abschluss. Endlich. Sie hatten sogar ein Geständnis. Und dennoch beunruhigte ihn etwas. Und er wusste nicht, was das war. Die Chefinspektorin kam zurück, stellte ihm den Espresso hin. Für sich selbst hatte sie einen Cappuccino mitgebracht.

»Ist noch etwas offen? Worüber willst du mit ihr sprechen?«

»Ich weiß es nicht. Das werde ich hoffentlich erspüren, wenn wir mit Kalea Franklin reden.«

»Du führst das Gespräch.«

»Und du bringst dich ein, wenn es für dich passt.«

»So wie immer.« Dann sprachen sie nichts mehr. Auch das Schweigen tat gut. Nach einer Weile war es Carola, die wieder anfing.

»Frida Glatt hätte ich es viel eher zugetraut, aber die müssen wir jetzt von der Liste der möglichen Täter streichen.«

»Ja, und dafür, was sie Leona Trill angetan hat, können wir sie leider nicht belangen.«

»Du meinst bei der Auseinandersetzung, die deine Violastudentin beobachtete?«

»Ja. Dabei ging es sicher darum, was dir Rieka Steuwers berichtete. Dass Glatt am Sender Gerüchte verbreiten ließ, um ihre Rivalin, deren Posten sie wollte, in ein schlechtes Licht zu rücken. ›Du fällst mir in den Rücken. Eine bodenlose Sauerei.‹ Das bekam Julia Reinhard mit.«

»Die hochsensible Journalistin war sicherlich tief betroffen darüber, was Steuwers ihr kurz vor den Proben zur Sendung erzählte.«

»Ja, das bestätigte mir auch Jutta. Leona Trill fühlte sich generell sehr schnell verletzt. Dass sie zutiefst gekränkt war, dazu brauchte es nicht viel. Wie muss es ihr erst ergangen sein, wenn es gar nicht um eine falsch verstandene Kleinigkeit ging, sondern um erwiesenen tiefen Verrat. Einer Mitarbeiterin im eigenen Team. Während des Live-Einstieges sah man ihr die Betroffenheit in keiner Sekunde an«, setzte Merana anerkennend hinzu. »Den absolvierte sie professionell.«

»Aber später griff sie sich die hinterhältige Mitarbeiterin und stellte sie zur Rede. Was nichts daran änderte, dass sie sich weiterhin bis ins Innerste verletzt fühlte. Die Auseinandersetzung hat dieses Gefühl wohl verstärkt.«

»Und deshalb, um ihren Schmerz und ihre Wut abzukühlen, zog sie sich zurück«, fuhr Merana fort. »Sie rannte durch den Park an die Stelle, wo sie schon Tage davor gewesen war. Ein Ort, der ihrem Inneren wohltuend nahekam. ›Das ist ja eine richtige Märchenlandschaft‹, hatte sie zu Kerstin Kleist gesagt. ›An solchen Stellen werden Legenden geboren.‹ Auch vom Anblick des Untersbergs war Leona Trill begeistert. Hier erhoffte sie, sich zu beruhigen.«

»Bis Kalea Franklin auftauchte und ihr den Stein auf den Schädel drosch.«

Sie schwiegen wieder. Beide waren in Gedanken versunken. Schließlich tranken sie aus und verließen die Kantine.

Franklin saß auf dem Stuhl. Obwohl ihr die Beamtin sicher erlaubt hatte, im Raum auf und ab zu gehen. Sie hockte da. In derselben starren Haltung wie vorhin. Auf dem Tisch stand ein durchsichtiger Wasserkrug. Halb gefüllt. Das Glas daneben war leer. Merana schaute kurz zur Uniformierten. Die schüttelte den Kopf.

»Frau Franklin, möchten Sie nicht doch etwas essen? Eine Kleinigkeit?«

Sie blickte ihn nicht an. Sie starrte nur auf die gegenüberliegende Wand. Merana gab der Beamtin ein Zeichen. Sie verließ den Raum.

»Gut. Sie sagen es uns einfach, wenn Sie etwas brauchen.« Er nahm Platz. Die Chefinspektorin ebenfalls. Carola legte ein Aufnahmegerät auf den Tisch, schaltete es ein. Dann nannte sie die notwendigen Angaben: Datum, Uhrzeit und Namen. Sie schob das Gerät näher zu Kalea Franklin. Merana hatte sein Tablet dabei. Dazu hatte er sich eine Mappe mit Unterlagen zum Fall mitgebracht.

»Wir haben zu reden mit Ihnen, Frau Franklin«, begann er. Sie sagte nichts, starrte weiterhin zur Wand. »Verstehen Sie, was ich zu Ihnen sage?« Er wartete. Nichts. Keine Reaktion. Fast eine Minute war es still im Raum. Die Chefinspektorin stand auf. Sie stellte sich ins Blickfeld der Frau. »Wir können nachvollziehen, dass es schwer für Sie ist, Frau Franklin. Aber ich möchte Sie bitten, dass Sie dennoch mit uns sprechen.« Zum ersten Mal zeigte sie eine Reaktion. Sie blickte die Polizistin direkt an. »Wozu? Es ist alles gesagt.«

»Das ist es nicht, Frau Franklin«, meldete sich Merana. »Wir haben noch einige Fragen zum Tathergang. Das genau abzuklären, ist Vorschrift. Erst, wenn Sie unsere Fragen beantwortet haben, ist das Geständnis komplett. Erst dann können wir Sie dem Untersuchungsrichter vorführen. Vorher nicht.« Sie dachte nach. Wieder verging einige Zeit. Dann löste sie den Blick von Carola Salman, drehte den Kopf zu Merana. »Fragen Sie.«

Die Chefinspektorin setzte sich auf ihren Platz. Merana öffnete die Mappe, griff nach einem der Fotos. Er wollte es schon der Frau vorlegen. Doch er hielt in der Bewegung inne. Carola blickte ihn von der Seite an, sie hatte sein Zögern mitbekommen. Merana wartete, schaute auf das Bild. Dann steckte er das Foto zurück in die Mappe. Er suchte ein anderes. Das schob er vor die Frau. Ein Ausschnitt vom Tatort war zu erkennen. Der Kopf der Leiche in Großaufnahme. Nur das Gesicht der getöteten Leona Trill war zu sehen.

»Sie haben also mitbekommen, was sonst niemand bemerkte, dass Leona Trill die feiernde Gesellschaft verließ. Sie sind ihr gefolgt.«

»Ja.« Die Antwort kam kurz, klang fast wie gebellt.

»Hatten Sie schon beim Weggehen die Absicht, sie zu töten? Oder kam das erst später?«

»Von Anfang an.« Es klang wieder wie gebellt. Die Stimme hörte sich ein wenig heiser an.

»Bemerkte Frau Trill irgendwann, dass Sie ihr nachgingen?«

»Nein.«

»Was passierte dann am Weiherufer? Gab es eine Auseinandersetzung? Sagte Frau Trill etwas?«

»Nein. Sie bemerkte mich nicht. Ich habe sie einfach getötet.«

»Und die Tatwaffe?«

»Die hatte ich dabei.« Sie schaute nicht auf das Foto. Sie starrte weiter zur Wand.

»Haben Sie Leona Trill von vorne angegriffen oder von hinten?«

Jetzt drehte sie doch das Gesicht zu ihm.

»Wozu fragen Sie mich etwas, das Sie ohnehin wissen? Sie werden die Tote wohl eingehend untersucht haben.«

»Es ist notwendig, dass Sie diese Frage beantworten. Andernfalls ist das Geständnis nicht vollständig.«

Kalea Franklin starrte ihn böse an. Sie atmete hörbar durch. »Von hinten«, sagte sie dann.

Er wartete. Dann stellte er die nächste Frage.

»Wie oft haben Sie zugestochen?«

»Das weiß ich nicht mehr. Ich habe nicht mitgezählt.« Jetzt klang sie zornig, genervt. »Fragen Sie Ihre Gerichtsmedizin. Die wird es Ihnen sagen.« Sie wandte sich ab, schaute zur Wand.

»Und die Tatwaffe«, bohrte Merana weiter. »Das Messer. Was haben Sie damit gemacht?«

»Weggeworfen.«

»Wo?« Ihr Kopf schnellte herum.

»Irgendwo auf dem Rückweg. Ich kann mich nicht mehr daran erinnern. Lassen Sie Ihre Spezialisten alles absuchen, falls Sie das noch nicht getan haben.«

Für eine Weile war es still im Raum. Merana sagte nichts mehr. Auch die Chefinspektorin schwieg. Beide blickten sie auf die Frau.

»Was ist jetzt?«, fragte Kalea Franklin. Das Schweigen irritierte sie. »Sind wir endlich fertig?«

Carola beugte sich nach vorn. »Frau Franklin, ich weiß nicht, warum Sie es behaupten. Aber Sie haben Leona Trill nicht getötet.«

»Was reden Sie da?«, fauchte sie. »Sie hat es nicht anders verdient. Ich habe sie umgebracht.«

»Leona Trill wurde nicht erstochen«, erwiderte die Chefinspektorin ganz ruhig. »Sie wurde mit einem Stein erschlagen.«

»Was?«, kreischte Franklin. In ihren Augen glomm es auf. »Ja, ich habe auch zugeschlagen, mit einem Stein.« Sie gab sich größte Mühe, dass ihr die Stimme nicht versagte, sie nicht die Beherrschung verlor. »Mit einem Stein habe ich sie wohl … Ich war so wütend auf dieses Miststück. Vielleicht habe ich nur einmal zugestochen. Und durch die Schläge mit dem Stein ist die Stichwunde … Es ging alles so schnell. Ich habe sie umgebracht. Was sollen Sie noch?« Was ihr entfuhr, klang verzweifelt. Aber sie hatte sich wieder besser unter Kontrolle. »Bringen Sie mich zum Richter! Auf der Stelle! Sie haben mein Geständnis. Bringen Sie mich hin.«

»Nein, Frau Franklin. Das werden wir nicht.« Plötzlich heulte sie auf. Dann fegte sie wütend das Aufnahmegerät vom Tisch. Merana stand auf, bückte sich. Er hob das Gerät in aller Ruhe vom Boden auf. Er legte es zurück auf den Tisch. Dann schaltete er das Gerät aus. So, dass sie es sehen konnte. Die Chefinspektorin verließ das Vernehmungszimmer. Gleich darauf kehrte sie zurück. Sie wies zur Wand neben der Tür. »Die Kamera links oben ist nun auch ausgeschaltet, Frau Franklin. Was immer in diesem Raum geschieht, bleibt unter uns dreien. Nichts kann von außen wahrgenommen werden.« Sie setzte sich wieder hin. Für einen Moment war es ruhig im Zimmer. Die Chefinspektorin blickte zu Merana. Der nickte. Er wollte das Weitere Carola überlassen.

»Sie waren es nicht, Kalea. Das haben wir nun geklärt.«

Carolas Tonfall blieb ruhig. »Aber warum wollen Sie den Mord auf sich nehmen? Wen wollen Sie schützen?« Sie presste die Lippen aufeinander. Dann senkte sie den Kopf.

»Ihren Mann?«, fragte Carola. Kalea Franklin riss den Kopf nach oben. Zorn war nicht mehr in ihren Augen zu erkennen. Auch nicht Verzweiflung. Es war Abscheu.

»Ihr Mann ist es nicht, den Sie schützen wollen. Er hat Leona Trill nicht umgebracht.«

Dass Flynn Franklin seine Geliebte getötet hätte, das hatte weder die Chefinspektorin noch der Kommissar angenommen. Merana und Carola war längst klar, wen Kalea Franklin mit aller Inbrunst zu schützen versuchte.

»Wann haben Sie die Wahrheit entdeckt, Kalea«, sprach die Chefinspektorin weiter.

»Noch am selben Abend? Während der Show, in der Pause? Bemerkten Sie, dass Mattis nicht mehr an Ihrer Seite war? Wussten Sie, was passiert war, als er später zurückkam? Sie können uns alles in Ruhe erzählen. Keiner hört zu.«

Sie hielt den Kopf gesenkt. Ihre rötlichbraunen Haare wirkten grau. Als hätte sich ein fahler Schleier darübergelegt. Langsam begann sie den Kopf zu schütteln.

»Nein«, flüsterte sie. »Mattis war an dem Abend wenig in unserer Nähe. Er hatte Freude daran herumzustreichen.« Sie war schwer zu verstehen, sprach sehr leise. »Ich hatte die ganze Zeit über keine Ahnung. Aber vorgestern Nacht kroch Mattis zu mir ins Bett. Verängstigt. Er machte eine Andeutung. Mehr nicht. Aber ich begann zu verstehen, was vorgefallen war.« Sie schwieg. Auch die beiden Kriminalisten warteten, sagten nichts.

»Weiß Ihr Mann darüber Bescheid?«, fuhr die Chefinspektorin nach einiger Zeit fort. Kalea schüttelte den Kopf.

»Bitte, Frau Salman«, sie schaute verzweifelt auf. Ihre weit aufgerissenen Augen schauten zu Carola, dann blickte sie zum Kommissar. »Bitte, Herr Merana. Lassen Sie das nicht zu. Sie haben mein Geständnis. Sie können mir gern alle Details erklären, die ich brauche, um den Richter zu überzeugen. Ich will die Tat auf mich nehmen. Es ist für meinen Sohn.«

Ein tiefes Schluchzen entfuhr ihrem Mund. Ihr Kopf ruckte zwischen Carola und Merana hin und her. Die Betroffenheit war greifbar. Beide sagten nichts. Wieder herrschte Schweigen. Schließlich fiel ihr Kopf nach unten. Ihre Schultern zuckten leicht. Sie weinte. Dann begann sie zu sprechen. Leise. Sie blickte dabei nicht auf.

»Was tun wir nicht alles? Wir organisieren Wissenschaftstagungen und Konferenzen. Wir sorgen für Medienzuspruch, Politikstrategien, Expertenaussagen, Hilfsorganisationen. Wir tun alles nur denkbar Mögliche, um uns selbst in Szene zu setzen. Um Krisen in aller Welt prestigebeflissen gegenüberzutreten, sie zu bewältigen. Klug. Eifrig. Allwissend. Und übersehen völlig, dass ganz in unserer Nähe jemand gerade in die tiefste Krise stürzt. Wir achten zu wenig auf unsere eigenen Kinder. Weil wir keine Zeit haben. Weil wir unsere Achtsamkeit ganz woanders hinzulenken bemüht sind.« Jetzt hob sie den Kopf. Sie hatte Tränen in den Augen. »Unser Sohn ist klug.« Sie schluchzte heftig. Ihre Stimme brach weg. Dann fasste sie sich wieder. »Mattis ist so feinfühlig. Er ist hochgradig sensibel. Er spürt schon viel früher als andere, was los ist. Deshalb ist er auch ein so begnadeter Schachspieler. Mattis hat längst mitbekommen, dass sein Vater sich einer anderen Frau hingeben will. Dass er uns, die Familie, verlassen will. Dass unsere Einheit kaputtgeht. Dass diese Frau die Harmonie, die Mattis so bitter nötig hat, zerstört. Wenn das passiert, dann würde er alles verlieren, woran er hängt.« Sie konnte fast nicht mehr weiterreden. Die Tränen rannen ihr übers Gesicht. »Verstehen Sie, Frau Salman, verstehen Sie, Herr Merana.« Sie schaute Hilfe suchend zu den beiden, rang die Hände. »Mattis ist noch ein Kind. Er ist tief verzweifelt. Er konnte das nicht zulassen. Nicht für ihn. Und wohl auch nicht für mich.« Sie vergrub das Gesicht in den Handflächen, weinte hemmungslos. »Wenn Sie nur eine Spur von Mitgefühl haben, dann lassen Sie meinen Sohn in Ruhe. Straffrei.« Sie war kaum mehr zu verstehen. »Ich übernehme alles. Ich gehe ins Gefängnis. Ich gestehe den Mord. Bitte helfen Sie mir dabei!«

27

Eine Katze lief über den Weg. Keine schwarze. Kein Anzeichen für Unheil, wenn man abergläubisch war. Eine getigerte Katze war es. Mit rötlich buschigem Schweif. Sie stoppte kurz vor der Umgrenzung ab, schaute zu ihnen hin. Dann streckte sie sich, schlüpfte unter dem Zaun durch, verschwand hinter einer Hecke. Merana und Carola waren seit knapp einer Stunde unterwegs. Sie hingen mehr den eigenen Gedanken nach, als dass sie sich in ausgiebige Gespräche vertieften. Sie redeten schon miteinander. Aber im Grunde brauchten sie sich nichts zu sagen. Was einer der beiden auch aussprach, hatte der andere zuvor genauso gedacht. Doch es tat ihnen gut, bisweilen laut zu denken und den anderen neben sich zu spüren. Ihnen war klar geworden, warum Mattis bei der ersten Vernehmung das Schachspiel aus dem Jahr 1912 von Edward Lasker gegen George Allen Thomas anführte. In dieser Partie steckte eine Erklärung dafür, was passiert war. Zugleich eine Begründung. Mattis hatte damit eine Art Rechtfertigung für sein eigenes Tun zitiert. Um die Partie möglichst schnell und siegreich zu beenden, musste Lasker damals zu seinem eigenen Vorteil die Dame vom Spielfeld räumen lassen. Sie wurde geschlagen. Keiner hatte diesen genialen Zug vorhergesehen. Nur Lasker. Und er gewann. Auch Mattis verfolgte ein bestimmtes Ziel. Die Harmonie in seiner Familie musste unbedingt erhalten bleiben. Seine Mutter durfte nicht leiden. Er selbst auch nicht. Genau diese Partie wollte er gewinnen. Und das verlangte eben ein Damenopfer. Er hatte es vollbracht.

»Als ich ihm begegnete, versuchte er auch mir gegenüber, mit seinen Schachsprüchen aufzutrumpfen«, brachte Carola ein. »Doch er konnte mir nichts vormachen. Dass er ein genialer Schachspieler war, durfte man schon anerkennen. Selbstverständlich wurde mir das klar. Doch hinter all dem überklugen Getue machte ich bald das verängstigte Kind aus. Doch wie schwer es tatsächlich um ihn stand, war mir dabei nicht klar. Da war ein Kind, das sich in Wahrheit nicht getraute zu zeigen, wovon es tief im Innersten tatsächlich bewegt wurde. Das nicht zu offenbaren wagte, was ihm Kummer bereitete, wovor es sich fürchtete, wonach es sich aus tiefstem Herzen sehnte. Dieses Kind hatte das nie gelernt. Mattis schaffte es nicht, weil er Angst hatte. Er fürchtete, von den anderen als schwach und unzureichend abgetan zu werden, wenn er seine tiefen Gefühle kundtat. Da war es wesentlich einfacher für das Kind, sich großspurig hinter dem zu verstecken, wo ihm Anerkennung sicher war. Bei ihm war das eben Schach.«

»Wir übersehen völlig, dass in unserer Nähe jemand gerade in die tiefste Krise stürzt. Weil wir unsere Achtsamkeit woanders hinzulenken bemüht sind.« So hatte Kalea Franklin es ausgedrückt. Merana musste dabei an Kerstin Kleist denken, wie sie ihm einen der grundlegenden Wesenszüge von Max Reinhardt beschrieben hatte. Reinhardts Qualität als großartiger Regisseur hatte vor allem damit zu tun, dass er ein ausgezeichneter Menschenkenner war. Der auf alles achtete. Bestimmte Regungen von Menschen entgingen ihm genauso wenig wie kaputte Türklinken. Er übersah nichts, hatte Kleist gemeint. Hätte Max Reinhard es rechtzeitig bemerkt, dass in Mattis nur nach außen hin der geniale Schachspieler zu sehen war? Dass er diese Rolle perfekt beherrschte, aber im Grunde ein höchst bedürftiges Kind war? Es war müßig, sich diese Frage zu stellen. Das war Merana klar. Er tat es trotzdem. Carola hatte es zumindest gespürt. Aber dass das verängstigte Kind so weit gegangen war, in seiner Verzweiflung sogar einen brutalen Mord zu begehen, hatte sie nicht geahnt.

»Wann kam bei dir das Gefühl auf, Martin, dass sie es vielleicht doch nicht ist? Trotz ihres eindeutigen Geständnisses.«

»Genau weiß ich es nicht. Etwas in mir grübelte. Du hast es mitbekommen. Und ich erspürte kaum den Grund dafür. Vielleicht hing es damit zusammen, dass du sehr überzeugend sagtest, diesen brutalen Mord hättest du Kalea Franklin niemals zugetraut. Noch als wir uns zur Vernehmung ihr gegenüber an den Tisch setzten, war für mich klar, wie ich anfangen würde. Ich wollte ihr das Bild mit der brutal hingerichteten Toten vorlegen. Mit dem furchtbar zertrümmerten Hinterkopf. Und gleichzeitig war da die Frage von Thomas, wie ich es geschafft hätte, dass sie von ihrer Taktik abließ, die Szene auf dem Video mit der Wut im Gesicht herunterzuspielen. Und wie ich sie dazu brachte, ein Geständnis abzulegen. Wie ich schon zu Thomas sagte: Ich weiß es nicht. Im Grunde brachte ich sie gar nicht dazu. Sie schwenkte plötzlich von selber um. Jetzt ist mir klar, warum sie das genau zu diesem Augenblick tat. Ich konfrontierte sie damit, dass wir längst nicht alle Aufnahmen der privaten Handys durchgesehen hatten. Und ich drohte ihr damit, dass wir sicher eine Aufnahme finden würden, die bewies, dass sie es war, die Leona Trill folgte. Das konnte sie nicht zulassen. Denn was würde passieren, wenn wir tatsächlich eine Aufnahme fanden, auf der zu erkennen war, dass jemand sich auf den Weg zum späteren Tatort machte. Doch das war nicht sie, sondern Mattis. Dass wir das entdeckten, durfte sie auf keinen Fall riskieren. Deshalb schwenkte sie plötzlich um. Ich glaube, erst durch diese Möglichkeit, die ich in Aussicht stellte, fasste sie den Entschluss, die Tat auf sich zu nehmen. Um ihren Sohn zu schützen. Das alles war mir, als ich ihr das erste Bild vorlegen wollte, so keineswegs bewusst. Doch irgendetwas irritierte mich. Der Grübler war noch da. Etwas in mir ließ mich die Hand zurückziehen und das Foto mit dem eingeschlagenen Schädel zurücklegen. Stattdessen legte ich das Foto vor, auf dem man das Gesicht, aber nicht den Hinterkopf der Toten sah. Und dann versuchte ich es einfach. Ich fragte sie nach der Tatwaffe. Und sie sagte, die hatte sie dabei. Das ließ mich aufhorchen. Gut, sie konnte den Stein unterwegs aufgehoben haben. Aber die Aussagen waren eigenartig. Bei der Frage, ob sie von vorne oder hinten angegriffen hatte, wich sie aus. Du erinnerst dich. Sie sagte, das wüssten wir doch selbst, wir würden die Tote wohl gründlich untersucht haben. Ab da schwieg der Grübler in mir. Denn ab jetzt stieg eine Ahnung auf. Diese Frau hatte mir die ganze Zeit etwas vorgemacht. Also fragte ich sie, wie oft sie zugestochen und wo sie das Messer entsorgt hatte. Und ab ihren nächsten Antworten war alles klar. Sie war es nicht.«

Sie schwiegen wieder, gingen still nebeneinander her. Vogelgezwitscher war plötzlich zu vernehmen. Unwillkürlich blickten sie beide in den gegenüberliegenden Garten. Etliche Vögel tummelten sich in den Zweigen der Sträucher. Sie schauten sich um. Die rothaarige Katze war nicht zu sehen. Auch keine andere. Eine Frau kam aus dem Haus. Sie hängte Futterringe ins Geäst. Das fröhliche Gezwitscher schwoll an. Sie wandten sich wieder ab.
»Was tun wir, Martin?«
Im Grunde wussten beide, was zu tun war. Sie hatten es schon gewusst, als sie vor einer Stunde das Präsidium verlassen hatten. Auch wenn die Entscheidung für ihr Handeln klar war, waren sie dennoch bestrebt, ins Freie zu gelangen. Die Salzach entlang zu spazieren. Miteinander zu analysieren, was ihnen wichtig war. Als Mensch. Und als professionelle Ermittler. Ein Mord war begangen worden. Ein Mensch hatte bewusst die Entscheidung gefällt, einen anderen Menschen aus dem Leben zu reißen. Ihn zu vernichten. Die Brutalität, die vielen Schläge, mit denen der Stein auf den Kopf des Opfers gedroschen wurde, konnte man mit der besonderen Situation begründen, in der sich der Täter befand. Die Verzweiflung des 14-Jährigen war groß. Die Angst war ebenso riesig wie der Hass. Das war eine Erklärung, verständlich nachvollziehbar. Es rechtfertigte aber keineswegs die Tat. Was Mattis ausführte, war ein schreckliches Verbrechen. Erst seit einer Woche war er 14. Jugendliche unter 14 gelten als nicht deliktfähig, sind demnach nicht strafbar. Aber Mattis war inzwischen 14. Sollten sie es in diesem Fall dabei belassen, dass der Täter nicht belangt wurde? Dass die Tat nicht geahn-

det wurde, wie es gesetzlich vorgesehen war? Täter gehören vor Gericht gestellt. Sie werden mit einer vom Richter zugemessenen Strafe bedacht. Das zu tun, wie es vorgesehen war, fiel ihnen dieses Mal sehr schwer. Immerhin handelte es sich beim Täter um einen Jugendlichen, der in seinem Inneren bisweilen ein kleines Kind war. Sollten sie dem verzweifelten Wunsch der Mutter nachkommen? Sollten sie eine erwiesenermaßen unschuldige Frau als Mörderin bezeichnen und als solche vors Gericht stellen lassen. Sollten sie das?

Nein.

Das sollten sie nicht.

Und das wollten sie auch nicht.

Das war ihnen schon klar gewesen, als sie im Präsidium aufbrachen. Und dennoch wollten sie ins Freie, wollten nebeneinander hergehen. Ihre Gedanken aussprechen, sodass der andere sie hörte.

Den Täter unbeachtet zu lassen, spräche gegen alles, warum sie als Kriminalpolizisten mit Anstand ihre Arbeit machten. An ihnen lag es, bei jedem Fall danach zu spüren, was in Wirklichkeit passiert war. Sie hatten klar in aller Öffentlichkeit zu deklarieren, was wahr ist. Sie hatten zu begründen, wie sie dazu kamen. Deshalb hatten sie sich für diesen Beruf entschieden. Sie würden nicht zulassen, dass etwas Unwahres als richtig hingestellt wurde. Das war ihre Aufgabe. Sie richteten nicht. Sie fällten kein Urteil. Das zu tun, war anderen vorbehalten. Sie hatten nur zu ermitteln. Die Wahrheit herauszufinden und dafür einzustehen. So schwer wie dieses Mal war es ihnen allerdings noch nie gefallen, zur Wahrheit zu stehen.

»Komm, Martin, bringen wir es hinter uns.«

Kommissar Merana und Chefinspektorin Carola Salman wussten, was sie zu tun hatten. Die Verzweiflung der Mutter, der sie sich gleich gegenübersahen, würde sie tief berühren. Doch es änderte nichts an ihrem Entschluss. Sie drehten um, hielten auf das Polizeipräsidium zu.

Und irgendwann, dachte Merana, werde ich Zeit finden herauszubekommen, wie man in der wunderbaren Bibliothek von Schloss Leopoldskron auf die obere Galerie kommt.

EPILOG

Jetzt noch die letzte Phrase. Dann der hohe Schlusston. Empfindsam ansetzen. Lang ziehen. Ein kleiner Engel steigt auf aus der Blumenwiese, schwebt weit fort. Ins Unendliche. Aus. Julia fühlt sich verschmolzen mit der Viola. Ihr Herz schlägt ganz ruhig. Was geschieht jetzt? Stille? Sie löst den Bogen von der Saite. In der nächsten Sekunde braust der Jubel auf. Frenetisch. Begeisterter Applaus erfüllt den Saal. Tost auf Julia zu. Hüllt sie ein. Anselm Tankrath hat das Orchester dirigiert. Er weist mit ausgestreckter Hand auf sie, verbeugt sich vor ihr. Die Musikerinnen und Musiker im Orchester stimmen in die begeisterte Anerkennung mit ein. Erst jetzt realisiert Julia, was passiert. Die ersten Leute im Saal sind bereits aufgesprungen. Wie auf ein Zeichen erheben sich nun alle. Standing Ovation. Ihr Herz beginnt schneller zu pochen. Sie spürt, wie ihre Augen feucht werden. Sie verbeugt sich. Der Jubel schwillt nochmals an. Sie hat es geschafft. »Öffnen Sie Ihr Innerstes, Julia, empfinden Sie Ihre Geschichte«, hat Professor Tankrath ihr mitgegeben. Sie hat im Spielen versucht, die Geschichte spürbar zu machen. Ihre Geschichte. Rätselhaft. Vieldeutig. Nicht in Worte zu fassen. Denn im Grunde ist es nur Musik. Und ihr Spiel hat die Menschen im weiten Raum der Großen Aula offensichtlich erreicht. Nochmals verbeugt sie sich.

Alle sind sie gekommen. Ihre Eltern stehen in der ersten Reihe. Klatschen. Schicken ihr Küsse. Daneben jubelt ihr Bruder. Ihr Vermieter hat es sich nicht nehmen lassen, dabei zu sein. Herr Gruber hat auch seine Tochter und die drei Enkelkinder mitgebracht. Viele Kolleginnen und Kollegen von der Uni sind im Saal. Sogar Ferdinand Hauser ist da. Sie entdeckt ihn in der dritten Reihe. Jetzt lässt Anselm Tankrath das Orchester aufstehen. Alle verbeugen sich gemeinsam. Da entdeckt Julia noch jemanden. In der vorletzten Reihe. Kommissar Merana. Das freut sie besonders. Auch er klatscht. Dass den Mord ein 14-jähriger Junge beging und nicht Frida Glatt, hat sie mitbekommen. Doch die Frau mit der Brosche in Gestalt eines Flügels war offenbar schuld daran, dass Leona Trill tief betroffen das andere Ende des Parks aufsuchte. Sie will nicht mehr daran denken. Rosen fliegen auf die Bühne. Rote. Weiße. Gelbe. Pinkfarbene. Anselm Tankrath kommt auf sie zu. Er nimmt ihre Hand. Sie versteht, was das heißt. Sie verbeugen sich nun beide gemeinsam. Zweimal. Dann weist er freundlich mit der Hand, lässt sie vorgehen. Beide treten von der Bühne ab. Doch der Applaus ebbt nicht ab. Zweimal muss Julia sich noch auf der Bühne zeigen. Ohne Tankrath. Dann wird es Zeit für den nächsten Programmpunkt. Ein anderer Dirigent kommt herein. Julia verlässt den Saal. Die nächste Überraschung erwartet sie in der Garderobe. Cedric. Irgendwie hat ihr Bruder es geschafft, sich vor ihr in der Garderobe einzufinden. Er sagt nichts. Er umarmt sie nur. Innig. »Besser wäre es, wenn du nicht immer auf Nummer sicher gehst.« Das hat er ihr gesagt. »Du brauchst nicht ständig einen Sicherheitsgurt. Leg ihn hin und wieder ab. Du wirst überrascht sein, was dabei herauskommt.« Ja, sie hatte dieses Mal den Sicherheitsgurt zumindest geöffnet. Und es kam viel dabei heraus.

»Ich bin stolz auf dich, Schwesterherz. Und ich habe dir etwas mitgebracht.« Er löst sich von ihr, greift in seine Tasche, überreicht ihr einen kleinen Samtbehälter. Sie öffnet ihn. Ohrringe. Wie wunderbar. Welche Freude. Ihr Bruder schenkt ihr Ohrringe. Ihre Augen werden feucht, als sie bemerkt, welche Gestalt die Ohrringe haben.

Es sind Seepferdchen.

ENDE

NACHWORT UND DANKE

Für die wertvolle Unterstützung bei meinen Recherchen möchte ich mich vor allem bei zwei Personen aus dem Team von *Salzburg Global* bedanken, bei Karin Pfeifenberger und Thomas Biebl. Durch die beiden wurde mir auch bestätigt, welch besonderen Platz im Sinne von Max Reinhardt Leopoldskron darstellt.

Hilfreich waren mir auch folgende Bücher:
Schloss Leopoldskron. Geschichte und Gegenwart. Herausgeber Carl Aigner, im Auftrag von *Salzburg Global* Seminar.
Sibylle Zehle. Max Reinhardt. Ein Leben als Festspiel. Verlag Brandstätter. 2020.

*Weitere Titel finden Sie auf den
folgenden Seiten und im Internet:*

WWW.GMEINER-VERLAG.DE

Martin Merana ermittelt:

1. Fall: Jedermanntod
ISBN 978-3-8392-1089-5

2. Fall: Wasserspiele
ISBN 978-3-8392-1200-4

3. Fall: Zauberflötenrache
ISBN 978-3-8392-1302-5

4. Fall: Drachenjungfrau
ISBN 978-3-8392-1587-6

5. Fall: Mozartkugelkomplott
ISBN 978-3-8392-1773-3

6. Fall: Todesfontäne
ISBN 978-3-8392-2345-1

7. Fall: Marionettenverschwörung
ISBN 978-3-8392-2458-8

8. Fall: Jedermannfluch
ISBN 978-3-8392-2722-0

9. Fall: Salzburgsünde
ISBN 978-3-8392-0075-9

10. Fall: Salzburgrache
ISBN 978-3-8392-0298-2

11. Fall: Mörderwalzer
ISBN 978-3-8392-0298-2

Geschenkausgabe:
1. Fall: Jedermanntod
ISBN 978-3-8392-2723-7

Weitere:
Salbei, Dill und Totengrün
ISBN 978-3-8392-1927-0

Blutkraut, Wermut, Teufelskralle
ISBN 978-3-8392-2099-3

Majoran, Mord und Meisterwurz
ISBN 978-3-8392-0171-8

Maroni, Mord und Hallelujah
ISBN 978-3-8392-1588-3

Glühwein, Mord und Gloria
ISBN 978-3-8392-1950-8

Das Stille Nacht Geheimnis
ISBN 978-3-8392-2339-0

Englein, Mord und Christbaumkugel
ISBN 978-3-8392-2711-4

WWW.GMEINER-VERLAG.DE
Wir machen's spannend

Martina Parker
Ausgstochen
Gartenkrimi
384 Seiten, 13,5 x 21 cm,
Premium-Klappenbroschur
ISBN 978-3-8392-0454-2

»Geh hör ma auf. Das gibt's ja nicht. Und des steht alles in dem Biachl von der Frau Bürgermeister?«, Die Frau Fuith war wirklich schockiert.
»Nun«, sagte Hilda und leckte sich die Finger ab. »Dieses Buch ist sehr, sehr ordinär.«
»Wirklich? Ordinär sagst du?«, murmelte die Frau Fuith in gespielter Empörung.
»Und«, Hilda machte eine bedeutungsvolle Pause, bevor sie etwas Puddingcreme auf ihre Gabel balancierte und zum Mund führte: »Ich glaube, es ist alles wahr, was da drin steht ...«

GMEINER SPANNUNG

WWW.GMEINER-VERLAG.DE
Wir machen's spannend

Claudia Rossbacher
Steirerwald
Kriminalroman
288 Seiten, 13,5 x 21 cm,
Premium-Klappenbroschur
ISBN 978-3-8392-0511-2

An einem tropisch warmen Abend werden die LKA-Ermittler Sandra Mohr und Sascha Bergmann aus Graz zu einem Einsatz ins nahe Schöcklland gerufen. Auf Schloss Abelsberg hat der Jagdhund einer Jägerin die verwesende Hand eines Mannes zum Rehragout apportiert. Kurze Zeit später wird die Leiche hinter dem Schloss, in einem Graben im Wald aufgespürt und als Schlossbewohner identifiziert. Wer aber hat den exzentrischen Regisseur erschossen und weshalb? Die Jagd auf den Mörder nimmt ihren Lauf und sorgt für so manche Überraschung. Auch in Sandras Privatleben.

GMEINER SPANNUNG

WWW.GMEINER-VERLAG.DE
Wir machen's spannend

DIE NEUEN Lieblingsplätze

GMEINER KULTUR

WWW.GMEINER-VERLAG.DE
Mensch, Kultur, Region